À PROPOS DE L'AUTEUR

À 22 ans, Shirley L. B. craque pour Charlie Hunnam et ne désespère pas de le conquérir un jour. En attendant de le rencontrer, elle adore aller au cinéma et passer son temps à regarder des séries américaines. Passionnée de musique, elle ne se déplace jamais sans ses écouteurs, et elle aime écrire pour oublier tous ses soucis !

Pour t’avoir

SHIRLEY L. B.

Pour t'avoir

roman

HARPERCOLLINS FRANCE

83-85, boulevard Vincent-Auriol, 75646 PARIS CEDEX 13.
Service Lectrices — Tél. : 01 45 82 47 47

www.harlequin.fr

ISBN 978-2-2803-9409-3

« Tu ne sais jamais à quel point tu es fort, jusqu'au jour où être fort reste la seule option. »

BOB MARLEY

Prologue

Le déni

Il y a quatre éléments : l'air, le feu, l'eau et la terre. Cinq océans. Six continents. Cent quatre-vingt-dix-sept pays reconnus par l'Organisation des Nations unies. Plus de sept milliards d'êtres humains qui vadrouillent sur le globe, d'est en ouest, du nord au sud. Plus de sept milliards d'individus qui s'apprivoisent, s'aiment et se haïssent au point de s'entretuer.

Tu te rends compte ? Ça laisse une sacrée marge pour trouver son âme sœur, tu ne crois pas ? Certaines pleurent leur célibat dans un pot de Nutella et le justifient allègrement d'un bon : « Les hommes sont tous les mêmes. Des connards ! Impossible de trouver le bon ! »

Pourtant, la vérité des chiffres nous saute aux yeux. Ce n'est pas facile à admettre parce qu'on a tendance à se créer des idéaux. Par exemple, des millions de nanas rêvent d'épouser Brad Pitt, sauf qu'il n'y a qu'une seule Angelina Jolie. Alors, ça ne sert à rien de s'obstiner. Il suffit d'ouvrir les yeux et d'accepter que l'amour de sa vie ne ressemble pas à un modèle formaté par les magazines féminins et les films de nunuches dépressives.

Et puis c'est pareil pour vous les hommes, tu sais. D'accord, je ne suis peut-être pas celle que tu attendais. Quelque part, je sais que tu me détestes autant que tu m'aimes. Je suis trop surfaite. Pas assez courageuse. Un brin trop orgueilleuse...

Mais tu m'aimes, Austin. Il n'y a qu'une seule Gaëlle Larcher. Il va falloir que tu te le mettes dans le crâne. Tu m'aimes et tu ne pourras pas te passer de moi. Alors, reviens ! REVIENS !

La colère

Alors, t'es passé où ? Tu crois que tu peux partir comme ça sans laisser de traces ? Tu crois que tu peux m'obliger à t'aimer et ensuite te barrer comme un voleur ? Putain, je suis sûre que c'est ça. T'as voulu jouer, hein ? Me prouver qu'au final je n'étais qu'une prétendante parmi mille autres, c'est ça ? Gaëlle, trop bonne trop conne ! Une saloperie de cliché américain à elle toute seule. Elle tombe amoureuse d'un héros et pleure toutes les larmes de son corps quand il la quitte. Je suis persuadée que c'est ce que tu te dis de là où tu es. J'aurais dû m'en douter. Tu t'appelles Austin, bordel ! Austin c'est le prénom qui coule tellement bien sur ta langue que, quand tu le prononces, tu as l'impression de manger un muffin à la myrtille. Austin c'est le genre de prénom qui éclate ton cœur de minette en détresse. Tu n'avais pas le droit de me faire ça.

Le marchandage

J'ai compris !

Tu peux revenir maintenant. Oui, je sais que je n'ai pas été à la hauteur. Je ne le suis jamais. J'ai pris peur, Austin. Je ne suis pas parfaite. Je manque d'expérience. Je me suis sentie invincible et j'ai été laminée à coups de fouets psychologiques par toutes ces horreurs. Je sais que tu ne peux pas comprendre. Tu es Austin Miller. Un héros. C'est ton métier de sauver les gens. Ton quotidien de voir les corps joncher les rues de pays qui vivent dans le chaos. Mais moi, j'étais tétanisée, terrorisée à l'idée que tu puisses finir comme tous ces gens. Égorgé vif sur la place publique. Ton sang sillonnant les rues d'une ville en ruine. Parce que tous ces sentiments étaient là. Ton courage me broyait le cœur autant qu'il le faisait battre. Je n'ai pas l'habitude de ça, de ce que tu me fais. D'être soumise à ces émotions que tu m'obliges à ressentir. Maintenant je suis prête à affronter ça avec toi. Je te jure, je donnerais tout ce que j'ai pour que tu reviennes.

Oui, maintenant j'ai compris.

La dépression

J'ai l'impression d'être en enfer. Je me lève le matin avec la peur de voir venir quelqu'un m'annoncer la mort d'une autre personne. D'entendre l'explosion d'un enfant sur la place du marché. De devoir retirer les balles du corps d'une personne qui essayait simplement de survivre. J'ai toujours cette même boule au ventre. Celle qui compresse tellement mes boyaux que je n'arrive pas à me lever. Plus j'y pense, plus je me dis que ça ne s'arrêtera jamais.

Puis, tu n'es pas là. Personne ne m'aide à respirer comme tu le fais. Personne n'arrive à me donner la foi. À me faire croire que ce n'est pas fini. Qu'il y a encore de l'espoir. Que l'on peut s'en sortir. Tu étais le seul à pouvoir me faire relativiser. Ma lueur d'espoir dans un monde où l'espérance n'a plus sa place. Tu m'as aidée à nettoyer les traces matérielles de ces horreurs. Et tu m'as appris à vivre avec des cicatrices qui ne s'effaceront jamais.

Tu n'étais pas juste un héros, Austin. Tu étais le mien.

Je lis une dernière fois ces mots griffonnés à vif sur une page blanche. Je ne me laisserai plus abattre de cette façon. Plus jamais. Austin est parti mais je n'ai pas dit mon dernier mot.

Jour - 3

Gaëlle

La petite brune me regarde d'un air ahuri. Ses lèvres ne vont pas tarder à éclater sous la pression qu'elle leur impose avec ses dents. Elle a le teint blafard et une coupe de cheveux digne du balai à chiottes qu'utilise mon personnel de maison. Un brun délavé et sans lumière qui accentue ses premières rides et son nez trop grand. Mal à l'aise dans sa tenue professionnelle et probablement nouvelle au George V, puisque absolument inconnue au bataillon, elle attend patiemment que je daigne lui adresser ma commande.

Ce qui a le don de m'énerver pour le reste de la journée.

Je déteste être servie par quelqu'un d'autre que Raphaël. Lui seul sait ce que je prends, comment et à quelle heure je le prends. J'ai mes habitudes et il est assez attentif pour ne pas risquer de me les changer. J'aime quand tout est ordonné, maîtrisé jusqu'au moindre détail, et c'est pour cela que le George V est devenu mon QG. Un endroit aussi prestigieux que celui-ci ne peut pas décevoir.

Nous y passons tous nos jeudis après-midi avec mes amis. Des moments de détente pour parler des histoires de coucheries de la faculté et des derniers potins politiquement incorrects.

Aujourd'hui, il y a deux problèmes. D'abord, la petite nouvelle qui est à deux doigts d'exploser comme un ballon de baudruche tant son stress est palpable. Ensuite, le retard de Marie-Laure. Et c'est le troisième du mois.

Je trépigne en compagnie de Claire et Louise, attendant que cette crétine pointe le bout de son nez. Tout en réfléchissant à quel genre de punition je vais pouvoir lui infliger, je mets fin à l'expectative de la petite nouvelle du George V.

— Un café latte. Et sans sucre, cela va de soi ! j'ordonne à l'attention du premier élément perturbateur de la journée.

La serveuse acquiesce timidement. Elle n'ose pas me regarder dans les yeux. Elle se dirige doucement vers le bar pour déposer sa commande. En ce qui me concerne, je prends un malin plaisir à l'observer. Non seulement elle n'a pas la tête de l'emploi mais sa démarche est à vomir.

Mesdames, ne portez pas de talons aiguilles quand vous ne savez pas marcher avec.

C'est une règle de base.

Il va falloir que maman en informe l'équipe de direction. On ne peut pas employer de tels énergumènes au George V. Ce n'est pas concevable. Comme tous les habitués de l'établissement, je tiens à ma réputation. Et la distinction passe d'abord par le genre de lieux et de personnes que l'on fréquente.

Mes yeux dérivent furtivement vers Marie-Laure qui s'installe, le souffle court, à notre table. La petite serveuse en profite pour revenir avec un plateau chargé de nos boissons. Agacée, je regarde ma montre. Elle affiche 15 h 45. Trente minutes de retard. C'est le summum jamais atteint par cette garce.

— Je suis désolée les filles, problème de dernière minute, ose-t-elle se justifier.

*
* *

Claire lisse sa queue-de-cheval blonde et offre un regard compatissant à mon deuxième problème de la journée. Elle sait que je suis en train de bouillir et que je ne vais pas tarder à exploser.

Claire est le genre de pion à avoir dans sa poche. Un visage d'ange, un style sophistiqué et une attitude irréprochable. Fille unique d'un chef d'entreprise dans le domaine pharmaceutique et d'une mère issue d'une bonne famille, son avenir est déjà tout tracé.

Elle partagera probablement sa vie entre salons de beauté, de thé et défilés de mode haute couture. Comme sa maman adorée, Claire aura évidemment droit à un mariage des plus pompeux avec un homme de la même envergure que la sienne. Homme en costard cravate à qui elle donnera un ou deux enfants et avec lequel elle planifiera méthodiquement et de manière hebdomadaire ses parties de jambes en l'air.

Peut-être le dimanche soir après un épisode de Capital sur la Six.

Rien de bien transcendant, certes, mais tout ce qu'il y a de plus banal dans un monde comme le nôtre. De toute façon, ce n'est pas ce qui me préoccupe. Seules sa loyauté et sa docilité m'intéressent. À l'heure actuelle, je n'ai aucun souci à me faire de ce côté-là.

Malgré tout, ma petite Claire a un défaut que je ne saurais tolérer : elle est trop gentille !

— Trois retards, Marie-Laure, je dis le ton las.

— Je…

Je pointe mon index dans sa direction afin de la faire taire. Non seulement la sotte n'arrive pas à l'heure mais elle se permet de riposter ? C'est le monde à l'envers. Depuis qu'elle est au courant de mon départ vers l'Afrique, la troisième roue de mon carrosse ne cesse de bafouer mon autorité. Il va falloir remettre les pendules à l'heure.

Je pars au Mali dans trois jours et je ne tiens pas à ce qu'elle tente un coup d'État en mon absence. Il n'y a qu'un seul trône, qu'une seule couronne, et je suis la seule à pouvoir en disposer.

— Épargne-moi tes simagrées, Marie-Laure. Je me moque éperdument de savoir dans quelle chambre tu t'es fait tringler pour arriver en retard. Tout comme je me fiche de savoir qui a eu le privilège de passer après tous les autres entre tes cuisses. En revanche, ce qui m'intéresse, c'est de savoir si tu comptes te foutre de ma gueule encore longtemps ou bien s'il va falloir que je te raie de ma liste de personnes de confiance ?

Les yeux bruns de l'intéressée clignent à plusieurs reprises. Gênée, elle recoiffe quelques mèches rebelles de son chignon. Généralement, j'évite d'être aussi vulgaire dans ma manière de parler devant les filles. Je garde les « putains » salvateurs pour mes périodes de solitude sauf que, cette fois-ci, c'est la goutte d'eau qui fait déborder le vase.

Mon départ vers le Mali est une bénédiction pour Marie-Laure. Depuis toutes petites, nous nous livrons à une guerre de pouvoir silencieuse. Elle a toujours rêvé d'être à ma place. Je la domine dans bien des domaines. Qu'il s'agisse de mon rang social ou du nombre de zéros figurant sur mes comptes en banque, je l'écrase. Elle a donc fini par admettre qu'il valait mieux être du côté de son ennemie qu'en face.

D'autant que sa réputation frivole n'arrange rien. Un véritable four à pain, la demoiselle. J'hésite à fabriquer des cartes d'abonnement pour ses amants. Je suis sûre qu'il y aurait un bon paquet à se faire.

Marie-Laure n'a pas l'étoffe de prendre ma place mais garde quand même quelques espoirs en réserve. Surtout depuis qu'elle sait à propos du conflit récent que j'entretiens avec mon père.

En effet, ce dernier n'apprécie pas ma désinvolture. Il me trouve arrogante, imbue de ma personne, et pense que je ne suis aucunement reconnaissante vis-à-vis de ceux qui m'ont enfoncé une cuillère en or dans la bouche.

Foutaises.

Je ne suis absolument pas d'accord. Les enfants sont le reflet de l'éducation que leurs parents leur donnent. Il est entièrement responsable de ma façon d'être et de faire.

Malgré tout il a décidé de me faire payer mon manque de modestie en m'imposant un ultimatum. Mon paternel est neurologue à l'hôpital Sainte-Anne. Dans ce cadre, il lui arrive de travailler avec des associations humanitaires qui œuvrent pour faire bénéficier les enfants les plus démunis de soins médicaux adaptés à leurs situations. L'une d'entre elles cherche des bénévoles pour aller aider leurs équipes qui travaillent d'arrache-pied au Mali pour que la population retrouve un semblant de vie quotidienne entre les attaques terroristes qui se multiplient dans ces contrées.

Évidemment, mon père a sauté sur l'occasion. Il a fait passer mon CV et m'a ordonné d'y aller sous peine de voir mes revenus mensuels chuter au point d'avoisiner le zéro. Du moins, c'est comme cela qu'il a voulu que l'ultimatum apparaisse. En réalité, il était persuadé que je refuserais et que je le supplierais de ne pas m'infliger ça. Il ne m'a jamais pensée assez courageuse pour accepter un tel défi. Pour lui c'était du tout cuit. J'allais fermer ma gueule et le laisser me mener à la baguette, de peur qu'il me renie à vie.

Dans son équation, il a malencontreusement oublié quelques détails. Un, je suis aussi têtue que lui et je ne laisse personne prendre de décisions à ma place. Deux, j'aime les défis. Trois, malheureusement pour lui, en France, on ne peut pas déshériter ses enfants. Et enfin, aller aider les petits Africains, ça fait bien auprès des bobos parisiens. Surtout, lorsque comme moi, on a besoin de leurs voix pour rester sur le devant de la scène.

J'ai donc accepté. Mon départ a lieu dans trois jours. Ayant beaucoup de préparatifs à terminer et n'ayant ni le temps ni l'envie de tergiverser pendant cent sept ans, j'accélère la cadence auprès de Marie-Laure.

— Alors ? Tu te décides ? je lui demande d'un ton glacial.

— Je suis désolée Gaëlle. Ça ne se reproduira plus.

Que ces mots sonnent doux à mes oreilles. Je les sais complètement hypocrites mais la peur qui les accompagne m'assure que ma copine d'apparences a bel et bien compris la leçon. Malgré tout, j'assène un dernier coup, histoire de bien enfoncer le clou.

Jamais je ne lui céderai ma place.

— Marie-Laure, qu'on se le dise, ne pense pas que mon départ change quoi que ce soit. Je reste Gaëlle Larcher. Mes règles tiennent toujours et si par mégarde je viens à apprendre que tu as tenté de me devancer, tu le paieras. Tu n'as pas idée de ce dont je suis capable pour conserver ma position. Mon ombre continuera à planer sur Paname même durant ces trente jours. Me suis-je bien fait comprendre ?

Durant une toute petite seconde, je vois une étincelle de haine traverser ses pupilles. Cela dit, ma camarade acquiesce silencieusement, baisse les yeux et laisse ses doigts se crisper autour de sa tasse. J'en profite pour terminer mon café et me lever prestement de mon fauteuil. J'ai à faire. Je dois terminer mes achats pour le Mali et je ne tiens pas à laisser Marie-Laure rattraper son retard sur mon emploi du temps chargé. Je fais signe à Claire et Louise de me suivre. Marie-Laure m'interroge silencieusement.

Je lui réponds :

— Évidemment, je ne te propose pas de venir finaliser mes achats avec nous. Ton agenda surchargé par tes frasques t'accapare beaucoup trop. Je préfère te laisser réfléchir à la suite des événements et à la manière dont tu vas pouvoir respecter tes engagements à mon égard. En te souhaitant une agréable journée, Marie-Laure.

Jour J

Austin

— Qu'est-ce que t'as, Miller ? Tu t'es trop branlé hier soir ou quoi ? T'es mou, mec. Bouge-toi le cul, me hurle Chris, planté à dix mètres de là sous un parasol, une bouteille d'eau à la main.

À me narguer comme il le fait depuis tout à l'heure, Chris commence sérieusement à me casser les couilles. Avec ses idées à la con de footing sous le cagnard, je crève d'envie de lui envoyer mon poing dans la gueule. D'habitude, je préfère courir le matin lorsqu'il fait encore nuit. Ça m'évite de supporter cette chaleur étouffante. Ce con a fait exprès de modifier mon réveil. Heureusement pour lui, mon statut de Casque bleu m'empêche de lui faire regretter ses actes. Assurer la paix reste ma mission principale.

Mon seul mot d'ordre.

Néanmoins, on ne va pas se mentir, cogner ce crétin contribuerait grandement au bien-être du camp. Il ne passe d'ailleurs jamais bien loin d'une bonne raclée. Son comportement narcissique fait chier tout le monde. D'autant que sa gueule parfaite de petite tapette blonde aux yeux bleus hérisse les poils de beaucoup d'entre nous. Surtout de ceux qui sont sur le terrain depuis bien trop longtemps et qui se languissent de retourner chez eux. Même si pour cela, ils devront accepter d'affronter le regard des autres face aux cicatrices désobligeantes qui marquent leurs corps à l'encre indélébile. Accepter que ces marques reflètent des souvenirs douloureux, stigmatisant la mort d'une partie d'eux-mêmes.

Certains se rassurent en souriant jaune, se disant que c'est le métier qui rentre. C'est peut-être un peu trop le cas pour ceux qui finissent à l'asile en retournant au pays. Pourtant, on se contente tous de faire semblant de croire à ces foutues conneries. Simple forme d'hypocrisie qui permet d'éviter, autant qu'on le peut, la vérité. Vérité qui n'hésite pas à nous fracasser la tête et le cœur à chaque coup de kalachnikov qui touche l'un des nôtres.

Les Blue Boys sont au Mali pour tenter de rétablir la sécurité du pays face à la montée en puissance de l'idéologie salafiste. Mission quasi impossible lorsque l'on sait que notre camp, installé dans la commune de Kidal au nord du pays, est la cible préférée des attaques de l'organisation djihadiste AQMI. Beaucoup de pertes humaines sont à déplorer.

D'où mes entraînements excessifs. J'ai besoin de libérer mes nerfs. Ne pas péter un câble et bafouer notre code d'honneur. Un Casque bleu se doit de limiter au maximum l'usage de la force pour réussir sa mission. L'utilisation des armes n'est tolérée qu'en cas de force majeure.

Seulement, lorsque vous voyez autant de sang vous souiller les mains, vous avez de plus en plus de difficultés à distinguer le bien du mal. Faire la différence entre les situations de légitime défense et les autres. Ne pas craquer face aux violences exercées en continu sur des populations déjà fragilisées par un environnement géopolitique catastrophique. Courir reste ma seule alternative. Je parcours chaque jour à grandes foulées le terrain sablonneux du camp Minusma. Ça me permet de rester la tête dans le guidon, de ne pas déraper de l'autre côté.

J'aime aussi martyriser les gars comme Chris Parker. Certes, tout comme moi, ce type à la gueule d'ange est un soldat américain surentraîné et engagé pour servir l'Organisation des Nations unies. Mais j'ai toujours été bien meilleur que lui. Physiquement, je le bats à plate couture. Ce connard envie tellement mes performances qu'il s'obstine à me défier au quotidien. Je prends donc un malin plaisir à lui rabattre le caquet à coups de victoires bien senties et de résultats frôlant les meilleurs scores des jeux Olympiques.

Terminant mon footing, j'aperçois le caporal-chef me faire signe de venir. Pour le rejoindre, je passe devant l'énergumène qui me sert de coéquipier. Ce dernier ne peut pas s'empêcher d'essayer de me tacler d'un classique :

— Ton temps est de plus en plus merdique, Miller. T'as perdu dix secondes par rapport à hier !

— Ta gueule, prince charmant. On sait tous que tu fais un complexe d'infériorité par rapport à moi, mec. Et au passage, contrairement à toi, j'ai plus besoin de me branler depuis mes treize ans. De charmantes demoiselles s'occupent très bien de le faire à ma place, je lui réponds d'un ton cinglant, coupant définitivement court à la conversation.

Dégoulinant de transpiration et après le quotidien salut militaire dûment attendu par mon supérieur, j'accompagne ce dernier jusqu'au bunker qui sécurise son bureau. Tactiques militaires et enjeux politiques y sont dépeints. Le caporal-chef Hunt, également américain d'origine, m'incite à m'asseoir afin de discuter de la suite des événements de la journée.

— Une ribambelle d'humanitaires débarque sur le terrain, aujourd'hui. Tu connais le protocole, Miller. Je ne souhaite pas que ces illuminés viennent fouiner dans nos affaires. C'est déjà assez compliqué de gérer tout ce bordel. Je veux que tu assures la protection des petits nouveaux avant qu'ils se fassent exploser la cervelle par Al-Qaïda. C'est ta nouvelle mission du jour, Miller.

Comme nous tous, le caporal-chef perd patience. Si nous nous devons d'accompagner les associations humanitaires dans leur mission, la tâche devient de plus en plus difficile à réaliser. Les bénévoles sont souvent ingérables et cherchent à en faire le plus possible tout en se mettant en danger. Et ça bien sûr, sans notre autorisation. Ils nous défient dès qu'ils le peuvent. Ce sont des bombes à retardement. Ces gens-là n'ont pas la même connaissance du terrain que nous et n'ont pas la moindre idée des risques encourus dans cette zone. D'où le surnom que nous leur donnons : « les illuminés ».

— Compris, mon caporal. Combien de temps comptent-ils rester ?

— Un mois à ma connaissance. Ils doivent se cantonner à aider les populations à l'intérieur du camp. Distribution de bouffe, eau, médicaments, et ça s'arrête là. Les habitants repartent d'où ils viennent et les bénévoles ne bougent pas leurs culs d'ici. Pas de sentiments, Miller. Pas question que ces bouffons dépassent les limites comme la dernière fois.

Le chef fait référence à la fois où des bénévoles avaient volontairement quitté notre base pour s'aventurer à Tombouctou. À l'époque, l'armée malienne avait perdu le contrôle de la ville au profit de divers mouvements rebelles. Les salafistes s'étaient empressés d'agir contre ces bénévoles en majeure partie européens. Ils ont envoyé un gamin se faire exploser la tête en plein milieu de la place du marché. Un gros coup médiatique pour eux et une grosse gifle en pleine gueule pour nous.

— À aucun moment tu ne les perds de vue, Miller. Je compte sur toi.

J'acquiesce d'un mouvement de tête. Mon caporal m'autorise à déguerpir de son champ de vision. Je m'empresse d'aller prendre une douche et de revêtir mon uniforme avant d'aller à la rencontre des bénévoles arrivés sur le terrain.

Lorsque j'arrive à l'entrée du camp, le bus est déjà là. Ça gueule à pleins poumons. La chair fraîche est tout heureuse d'arriver ici, prête à se faire décapiter sur la place publique. Je reconnais certains habitués du système : dreadlocks, tenues flashy et symbole « Peace and love » placardé sur les T-shirts, ils ont toujours l'air de crétins partis en vacances au camping. Ces gens sont complètement allumés. Voir leurs collègues se faire exploser la cervelle il y a quelque temps ne les a apparemment pas plus touchés que ça puisqu'ils réitèrent.

Même Lola, la petite Espagnole que j'ai baisée l'an dernier, est de retour. Ses iris bruns me lorgnent. Lorsque je l'aide à descendre du bus, elle n'hésite pas à bien s'appuyer sur mes épaules ainsi qu'à se lécher les lèvres langoureusement près de mon visage. Signe avant-coureur de ce qui va se passer pendant ces quatre prochaines semaines. Je n'ai pas envie de finir comme Parker, à devoir me donner du plaisir par moi-même. Quand une occasion se présente, je la saisis. D'autant que cette petite traînée est plutôt bien foutue et assez douée avec sa bouche. Puis, elle ne cherche qu'à baiser, ce qui me convient parfaitement.

Je ne suis pas du genre à m'attacher aux nanas. Je baise et je me tire. Fin de l'histoire. Mon métier est tout ce qui compte pour moi. Et même si certaines se disent à même de vivre avec, je sais que ce n'est pas vrai. Quelle personne sensée est capable d'aimer un mec qui risque de se prendre une balle tous les jours en allant au taf ? L'amour, c'est pour les dépressifs qui continuent à s'accrocher à quelque chose à défaut d'avoir le courage de se foutre en l'air.

Mon regard dérive vers l'arrière du bus. Mes pupilles interceptent celles d'une jeune femme inconnue au bataillon, la vingtaine à tout casser. Il n'y a qu'elle qui se distingue au milieu de toute cette bande de dégénérés. La nana se contente de traîner au fond du bus. On sent qu'elle n'a clairement pas envie d'en sortir. Plutôt jolie, la brune observe les alentours jusqu'à replonger son regard dans le mien. Ses yeux noirs me fixent intensément et un sourire malicieux s'étire sur mes lèvres.

Cette meuf a un petit quelque chose en plus qui me plaît bien. Je sens d'ici son caractère bien trempé à travers sa petite moue d'enfant pourrie gâtée. C'est le genre de choses que l'on ne peut pas cacher. Quand on vous enfonce une cuillère en or dans la bouche dès la naissance, ça vous marque à vie.

À mille lieues de l'ambiance festive qui se propage autour de nous et finalement contrainte de débarrasser le plancher, j'entends d'ici la demoiselle souffler d'exaspération. Lorsqu'elle s'approche de la porte du bus, je lui tends une main pour l'aider à descendre. Elle me lance un regard assassin.

— Jusqu'à preuve du contraire, je crois que mes jambes fonctionnent très bien et que je sais encore comment descendre des marches d'escalier, s'exprime-t-elle dans un anglais parfait, teinté d'un accent français très sexy.

Sa démarche arrogante m'invite à lui donner une bonne leçon. J'adore m'occuper des minettes des beaux quartiers et les rabaisser plus bas que terre. Faire en sorte qu'elles finissent par comprendre que le monde ne tourne pas autour d'elles, de leurs sacs de luxe et de leurs faux cils. C'est un défi qui me plaît bien.

— Pour le moment, elles fonctionnent. Après mon passage entre elles, il se peut que ce ne soit plus le cas, je lui réponds d'un ton rocailleux la faisant sursauter.

Mon caporal, je crois que j'ai une nouvelle mission : faire tomber la charmante Française à mes pieds.

Jour 1

Gaëlle

Alors j'étais venue pour ça ?

Regarder des bouseux s'extasier devant un camp militaire et trois tonnes de sable. Putain, ça c'est clairement la cerise sur le gâteau. Moi qui m'attendais à un peu d'action, me voilà en train de tourner en rond entre les divers bunkers présents sur le terrain. Évidemment, le contexte est assez particulier. Tout est surprotégé. Des hommes armés traînent partout et vous demandent constamment qui vous êtes et ce que vous faites. Cela a un côté assez flippant, je dois l'admettre. J'ai même eu le droit aux bonnes vieilles fouilles réglementaires.

La première mission de l'association se déroule demain. Notre chef de groupe, Mariam, malienne d'origine, nous demande pour le moment de prendre connaissance des lieux et d'écouter attentivement les directives à appliquer. En bref, de prendre la température et de se préparer psychologiquement à voir un tas de civils débarquer dans des états critiques à la recherche d'un peu d'aide.

Autant dire qu'on vaque à nos occupations, le temps que les festivités commencent. Et qui dit vaquer à ses occupations dit, dans mon cas, ne rien faire du tout. Je n'arrive pas à dormir, le changement de climat me plombe trop. Je n'ai pas le moral et j'ai envie de boire un café latte.

Putain, j'en ai déjà ma claque avant même d'avoir commencé.

Alors, je marche depuis des heures. La chaleur est étouffante, mon débardeur me colle à la peau et pour couronner le tout, je dois me coltiner les regards désobligeants de certains militaires.

À toutes les nanas qui fantasment sur l'uniforme et qui pensent que tous ceux qui le portent sont vraiment des bombes sexuelles, je vous invite à aller jeter un petit coup d'œil sur Dimitri. Une espèce de nabot boutonneux qui ne cesse de m'observer avec un air pervers à chaque fois que je passe devant lui. Et le pire dans l'histoire, c'est qu'il se croit vraiment sexy : rictus en coin, regard de biche effarouchée, petites phrases à teneur érotique. La totale. À croire qu'il n'a jamais dragué une nana de toute sa vie.

Putain de boulet.

Évidemment, ça fait rire tout le monde. Notamment la petite pimbêche espagnole, Lola ou je ne sais plus quoi. Je jure sur tous les dieux que je vais finir par la faire pleurer si elle continue de ramener sa fraise à tout bout de champ. Ma mère m'a toujours dit : on ne mélange pas les torchons et les serviettes. Et cette crétine semble prendre un malin plaisir à se croire au-dessus de moi.

C'est vrai que je fais des efforts. Depuis le début, je ferme ma trappe, j'évite d'attirer l'attention sur moi. Clairement, je ne veux pas qu'on vienne me soûler. C'est déjà l'enfer alors il ne manquerait plus que je sois obligée de jouer copain-copain avec ces cul-terreux de basse campagne, venus ici à la recherche d'un peu d'adrénaline.

Il n'y a qu'à regarder l'Espagnole. Avec son petit air de chaudasse, elle se prend pour la reine du camp. Elle pense que se taper le plus beau militaire de toute la caserne fait d'elle une véritable célébrité. J'ai dénommé l'arrogant Austin Miller. Je me remémore encore sa petite phrase de bienvenue. Aucun mec ne m'a jamais parlé comme ça. Il a beau être très séduisant, un regard sombre à faire tomber toutes les midinettes à la renverse et un sourire à faire mouiller toutes les culottes des bénévoles, il n'en reste pas moins un connard de première. Heureusement pour lui, je ne suis pas là pour faire joujou. Je vais donc m'abstenir de lui rendre la vie infernale.

Pour en revenir à l'Espagnole, le pire dans l'histoire, c'est que ça marche. Sa petite amourette de vacances avec le beau et ténébreux militaire affole les méninges de tout le monde. J'ai l'impression de regarder une *telenovela* en direct. Et je ne vous raconte pas comment ça chiale d'éloges à son sujet quand elle raconte ses exploits de bénévole auprès des gamins démunis. Comme s'ils en avaient quelque chose à foutre de son sourire forcé et de ses mots de fausse maman gnangnan.

Je commence à me dire que cette idée de défier mon père était très mauvaise. Vraiment très mauvaise. J'aurais dû écouter ce que m'avait conseillé ma sœur Axelle. Feindre l'innocence devant lui et faire ce qui me plaît par-derrière. J'ai toujours eu trop de caractère. Je n'ai jamais pu m'empêcher de dire ce que je pensais en face. Et ça, mon père ne l'a jamais supporté.

Axelle est une perle. Elle a bossé dur toute sa vie et exerce un métier à responsabilités dans le marketing. Elle est sur le point de se marier avec quelqu'un de bien. Dans le langage de mon père, cela signifie : quelqu'un qui a assez de pognon pour s'occuper d'elle jusqu'à sa mort. Et surtout, ma sœur s'est toujours soumise à l'autorité paternelle sans rechigner. Alors évidemment voir que sa dernière fille ne suit pas le même parcours, ça le met en rage. Et il ne se gêne pas pour me le faire payer.

J'ai la haine. Je tape violemment du pied sur le sable pour faire descendre la pression lorsque je sens une main se glisser sur mon épaule. Je me retourne, encore plus furibonde. Pourvu que ce ne soit pas encore ce boulet de Dimitri, sinon je ne réponds plus de rien.

C'est finalement le regard téméraire d'Austin que je croise. Son mètre quatre-vingt-dix de muscles me surplombe mais je tiens bon. Cette fois-ci, pas question de le laisser gagner.

— Quoi ? je lui demande en anglais, la voix teintée d'une rage presque palpable tant je suis sous tension.

Autant vous dire que le sourire carnassier qu'il m'offre n'arrange en rien la situation.

— Alors, princesse, prête à craquer et à rentrer sagement pleurer dans les jupons de maman ?

— Ne m'appelle pas princesse.

Je crois que j'ai oublié de préciser qu'à chaque fois qu'Austin croise ma route, il ne peut s'empêcher de m'appeler princesse. En plus d'être sexy à souhait, ce connard est diablement intelligent. Malgré tous mes efforts pour paraître aussi banale que les autres, le militaire a vu clair dans mon jeu. Dès notre première rencontre, il a su sur quel terrain il s'aventurait. J'ai compris à son regard qu'il savait pertinemment que je n'étais pas n'importe quelle fille et qu'il allait prendre un malin plaisir à essayer de me faire descendre de mon trône.

— Comment alors ? me demande-t-il avec une condescendance prête à faire vriller chacune de mes cellules nerveuses.

— Gaëlle. Je m'appelle Gaëlle, je lui réponds tout en faisant exprès d'appuyer sur chacune des lettres de mon prénom.

Sa joue frémissante dissimule un rire moqueur qui me donne envie de l'achever.

Je poursuis :

— Laisse tomber. En fin de compte, ne m'appelle pas

du tout, d'accord ? T'as qu'à faire comme si je n'existais pas et ça ira très bien.

— Je n'ai pas l'intention de faire ça.

— Et pourquoi ça ? je lui demande, un sourcil d'incompréhension relevé.

— Ce serait trop facile. Et je déteste la facilité.

— Je vois, je dis en mimant la réflexion un doigt sur le menton. C'est donc pour ça que tu te tapes l'Espagnole. C'est clair qu'elle n'a pas du tout l'air d'une fille facile celle-là, à peine plus visitée que Disneyland.

Les fossettes du militaire se creusent. Je sens qu'il a envie de rire mais qu'il tente tout pour se retenir. De mon côté, je fulmine. Bien loin de moi l'idée de rire. Si je dois supporter cette espèce d'énergumène pendant un mois, je n'ai plus qu'à m'acheter une corde. Puis, le fait qu'il soit si sexy me donne des envies de meurtre encore plus prononcées.

— Jalouse, trésor ? Et puis qui te dit que je me la tape ?

— Peux-tu arrêter de prendre tes désirs pour une réalité ? Ça nous ferait gagner un temps considérable. Et pour le reste. Hum… Laisse-moi réfléchir. Je ne sais pas, moi, tout le monde ?

— Je m'en doutais. Typique d'une fille de ton genre : nourrie aux ragots et aux diamants par papa et maman depuis toujours. Je me demande vraiment ce que t'es venue foutre ici. Tu n'as pas un charmant chef d'entreprise qui t'attend à la maison, les pieds sous la table ?

— Une fille de mon genre ? Le genre que tu n'obtiens jamais, c'est ça ? Ce n'est pas bien d'être si frustré, Austin. Tu devrais vraiment penser à faire quelque chose ou à changer de poupée gonflable. Apparemment, la tienne ne semble pas te satisfaire puisque…

Je n'ai pas le temps de terminer ma phrase que je me retrouve plaquée avec hargne contre la porte d'un bunker. Le corps chaud d'Austin se colle sans gêne au mien tandis que son regard dérive vers les chars d'assaut qui circulent pile à l'endroit où nous étions il y a quelques secondes. J'étais tellement concentrée sur lui que je n'ai pas fait attention. Un peu plus et nous nous serions fait écraser. Mais ce n'est pas ça qui m'inquiète. Non, ce sont les sensations de dingue que je ressens avec ce corps collé au mien.

Putain, depuis quand un mec me fait autant d'effet ? Je suis persuadée que c'est la chaleur qui me tape trop sur le crâne. Je dois être en train de faire une insolation.

— Des chars d'assaut ? Je croyais que les Casques bleus n'utilisaient pas la violence pour défendre leurs intérêts, je chuchote contre son visage.

Les yeux noirs du militaire se plantant à nouveau dans les miens, je tente en vain de reculer. Ses lèvres charnues se retrouvent un peu trop près des miennes. Mes hormones me font payer cette soudaine proximité. Je me sens désormais toute chose sous cette énorme masse musculaire qui prend possession de mon corps. Et ce salopard de traître ne bouge pas d'un millimètre.

Putain, je me déteste.

C'est typiquement dans ce genre de situation que j'aimerais être dénuée de toute émotion. Mes terminaisons nerveuses s'électrifient sous ce contact forcé, envoyant une bonne dose de dopamine à tous mes organes. Mes poumons continuent de danser la lambada sans mon autorisation. Je suis tout bonnement incapable de sortir le moindre mot. J'ai l'air d'une gourde d'adolescente à son premier rencard, guimauviste à souhait. Et ça me fait péter un câble. Je ne contrôle rien de ce qui se passe.

Le souffle chaud d'Austin caresse quelques mèches rebelles qui s'éparpillent disgracieusement sur mon visage. Ses yeux bruns agrémentés de longs cils noirs observent chacun de mes traits, millimètre par millimètre. Cette situation est bougrement érogène et ça me tue de le reconnaître.

Putain.

Les muscles fermes d'Austin m'intiment de ne pas bouger. Et trop chamboulée par le bouleversement qu'il m'oblige à vivre, je n'ose pas me dégager. J'ai des sueurs froides. L'impression d'être à deux doigts de passer l'entretien d'embauche de ma vie. Une montée d'adrénaline circule dans mes veines.

Je déglutis.

Ce type a un tel magnétisme que mon cœur s'affole dans ma cage thoracique. Austin le remarque et m'offre un rictus en coin qui termine de m'achever.

Alors que mes prunelles sont toujours plantées dans les siennes, un autre militaire s'avance à notre rencontre. Un blond aux yeux bleus. Plutôt bien gâté par mère nature, je l'avoue, mais rien comparé au brun ténébreux qui me colle. Celui-ci se décide finalement à me lâcher. Néanmoins, il continue à faire barrière entre moi et blondinet dès lors que ce dernier tente de me serrer la main. Tout en détournant les yeux vers son camarade, il pose une main possessive sur mon ventre. Un large sourire s'étend sur mes lèvres. Finalement, mon beau militaire n'est pas si insensible que ça à mon charme.

Je rattrape des points, les gars. Je rattrape des points !

— Je vois que tu ne traînes pas, Miller.

— Qu'est-ce que tu veux, Chris ? grogne Austin, mécontent d'avoir été interrompu dans sa tentative de séduction à mon encontre.

— Le chef veut te voir.

Ni une ni deux, la main chaude d'Austin se décolle de mon débardeur et ses yeux bruns replongent dans les miens. Ses lèvres s'entrouvrent, décidées à me promettre monts et merveilles :

— Ce n'est que partie remise, trésor.

Jour 2

Austin

Ça ne s'arrête jamais.

Quand tu penses que c'est terminé, il y en a encore. Des morts. Des uniformes imbibés de sang. Ça s'incruste, ça ne s'efface pas et quand tu penses avoir fini de nettoyer, d'autres bombes explosent, d'autres armes tirent et d'autres hommes meurent. C'est inépuisable.

Ça ne s'arrête jamais.

Les terroristes d'Ansar Dine, appelés aussi les « défenseurs de la religion », viennent d'abattre leurs dernières cartes. Sept soldats maliens, quatre tchadiens et trois français en ont payé les frais. Une simple bombe artisanale a suffi pour disloquer un WAB, l'un des véhicules blindés les plus prisés des forces militaires.

À croire qu'on ne tire jamais de leçons de nos erreurs passées, qu'on n'utilise jamais l'Histoire à notre avantage pour changer la donne. Pendant plus de huit ans, mes ancêtres se sont évertués à vouloir tuer le communisme vietnamien à coup de stratégies bien pensées et d'armes lourdes. Les Américains ont toujours supposé que la quantité faisait la force. La vérité, c'est que nous n'étions pas préparés. Nous n'avions aucune connaissance du terrain et nous nous sommes fait laminer.

Aujourd'hui encore, on pense que les tanks et les M4 suffiront à combattre les djihadistes. C'est oublier que nous sommes sur leur propre terrain de jeu. Ils savent où frapper et comment le faire. Quelque part, nous sommes cernés.

C'est ça qui me tue. Cette vision archaïque de la guerre. Cette façon qu'ont les gouvernements de laisser les registres mortuaires s'alourdir de jour en jour en maintenant une pression constante sur leurs hommes. J'ai voulu rejoindre les Casques bleus parce que je ne supportais plus de voir tous ces gars se faire assassiner les uns après les autres. Ils te parlent de leurs femmes et de leurs gosses un jour et le lendemain tu les retrouves couchés dans des boîtes en bois.

Pourtant, j'ai été formé pour être tireur d'élite. Tuer, c'est ma vocation. Devant cet énième massacre, j'ai du mal à me contenir. J'ai envie de tout faire péter autour de moi, putain. Reprendre du service auprès de l'US Army et aller au front. Rejoindre les combattants et flinguer le maximum de ces ordures, quitte à crever au fond d'une cave et à terminer décapité sur une vidéo. J'aurai au moins eu le plaisir d'en atomiser quelques-uns.

C'est pour ça que je ne veux pas m'attacher. Pas de famille. Pas de souffrance. Je sais qu'un jour, je vais craquer, je suis un tueur de sang-froid. Je ne tiendrai pas longtemps sans rien faire. Alors je me suis coupé du reste du monde. Il n'y a que mes frères d'armes qui doivent compter. Je ne dois pas faiblir devant qui que ce soit d'autre, ne pas devenir le poids lourd de quelqu'un. Jamais.

Les mains crispées sur le volant du 4 × 4 que je conduis pour rentrer au camp, j'ai encore les images du sinistre en tête. J'ai la tête en vrac. Et ça m'emmerde grandement. Je n'ai pas d'états d'âme à avoir. J'ai simplement besoin de me concentrer sur le boulot et d'évacuer tout le reste. Ouais, j'ai l'habitude de voir toutes ces horreurs. Ramasser les débris en fermant ma gueule et faire semblant de ne pas voir la tristesse envahir les traits de mes compagnons de bataille, c'est mon quotidien. Nous sommes payés pour protéger le monde, éviter qu'il ne s'effondre. Nous n'avons pas le droit d'avoir peur, d'être malheureux ou de rechigner plus que de raison.

Il faut vaincre ou mourir. C'est notre seule raison d'exister.

J'accélère la cadence en tâchant de faire abstraction du reste. Les illuminés reçoivent leur premier convoi de civils dans quelques minutes. J'ai pour mission de les surveiller. Faire en sorte que rien ne dérape et qu'ils s'occupent de faire ce qu'on leur demande. Rien de plus. Ils ont normalement reçu les provisions et équipements médicaux nécessaires pour faire leur taf.

Lorsque j'arrive à destination, j'aperçois des centaines de civils faire la queue devant les grilles qui font barrage au camp de la Minusma. Ça va être la cohue. Je le sens.

Les collègues m'ouvrent les axes d'entrée et je pénètre à l'intérieur de la zone militaire. Je gare le véhicule près des autres et me dirige vers Mariam, la chef du groupe associatif. Je la connais depuis longtemps. Elle est têtue, grande gueule, complètement dingue, je l'adore. Cette cinquantenaire originaire du Mali n'a peur de rien. Amoureuse de son pays, elle n'hésite pas à braver vents et marées pour aider. J'ai souvent dû l'empêcher de faire n'importe quoi mais ça reste quelqu'un de formidable, qui impose le respect par sa dévotion aux autres et sa persévérance dans chacune de ses missions associatives.

Comme d'habitude, je la retrouve en train de courir partout et de gueuler comme une vache espagnole toutes ses directives en anglais auprès des autres.

— Mariam, on se détend ! Ce n'est pas ta première fois.

Ça va bien se passer. Puis à ton âge, faudrait pas que tu nous fasses une crise cardiaque, je lance, un brin ironique.

L'intéressée m'assassine du regard. Ne jamais parler de l'âge et du poids d'une femme. Règle de base si vous ne voulez pas finir comme une sardine en boîte. Cela dit, je dois être plus courageux que les autres puisque je m'évertue à la taquiner de remarques désobligeantes sur son nombre de printemps à chaque fois qu'elle m'en donne l'occasion.

— Austin, mon mignon, t'as intérêt à bien fermer ta bouche parce que j'ai beau adorer mater ton petit cul bien fait, je risquerais de lui faire du mal si tu continues de l'ouvrir.

Je vous ai déjà dit que j'adorais cette femme ? En une réponse acerbe, elle a le don de m'éloigner de tout le décor morbide qui nous entoure. C'est pour ça que Mariam est indispensable au bien-être du camp. Elle a beau être brut de décoffrage et vous balancer des piques sanguinaires à la moindre critique excessive, elle n'en reste pas moins quelqu'un de très attentionnée et à l'écoute. D'ailleurs je comprends bien vite qu'elle a remarqué mon état de merde. J'ai beau avoir le sourire en permanence et ne pas savoir chialer comme une meuf pour faire dégager la sauce de sentiments à chaque fois qu'un truc m'emmerde, Mariam sait quand ça ne va pas, et surtout quoi faire pour me remettre sur le droit chemin.

Elle s'approche d'un air soucieux, les lunettes tombant sur son nez. Ses cheveux frisés sont en bataille. Avec sa petite taille, Mariam est obligée de lever la tête bien haute pour pouvoir me regarder.

— Tu tiens le coup, chéri ? Quels sont les dégâts ? me demande-t-elle à la hâte.

— Une quinzaine de morts, je déclare d'un ton laconique.

Ne pas être triste. Ne pas souffrir.

Vaincre ou mourir.

Mariam presse mes épaules à l'aide de ses mains tout

en m'offrant un regard que je ne connais que trop bien. Compatissant à souhait et spécial maman poule. Parfait pour remplacer celui de celle que je n'ai pas eu le temps de connaître.

Mes parents sont morts dans un accident de voiture peu après ma naissance. J'ai été élevé par mes grands-parents maternels jusqu'à mes seize ans. Puis, d'instinct, je me suis tiré. J'ai écumé les conneries jusqu'à ce que l'armée américaine me fasse de l'œil. Durant les dix dernières années, j'ai appris beaucoup de choses, notamment le fait que les militaires ne sont pas des héros. Ces types-là ne sont bons qu'à porter des couches-culottes dans des BD. Les mecs de ma trempe sont assez timbrés pour se contenter de servir de chair à canon. La réalité est bien moins glorieuse que ce que l'on imagine.

Mariam me sourit et me tapote tendrement la joue. Derrière elle, les bénévoles terminent la mise en place de leur dispensaire et les civils commencent à arriver en masse. Beaucoup de mères de famille et d'enfants attendent de recevoir de la nourriture et des soins médicaux. Un des types de l'association s'approche de nous et interpelle sa chef.

— Mariam, on a un problème.

Mec, là, t'es mal tombé ! Mariam est une bombe à retardement. Elle ne supporte pas que les choses n'aillent pas dans son sens. Les merdes de dernière minute ne sont pas cautionnées. Mariam retire ses lunettes et coule un regard ahuri au bénévole.

— Comment ça, un problème ? Quel problème ? Ce sont les livraisons ? C'est…

— Non, non, rien de tout ça ! C'est juste la petite dernière qui pique une crise de panique, intervient le bénévole. Je ne sais pas quoi faire, j'ai l'impression qu'elle va nous péter dans les pattes.

Il parle de Gaëlle ou je suis en train de rêver ? La princesse est en train de flancher si vite ? Ça m'étonne. J'ai beau me foutre de sa gueule, il y a un truc dans son regard qui me dit qu'elle est bien plus forte que je ne l'imagine.

— Gaëlle ? je m'empresse de lui demander.

L'illuminé aux cheveux longs attachés en chignon acquiesce d'un geste de la tête. Je lui demande où elle est et fais signe à Mariam que je m'en occupe.

La princesse parisienne n'a pas trouvé meilleur refuge que les chiottes. Lorsque je débarque près de la porte, je l'entends suffoquer de l'autre côté. Je perds tout de suite l'envie de rire. J'ouvre doucement afin de ne pas lui faire peur. Mon regard croise instinctivement le sien. Complètement paniquée, elle est assise dos contre le mur, tremblante comme une feuille. Sa respiration saccadée traduit nettement son trouble. Je commence aussi à être nerveux. Gérer les crises de larmes de nana, ce n'est pas mon domaine de prédilection. J'essaie de m'approcher mais elle replie ses genoux sous elle et semble terrorisée à l'idée que je puisse la toucher.

Putain, cette situation est trop bizarre.

— Gaëlle, respire. Ça va aller. Je ne vais pas te faire de mal.

Plus j'avance et plus elle se braque contre le mur. J'ai l'impression qu'elle est à mille lieues d'ici. Magnétiquement, je ne peux m'empêcher de poser mes mains sur les siennes. Elle se retire brutalement et tente de se relever dans l'optique de s'enfuir. Plus rapide, je m'interpose et la prends de force dans mes bras. Je l'enserre aussi fort que je peux tout en continuant à lui parler. Le but est de rester calme et doux. Je ne dois pas lui montrer que sa crise de panique me flanque la trouille. C'est monnaie courante chez certains soldats mais bizarrement j'arrive mieux à gérer la situation avec eux. J'en connais les causes et je sais où toucher pour calmer l'hémorragie d'émotions qui les ronge. Là, je suis complètement paumé, obligé d'user de ma force physique et de mon sang-froid pour la rassurer.

— Respire, Gaëlle. Tu ne risques rien. Je suis là. Tout va bien. Respire.

Son corps est collé au mien. Sa tête repose sur mon torse et je caresse ses longs cheveux bruns. Des larmes coulent le long de ses joues mais peu à peu elle semble s'apaiser.

Dans un souffle, elle m'avoue :

— Je ne peux pas faire ça, Austin. Je ne peux pas. Je pensais que c'était fini. Je pensais que… Je pensais que plus jamais il n'arriverait à me faire du mal. Mais c'est encore là. Ça continue de me tuer.

Jour 3

Gaëlle

Ochlophobie.

Avoir peur de la foule. Angoisser à l'idée qu'une masse humaine vous oppresse tellement que vous allez cesser de respirer. C'est exactement ce que j'ai ressenti quand j'ai vu tous ces gens qui s'agglutinaient les uns aux autres. C'est ce sentiment d'insécurité profonde qui m'a fait prendre mes jambes à mon cou.

Je déteste ça.

Être entourée d'autant de monde, sentir tous ces corps qui s'agitent et m'encerclent. La sensation de perdre le contrôle à chaque bruit trop brusque. Malgré ma grande taille, je me sens toujours trop petite dans ce genre de situation. Incapable de trouver la porte de secours. Inapte à supporter les regards sur moi.

Je déteste ça.

Les regards emplis de désespoir braqués sur ma personne. Les mouvements de bousculade. Les enfants qui pleurent. Les mères qui crient et les hommes qui se battent. Tous prêts à s'écraser les uns les autres pour survivre. J'étais là, au milieu de tout ce vacarme, oppressée et désarmée.

J'ai détesté ça.

Dans la vie de tous les jours, j'ai appris à faire taire mes angoisses. Ne jamais prendre les transports en commun. Ne jamais risquer de me trouver au milieu d'une manifestation. Ne participer à aucun concert ni rassemblement quelconque. J'ai toujours trouvé la solution.

Parvenir à me défiler et à trouver l'excuse parfaite, c'est ce que je fais de mieux.

— Les Maroon 5 sont à Paris pour un concert, tu viens ? m'avait demandé Claire il y a trois semaines.

— Non, je passe le week-end à Milan avec ma sœur, j'avais répondu.

Je n'étais pas allée à Milan. J'étais restée chez moi, enroulée dans des couvertures, à regarder *Pretty Woman* à la télé. Avoir beaucoup de pognon aide toujours. Les gens vous croient, qu'importe ce que vous leur racontez. Alors j'ai usé et abusé de ma fortune. C'est mon argument de choc. Celui qui me permet de rester la tête haute en toutes circonstances. De ne pas défaillir. Jamais.

Mais là, comment faire ?

Je ne peux pas m'enfuir. Je suis obligée d'affronter mes peurs. Mon esprit a ses propres failles. Ma mémoire persiste. Elle ne se démonte pas. J'ai des bribes d'informations qui m'arrivent en pleine gueule à chaque regard que je pose sur cette foule. Ma mémoire ne triche pas. Elle ne cherche pas à m'aider. Simplement à me tirer de mon sommeil profond et à me montrer ce que j'ai vécu.

Ce que j'ai réellement vécu.

Maman fait les meilleurs gâteaux du monde. J'ai toujours eu le droit de porter la plus jolie robe. Mes caprices ont toujours eu raison de mes parents. C'est leur façon de déculpabiliser, un moyen idéal pour se pardonner de ne pas avoir réussi à agir à temps.

Avant, je n'avais pas peur. Je sous-estimais le danger. La trouillarde, c'était ma sœur. Axelle se méfiait constamment de tout le monde. « Parfois, les gens sont mauvais », qu'elle disait. Mais moi, je n'y croyais pas. À sept ans, j'étais persuadée que rien ne pourrait nous arriver. Que mon père était un héros et ma mère une princesse. J'étais au chaud dans ma forteresse. Personne ne pouvait m'atteindre.

Même si je décidais de parcourir seule les rayons d'un immense centre commercial, j'arriverais forcément à retrouver mon chemin avant qu'un homme ne m'attrape par le bras et plaque l'une de ses mains sur ma bouche. Oui, les gens réagiraient forcément. Ils ne l'écouteraient pas se fondre en excuses pour mes gémissements. Ils étaient tellement nombreux. Un homme qui kidnappe une enfant ne pouvait pas passer inaperçu. Malgré la foule, il y avait certainement un moyen de savoir, de comprendre ce qu'il faisait.

— Calme-toi, chérie, papa veut juste te ramener à la maison. Ah, ces enfants… Quelle histoire ! Un caprice pour rien.

Contrairement à ce que vous pensez, les enfants ne pardonnent pas tout. Ils ne font pas toujours abstraction du mal que vous leur faites. Moi, je n'ai pas pardonné. Je ne me suis jamais débarrassée de son odeur de cigarette mêlée à de l'essence sur mes cheveux. Je n'ai jamais oublié ses ongles noirs s'incrustant dans la chair de mes bras pour m'obliger à avancer. Mon esprit a refoulé beaucoup de choses. Mais pas ça.

Sauf qu'aujourd'hui tout refait surface. Axelle m'a toujours dit : « Tu as le pouvoir, Gaëlle. Si ça n'existe pas dans ta tête, il ne pourra plus jamais te faire de mal. » Le problème, c'est que ça existe. Ces trois semaines passées à jouer la gamine d'un couple désabusé par la société et contraint de voler le gosse d'un autre pour assouvir le désir de mener une vie normale existent.

J'ai passé beaucoup de temps à mentir aux autres. Sur qui j'étais, sur ce que je voulais vraiment. Jouer au jeu des apparences pour satisfaire l'auditoire, je sais faire. C'est une manière de garder le contrôle sur tout et tout le monde afin de ne plus avoir peur que quelqu'un puisse de nouveau l'avoir sur moi. Mais les souvenirs, eux, ne s'inventent pas. Certains vous marquent à vie et vous empêchent d'avancer.

Couchée dans un lit de fortune, sous une tente, je me frotte lascivement le visage. J'ai eu le droit à une journée de répit. Ma crise de panique a mis à mal tout le monde. Mariam voulait même appeler mon père. J'ai refusé catégoriquement. Je ne peux pas perdre, pas si facilement.

Quelque part, je sais qu'il n'a pas choisi ce défi par hasard. Non seulement il cherche à récupérer son autorité parentale, mais il souhaite aussi m'aider à vaincre mes angoisses, ma peur des autres. Il n'a donc rien trouvé de mieux à faire que de m'obliger à m'embarquer dans une aventure associative.

Les yeux braqués sur un point imaginaire, j'entends des rangers s'approprier mon espace vital en s'enfonçant dans le sable près de moi. D'instinct, je sais à qui elles appartiennent.

Austin s'agenouille près du lit de camp et positionne son coude dessus, près de mon visage. Je ne le regarde toujours pas. Je sais déjà ce qu'il a envie de me dire et malgré toutes mes bonnes intentions pour rester forte et détestable, j'ai juste envie de m'effondrer dans ses bras. Juste envie de me sentir à nouveau protégée comme hier, quand il me tenait fermement. Parce qu'il a réussi à recréer ma bulle de sécurité. Qu'il était là et que j'avais confiance en lui.

— Alors, tu vas me dire ce qui s'est passé, hier ?

— Non. J'ai juste paniqué. Ça s'arrête là. Pas besoin d'en faire tout un plat.

Il souffle d'exaspération, se lève et me pousse violemment. Je me relève sur les coudes et plante mon regard noir dans le sien. Austin n'est pas forcément quelqu'un de très expressif. J'ai du mal à cerner qui il est. S'il s'inquiète vraiment pour moi ou s'il se contente simplement de faire son boulot. Il n'y a que ses yeux qui peuvent le trahir. En les observant, j'y discerne une pointe d'agacement. Je ne vais pas m'en sortir comme ça, d'autant qu'il commence à enlever ses rangers.

— Austin, qu'est-ce que tu fais ?

— Ça ne se voit pas ? J'enlève mes chaussures !

— Pour faire quoi ? je lui demande, surprise.

— Pour m'installer près de toi, me répond-il tout en continuant à me pousser jusqu'à l'extrémité du lit de camp.

— Et si je ne veux pas ? je m'empresse de demander, presque outrée par sa façon de m'obliger à accepter sa présence dans le lit près de moi. J'ai bien dit : « presque ».

— Parce que tu as le choix, peut-être ?

Le corps d'Austin est désormais collé au mien. Son bras gauche repose sur son T-shirt noir qui sculpte parfaitement ses abdominaux tandis que le droit s'est placé au-dessus de ma tête. Lui non plus ne cherche pas à me regarder. J'ai l'impression qu'il veut simplement être présent.

— Je déteste le café.

Quoi ? Qu'est-ce qu'il fait ?

— Austin, dégage !

— Je trouve ça purement et simplement dégueulasse. Sauf que je m'oblige quand même à en prendre une tasse tous les putains de matins.

— Austin, t'es vraiment en train de faire ça ? Tenter désespérément de me faire parler en causant de toi ?

— Tu sais pourquoi je continue à en prendre une ?

Bien loin de lui l'idée de faire attention à mes questions acerbes, il poursuit, persuadé de son plan et des résultats qu'il va obtenir. Et comme une cruche, je me tourne vers lui et obtempère.

— Pour faire comme les autres ?

Les yeux sombres d'Austin dévient vers les miens. Plus noirs que jamais. Tellement intenses qu'ils me font vriller tout entière, d'autant que la proximité qu'il nous impose n'arrange rien.

— Gaëlle, je ne t'ai pas dit que je buvais une tasse de café tous les matins. Je t'ai dit que j'en prenais une.

— Quelle est la différence ?

— La différence, c'est qu'ils pensent que je fais comme eux. Alors qu'en réalité je me fous simplement de leur gueule avec ma tasse que je verse ensuite dans l'évier, me répond-il le sourire aux lèvres. Le pire dans l'histoire, c'est que ça fait des années que c'est comme ça mais il y a toujours un con pour me proposer un café chaque matin.

— Pourquoi tu fais ça ? je lui demande, interloquée.

— Pour les mêmes raisons que toi.

— Je ne fais pas ça. Si je n'aime pas le café, je ne bois pas de café. Je ne triche pas.

— Bien sûr que si, on triche, Gaëlle. Tout le monde triche. Avoir le pouvoir sur les autres c'est se persuader qu'on l'a sur soi-même. Alors, on triche. On se joue des gens qui nous entourent pour éviter qu'ils ne puissent le faire avec nous. Sauf que quelque part, on se ment aussi à nous-même. Hier, tu n'as pas juste paniqué, Gaëlle. C'est parce qu'on a le même mode de fonctionnement que je sais que ça cache quelque chose de plus gros. Et je vais trouver ce que c'est.

Je me relève vivement sur le lit de camp. Austin place nonchalamment un bras sous sa tête et continue de me fixer.

Plus je le regarde, plus je sais qu'il ne lâchera pas l'affaire. Pourquoi fait-il ça ? Pourquoi chercher à en faire une affaire d'État ? Il ne me connaît pas. Personne ne me connaît. Je préfère qu'il me déteste. C'est plus facile quand les gens vous détestent. Ils ne cherchent pas à vous comprendre. Ils n'ont pas envie de vous parler et ils n'essaient surtout pas de vous aider. C'est bien plus facile de laisser vos démons vous consumer et de n'avoir personne qui essaie de vous secouer et de vous sortir la tête de l'eau. Même là, en vous laissant avoir par vos peurs, vous avez l'impression de garder le pouvoir.

— Pourquoi tu cherches à en faire une obsession, Austin ? Tu n'as personne à aller secourir ? Pas de gosses à protéger ? Putain, pourquoi t'essaies de t'immiscer dans ma vie ?

— Tu l'as dit toi-même, mon boulot c'est de sauver des vies. C'est ce que je vais faire avec toi.

Jour 4

Austin

Énième jour dans le couloir de la mort. Désormais, c'est comme ça que je vois les choses. Pas parce que je n'aime pas ce pays, bien au contraire. Le Mali a quelque chose de particulier. Il n'y a que dans les yeux de ses citoyens que tu vois autant d'humanité, de bienveillance, d'amour. Mais il n'y a qu'ici aussi que la barbarie fait autant écho. La guerre fait rage et le sang coule à flots.

Je masse ma nuque endolorie. J'ai passé une chienne de nuit. Trop de choses me foutent en l'air en ce moment. J'ai juste envie de me tirer. Pas d'abandonner mais simplement de donner à mon combat une autre signification. J'ai l'impression d'être inutile dans ce camp. À vouloir éviter la guerre, on l'attire. Les Casques bleus deviennent des proies faciles. On ne bénéficie d'aucune immunité auprès des monstres. Nous sommes les premiers à assouvir leurs besoins de vengeance. Seul au réfectoire, je repousse mon repas avec dégoût.

Chris débarque et ne se prive pas de me piquer les quelques toasts trop cuits de mon plateau.

— Je te sers un café ? me demande-t-il l'air de rien.

J'acquiesce le sourire aux lèvres. Bien conscient de ma

supercherie et fier de voir que mes conneries continuent de fonctionner. Ce type est trop con, putain !

Chris dépose ma tasse sur la table et s'installe sur une chaise en face de la mienne. Je ne sais pas pourquoi mais j'ai l'intime conviction qu'il n'est pas là par hasard. Il va essayer de me faire chier, l'enfoiré.

— Alors t'es pas de corvée auprès des illuminés aujourd'hui ?

Dans le mille !

— Qu'est-ce que ça peut te foutre, Chris ? T'as pas d'autres gens à aller emmerder ? je grogne de mécontentement.

— Eh ! on se calme, l'ami ! J'essaie simplement de savoir pourquoi tu tires autant la gueule ce matin. C'est le fait de savoir que ta petite protégée est en escapade dans le centre de Kidal avec Mariam ?

Mon sang ne fait qu'un tour. C'est une blague ? Mariam et Gaëlle au cœur de Kidal ?

La ville dans laquelle est établi notre camp est entre les mains des rebelles. Pas question de s'y aventurer sans protection. Mes nerfs se tendent plus rapidement que prévu. Je jure que si Mariam a osé faire ça sans m'en parler, je vais finir par l'achever.

— Tu peux répéter ?

Le ton haineux que j'emploie ne cesse de faire rire le connard qui siège en face de moi. Putain, lui aussi je vais me le faire. Je vais en prendre un pour taper sur l'autre avec leurs idées à la con.

— Mariam est partie glaner des informations sur le forum pour la réconciliation nationale qui se déroule dans pas longtemps. Histoire de mettre Gaëlle dans le bain, elle a décidé de l'emmener, me répond-il, non sans une pointe d'humour perfide.

Je me lève précipitamment.

— Qui les accompagne ? Ne me dis pas qu'elles y sont allées seules ?

Chris joue des épaules et m'achève d'un :

— Tu connais Mariam.

Oui, justement je ne la connais que trop bien. Mariam n'a peur de rien. Elle parle de cette connerie de forum depuis des semaines. Il s'agit d'une rencontre entre plusieurs groupes progouvernementaux et rebelles ainsi que des membres du gouvernement. Le Mouvement national de l'Azawad qui clame l'indépendance du nord du Mali doit y siéger. Mariam voit dans cette rencontre une nouvelle chance de ramener la paix dans son pays. Moi, je ne me fais clairement pas d'illusions. Chacun prêche pour sa paroisse et personne n'est prêt à faire un pas vers l'autre, quoi qu'en disent les apparences.

Putain de bonne femme ! Incapable de rester dans les rangs et de faire ce qu'on lui demande. Mariam est aveugle. Elle n'hésite pas à entraîner tout le monde dans sa chute. Gaëlle ne va pas supporter de se retrouver au milieu de tout ce boucan politique. Ses angoisses vont la finir.

Je suis remonté comme jamais. J'ai le sang qui pulse. L'adrénaline qui explose dans tout le corps. Je crois que je vais commettre un massacre. Je verse brutalement ma tasse de café dans l'évier et me dirige d'un pas déterminé vers la sortie. Plus qu'à choper les clés d'un 4 × 4 dans le bureau du chef et à partir à leur recherche.

Sauf que…

Lorsque je sors *in extremis* du bureau, le trousseau de clés dans les mains, j'entre en collision avec Mariam. Les joues rouges, les cheveux en bataille et la mine assombrie. Mes yeux bruns la scannent de la tête aux pieds à la recherche d'une quelconque réponse avant qu'elle ne daigne me l'apporter d'elle-même.

— Tu sais où est le médecin ? J'ai fait le tour du camp mais je n'arrive pas à le choper, me demande-t-elle complètement paniquée.

— Mariam, putain, mais qu'est-ce que t'as… ? je tente, le cœur tambourinant de plus en plus fortement dans ma cage thoracique.

— Ce n'est pas le moment, Austin. La vie d'un gosse est en jeu. Alors dis-moi où est ce fichu médecin ? aboie-t-elle.

— Quel gosse ? Mais de quoi tu parles ? Mariam, putain ! je m'impatiente, au bord de l'explosion.

Mariam m'attrape par la main et m'intime de la suivre. Le sang cogne contre mes tempes. Mes pieds marchent d'instinct sans savoir où ils vont et Mariam me force à prendre un rythme effréné. Elle se dirige vers une tente plantée à quelques mètres de là.

C'est lorsque je pénètre dans cet habitat de fortune que je comprends. Des horreurs, j'en ai vu. Du sang, j'en ai nettoyé. Mais je crois que le tableau qui se dessine sous mes yeux fait partie des pires choses qu'il m'ait été donné de voir.

Un gosse d'une douzaine d'années à tout casser est affalé sur le sol, la tête reposant sur les genoux de Gaëlle. Ses doigts à elle sont incrustés dans la chair vive et ensanglantée du cou de l'enfant. Je cligne des yeux à plusieurs reprises pour me reprendre. Dans une guerre, tout ce qui touche aux enfants m'a toujours traumatisé plus que tout le reste.

Lorsque j'arrive à retrouver l'usage de la parole, je demande à Mariam :

— Comment c'est arrivé ? D'où vient cet enfant ?

L'intéressée met quelques secondes avant de comprendre que je m'adresse à elle. Elle semble autant dans le coaltar que je ne le suis.

— Il était déjà comme ça quand on l'a trouvé dans la rue. Il perdait énormément de sang. Gaëlle a pensé… Il fallait qu'on stoppe l'hémorragie alors elle a plongé ses doigts dans la plaie. On l'a ramené ici. Il n'avait aucune chance de survie. Maintenant laisse-moi passer. Il faut… Reste avec elle, je dois trouver le médecin !

Mariam tente de partir mais je la retiens fermement par les épaules. Personne ne va pouvoir nous venir en aide. Les rares individus habilités à pratiquer la médecine dans le camp sont partis tôt ce matin. C'est pour cela que nous n'avons pas ouvert les portes du camp aux civils aujourd'hui. D'ordinaire, les membres de l'association prodiguent des soins de première nécessité et vaccinent tous ceux qui viennent à notre rencontre. Sauf qu'aujourd'hui, personne n'était disponible pour le faire.

Ils sont tous partis.

Mariam me supplie des yeux mais aucune solution ne me vient. Je suis obligé de capituler.

— Le médecin n'est pas là. Toute l'équipe médicale s'est tirée. Ils sont à l'hôpital de Gao pour aider. Il y a trop de victimes, Mariam. Et ici… Ici, il n'y a personne.

Le dire à voix haute me ramène un peu plus sur terre. Mot après mot, je prends conscience d'une chose. Nous n'avons aucun moyen de sauver ce gosse. Mes yeux restent prisonniers de son corps. Il baigne dans du sang, tellement de sang. Trop de liquide rougeâtre s'incruste sur le sol. Le petit est pratiquement inerte. Je lâche Mariam et me retourne vers Gaëlle qui tente de le sauver. Mariam reste derrière, pétrifiée sur place. Elle aussi, elle a pris conscience de l'horreur de la situation.

Plus je m'approche et plus la vérité me broie les boyaux. Le corps du gamin a déjà lâché. Je le sais, je le sens. Il semble lourd, froid. Définitivement sans vie. Je pose ma main sur l'épaule de Gaëlle.

Elle ne bouge pas d'un millimètre. Je vois ses larmes affluer. La tension nerveuse qui émane de son corps est telle que sa peau en est brûlante. Brûlante de colère, de désespoir. Elle tente de parler au gamin mais c'est peine perdue. Pas de réponse. Ses yeux sont complètement vides.

La scène me prend aux tripes. J'ai envie de crier, de trouver celui qui a fait ça et de le tuer de mes propres mains. J'ai tellement envie de retrouver ce bâtard et de l'anéantir que je peine à garder mon calme. Pourtant il le faut, Gaëlle a besoin de moi.

— Gaëlle…

— Il va s'en sortir. Il est juste… Il est juste fatigué. Le trajet a été long mais… J'ai fait tout ce qu'il fallait, Austin. Je te le jure. Tout ! crie-t-elle de désespoir, animée par une fureur qui me pétrifie.

Sa main reste plantée dans le cou du gamin. Pas une seule seconde elle ne tressaille. Elle maintient sa prise. Je reste estomaqué par tant de pugnacité.

Cette fille faible ?

Si je l'ai pensé, me voilà averti du contraire. Putain, elle a dû atteindre toutes ses limites aujourd'hui. Affronter ses angoisses les plus profondes pour parvenir à planter ses doigts dans la jugulaire d'un enfant et tenter de le sauver.

Ça me tue de devoir faire ça. Anéantir ses derniers espoirs, frapper d'un coup violent ses efforts. Ça va l'obliger à laisser ses angoisses gagner. Sa peur de l'autre, de la mort, prendre le dessus. Putain, ça me rend dingue. J'ai l'impression qu'on me lacère les organes vitaux chaque seconde que mes yeux passent à fixer les siens.

— Il ne respire plus, Gaëlle.

Ses prunelles sombres me fustigent. Je la sens prête à me livrer bataille. Me prouver que j'ai tort, que je ne vois pas la même chose qu'elle. Puis elles finissent par se reporter sur le corps inerte de cet enfant de douze ans. Elle enfonce encore plus ses doigts dans la plaie béante qui longe son cou. Le sang continue de couler.

— Il dort… Il est juste fatigué. Mais je suis là… Tu vois… Je suis là, je vais l'aider. Il ne peut pas mourir. C'est un gamin… C'est un gamin, Austin !

Je retire ma main de son épaule et la positionne sur ses

doigts ensanglantés. Je fais pression pour lui montrer que le pouls du gosse a disparu. Quand elle en prend conscience, ses mains se mettent à trembler. Son visage ravagé et ses yeux rouges de douleur se plantent dans les miens.

— Il dormait… Il dormait… Et maintenant il ne se réveillera plus jamais.

Jour 7

Gaëlle

J'ai toujours détesté les faux-semblants. Les gens qui prétendent pouvoir vous aider en vous demandant continuellement si ça va. J'ai eu les doigts plantés dans un cadavre pendant des heures.

Je suis censée répondre quoi ? Oui ? Fais-moi un plat de spaghettis bolognaises et ça va passer ?

La vérité, c'est que j'aimerais simplement qu'on me foute la paix, qu'on arrête de m'infantiliser. Je n'ai besoin de personne. J'ai juste besoin d'oublier.

Oublier. Oublier. Oublier.

Et ça, Austin l'a tout de suite compris. Il n'a pas cherché à me faire parler. Ni même à me suivre comme le bon toutou de ses dames et ce en dépit de la demande de Mariam. Pendant de longues minutes, il s'est contenté de laisser ses doigts sur les miens, d'appuyer sur la blessure. Encore et encore jusqu'à ce que les connexions nerveuses se fassent. Jusqu'à ce que je comprenne que cet enfant ne reviendrait jamais à la vie. Mariam a voulu m'arracher mes derniers espoirs comme un pansement que l'on décolle d'une peau à vif. Elle voulait que j'arrête de regarder ce cauchemar vivant, que je cesse de me briser le cœur inutilement.

Un mort reste mort.

Dans les faits, ça va vite. Il ne faut que quelques secondes pour que votre cœur s'arrête de battre, pour que votre esprit cesse de gamberger. Mais pour les autres, c'est une autre histoire. Être vivant c'est accepter d'être anéanti. C'est tolérer la souffrance à l'extrême. Et j'avais besoin de ça. J'avais besoin d'être là et de regarder le corps de ce petit bonhomme pour comprendre. Laisser la douleur me submerger pour me rappeler que je suis bien là, que je suis bien vivante. Seul Austin a réussi à m'accompagner dans ce processus. Il est resté avec moi, m'a laissé le temps de réagir, de digérer la pilule pour ensuite m'aider à me relever.

Cela fait désormais trois jours qu'il évite de me croiser. Austin sait que j'ai besoin de temps, d'être seule. Alors, il ne force rien. Le héros de guerre attend patiemment que la crise passe. Il m'a simplement conseillé d'appeler quelqu'un qui ne sait pas. Une personne qui ne pourra pas faire semblant.

C'est la raison pour laquelle je suis actuellement au téléphone avec ma sœur. Axelle est trop naïve. Aucun risque pour moi qu'elle ne se doute de quoi que ce soit. Elle se contente simplement de me raconter ses mésaventures parisiennes et ses préparatifs de mariage. Bien que je m'en foute complètement dans la mesure où je ne peux pas piffrer le marié, je l'écoute parler sans rechigner.

— J'hésite encore sur les compositions florales. Tu sais pour les centres de table ! Est-ce que je dois me contenter de quelque chose de neutre comme le reste ou… Ou bien j'ajoute un peu de peps. Je ne sais pas… T'en penses quoi, Galou ?

« Galou » est définitivement le surnom le plus pourri de la terre entière. Il date de la période où j'étais plutôt bien potelée et où ma sœur me comparait à Balou dans *Le Livre de la jungle*.

Personne ne se rend jamais compte de l'ampleur qu'une

critique faite sur un enfant peut avoir comme conséquences sur son avenir. Maintenant, je peine à ne pas calculer tout ce que j'avale. Un carré de chocolat en trop et c'est la mort. Bien que, là, j'aie une furieuse envie d'en manger une tablette tout entière pour pallier mon moral de merde.

— Je ne sais pas, Axelle. Ça a vraiment une importance capitale de savoir si tu préfères les roses ou les marguerites ? Les gens s'en foutent ! je réponds, dépitée.

— Ce que tu peux être exécrable, aujourd'hui ! C'est le Mali qui te rend comme ça ? Franchement, tu as fait une sacrée bêtise… T'embarquer là-bas tout ça pour quoi ? Rendre papa furieux ? Tu aurais mieux fait de mettre un peu d'eau dans ton vin ! Tu n'en serais pas là, me rétorque-t-elle, acerbe.

Parfois je déteste Axelle. Ou du moins, je déteste ses manières de faire ou de dire, la façon dont elle se laisse berner et contrôler par les hommes. Typique d'une femme à marier et sans caractère.

C'est ma grande sœur. Elle devrait me préparer au monde, être mon exemple. Au lieu de ça, elle reflète tout ce que je ne veux pas être. Je ne fais pas trop d'histoires avec elle, par peur de la blesser. Je sais qu'elle est d'une sensibilité extrême. Cela dit, je ne peux pas m'empêcher de la titiller à coups de remarques sexuelles désobligeantes.

— Je n'ai pas besoin de mettre de l'eau dans mon vin, Axelle. J'ai besoin de baiser, de monter au septième ciel ! D'avoir l'orgasme de ma vie ! Tu sais ce que ça signifie ? Non, suis-je bête ! Sachant avec qui tu comptes signer ton contrat de mariage, je doute que tu en arrives à ce stade-là un jour.

Mission réussie.

Je la sens d'ici rougir comme une pivoine et regarder les alentours pour vérifier que personne n'a entendu ce que je viens de lui balancer.

La vérité, c'est que c'est moi qui aurais dû faire attention.

Confortablement installée dans le réfectoire, vide à cette heure de la journée, je n'ai pas pensé une seule seconde que quelqu'un puisse débarquer à l'improviste.

Mais la malchance s'acharne sur moi.

Mes yeux s'aventurent furtivement sur le corps musclé d'Austin qui s'avance près de moi. Il s'installe sur la chaise en face de la mienne, un rictus grivois aux lèvres. Dois-je aussi parler du muffin à la myrtille qu'il dépose sur la table qui nous sépare ?

Merde, je vais en prendre pour mon grade !

Ayant côtoyé de nombreux soldats français, Austin comprend très bien ma langue maternelle. Sans compter que le langage sexuel n'a pas de frontières.

Ma sœur me sort de mon état de transe psychique. N'oubliant pas de crier comme une furieuse derrière le combiné. Néanmoins, je n'écoute pas ce qu'elle me dit, l'informe que je dois partir et raccroche le téléphone.

Austin plonge son regard malicieux dans le mien et entreprend de me mettre à mal. Lentement mais sûrement, j'en suis certaine.

— Alors, tu as besoin de « baiser » ? De « monter au septième ciel » et « d'avoir le meilleur orgasme de ta vie » ? me demande-t-il, dépiautant le plus sensuellement du monde le papier qui entoure son muffin.

— Ce n'est pas ce que tu crois, je réponds lamentablement, telle une petite fille prise la main dans un sac de bonbons auxquels elle n'avait pas le droit de toucher.

— Je ne crois rien, Gaëlle. Ne parle pas comme si je venais de te surprendre dans un lit avec un autre, rétorque-t-il, les pupilles fixées sur son gâteau.

D'accord, la mention d'un autre dans mon lit ne lui plaît pas des masses. Ça se sent à la pointe d'agacement que j'entends dans sa voix. Joueuse, je décide de le pousser à bout.

— Ça poserait un problème ?

— Quoi donc ?

Il me demande ça d'un ton innocent tout en découpant et en déposant la moitié de son muffin à la myrtille devant moi. Il avale une bouchée de la sienne d'une façon si langoureuse que j'en ai des frissons dans tout le corps.

Putain, il me cherche, là ?

Je repousse le morceau de gâteau vers lui. Austin me regarde avec incompréhension. Puis m'informe :

— Mariam fait les meilleurs muffins à la myrtille du monde. Tu ne te rends pas compte de ce que tu loupes.

— Je n'ai pas envie de finir avec une énorme bouée de sauvetage autour du ventre et trois tonnes de cholestérol dans le sang.

Très bien, le héros de guerre n'a clairement pas fini de se foutre de moi. Il peine à étouffer son rire. Ce qui achève de m'énerver. Je ne dis que la vérité. Il faut arrêter de croire ces starlettes américaines qui disent se goinfrer de cheesecake et ne pas prendre un gramme sur la balance ou bien qu'elles ne pensent jamais à leur poids et vivent heureuses. Tout le monde sait qu'en réalité elles mangeront ensuite trois pommes par jour pendant des semaines pour rattraper leur écart et continuer à rentrer leur cul dans un jean taille 34.

Les connasses !

— Tu veux connaître la vérité, Gaëlle ?

— Quelle vérité ?

— Les hommes aiment les femmes comme ils aiment les bons gâteaux. Et tu sais comment sont les gâteaux, n'est-ce pas ? Délicieusement moelleux, riches en sucre et en bons ingrédients. En bref, ils sont bons parce qu'ils sont faits avec amour.

Cet homme va me tuer. Je le jure. Avec des phrases comme ça, il va me terminer à la petite cuillère. Et puis bordel, il faut qu'il arrête d'être si sexy en mangeant. C'est un crime ! Je craque et j'entreprends de manger la moitié du muffin. Austin m'offre un sourire carnassier. Vaincue sur ce terrain, je compte bien me venger.

— Tu n'as pas répondu à ma question.

— Quelle question ?

— Moi avec un autre homme dans mon lit. Ça poserait problème ?

Les hommes sont possessifs et jaloux dès lors qu'ils tiennent à vous ou qu'ils vous prennent pour un trophée à décrocher. C'est un fait. Et Austin n'est pas différent des autres sur ce point-là. Un éclair doré traverse ses pupilles sombres. L'orage arrive.

— Avoir un rapport intime après un choc peut aider à surmonter la douleur. Certaines personnes avouent même avoir eu la meilleure partie de jambes en l'air de leur vie après un enterrement. C'est humain. Tu disais peut-être ça pour emmerder quelqu'un mais la tension nerveuse qui émane de ton corps ne ment pas, me signale-t-il d'un ton neutre.

— Austin, t'es en train de me proposer un plan baise avec toi parce que je suis malheureuse ou je rêve ? Je ne te connais même pas. Et je ne suis pas le genre de fille qui couche avec des inconnus pour noyer leur chagrin.

Nouvel éclair doré dans les yeux. J'ai beau faire la fière, Austin voit clair dans mon jeu. La vérité, c'est que je suis terrifiée de voir qu'il me comprenne autant. Depuis le début, Austin creuse des trous dans mon armure de surface. Même s'il ne parle pas, je sais qu'il commence à rassembler les pièces du puzzle. Il a assisté à l'une de mes crises d'angoisse. Il a conscience de mes peurs. Il m'a aidée à tirer un trait sur la vie d'un enfant.

En sept jours, il en a appris plus sur moi que personne n'arrivera jamais à le faire dans la vie de tous les jours. Et je flippe à mort. Plus le temps avance, plus ma peur de tomber dans son piège, de le laisser creuser jusque dans des endroits encore inexplorés par un autre homme, remonte à la surface. Un jour il atteindra mon cœur, c'est là que ça deviendra problématique.

Austin n'est pas du genre à se contenter du minimum syndical. Il va vouloir tout prendre, tout obtenir. Me pousser à combattre mes limites. Il est du genre à rendre n'importe quelle femme complètement dingue de lui, dévorée par une passion sans précédent. Et on sait très bien de quoi s'accompagne la passion. La violence. La douleur, brutale et sans scrupule.

Mieux te détruire pour que tu m'appartiennes.

— Je m'appelle Austin Miller. Je n'ai pas de deuxième prénom. Mes parents sont morts dans un accident de voiture. J'ai grandi dans une petite ville du Minnesota chez mes grands-parents avant de me barrer. Je suis livré à moi-même depuis très longtemps. C'est probablement pour ça que j'ai choisi d'intégrer l'armée américaine. Je ne voulais pas me foutre en l'air. Je n'ai pas de fiancée qui m'attend sagement à la maison, en train de faire cuire des gâteaux dans une cuisine américaine hors de prix. Je ne veux rien devoir à personne, ne pas être dépendant de qui que ce soit. Je ne veux pas compter le nombre de jours qui me restent à tirer ici avant de rentrer chez moi pendant les permissions. Je ne rentre jamais chez moi. Parce que je n'ai pas de chez-moi, pas de famille.

Austin s'arrête un instant et plonge son regard intense dans le mien. Je suis complètement estomaquée par ses révélations. Je ne sais pas comment ni pourquoi mais je sais que même comme ça, même quand il se livre à moi, il continue de creuser un tunnel jusqu'à mon cœur.

— Il faut que je poursuive ou tu estimes en connaître assez sur moi pour me laisser te faire du bien ?

Jour 7 (suite)

Austin

Les pupilles de Gaëlle se dilatent à mesure que les secondes passent.

J'esquisse un sourire en coin. Elle est vraiment en train de faire ça ? Jouer à la vierge effarouchée.

Allez, chérie ! Pas avec moi.

Non seulement elle n'a rien de vierge, mais à l'écouter parler, j'ai vite compris qu'elle n'est pas vraiment prude non plus.

Néanmoins ni elle ni moi ne bougeons d'un millimètre. Pas qu'elle n'ait pas compris le sous-entendu placé derrière ma question. Ça, non ! Je sais qu'elle a parfaitement saisi le sens de ma proposition. Elle mesure simplement le pour et le contre. Et je préfère la laisser faire. Laisser la tension grimper.

J'ai toujours aimé ce moment, celui qui précède l'acte. Le calme avant la tempête. Celui pendant lequel la fille se pose un tas de questions qui n'aboutiront jamais à rien. Elle en a envie, moi aussi. Fin de l'histoire. Mais pourtant je la laisse faire, parce que j'adore entendre son palpitant s'affoler, regarder la chair de poule hérisser le duvet de ses bras. Oui, j'adore ça !

Et encore plus avec elle. Allez savoir pourquoi, Gaëlle

a ce petit truc en plus qui change la donne, qui rend les choses plus explosives. Ses yeux bruns trahissent sa perte de contrôle et toutes les émotions qui en découlent. On dirait un volcan prêt à entrer en éruption. Et ça me rend dingue. Bien plus qu'avec n'importe quelle autre nana. Je devrais probablement m'enfuir, aller baiser quelqu'un qui me posera moins de problèmes, mais je n'en ferai rien.

Je profite du temps qu'elle occupe à mettre fin à son dialogue intérieur pour attraper un filtre et du tabac. Je sens le regard perplexe de la brune se poser sur moi.

— Tu fumes ? me demande-t-elle, réprobatrice.

— Ça dépend, je réponds d'un air faussement intéressé.

Arrêtons de discuter beauté, passons aux choses sérieuses.

— Comment ça ?

— Je ne me considère pas comme un fumeur. Je n'ai pas besoin de blinder mes poumons de toxines pour me sentir vivant ou pour affronter mes problèmes. Tu comprends ? En définitive, c'est moi qui décide. Je fume ou je ne fume pas. Là, j'ai décidé de m'en griller une.

Gaëlle s'agite sur sa chaise et me rétorque :

— C'est ce qu'ils disent tous.

— Qui ça, ils ?

— Les fumeurs, ou toute autre personne atteinte d'addiction. Vous pensez avoir le contrôle mais c'est faux. Vous ne l'avez pas. Vous ne l'aurez jamais.

Je m'esclaffe.

— Qu'est-ce qu'il y a de drôle, tu peux me dire ? Puis, qu'est-ce qui te donne envie de fumer ? Pourquoi maintenant ?

— Les clichés ont la vie dure. Trésor, je n'ai pas fumé depuis six mois. Je te l'ai dit, je suis maître de la situation. Ne me dis pas que tu t'inquiètes, pas toi, pas Gaëlle Larcher, ce serait trop déconnant !

Le volcan est en train de bouillir de l'intérieur. Je viens

de toucher un point sensible. Piquée au vif, elle croise ses bras sous sa poitrine et s'insurge.

— Tu as raison, je ne devrais pas m'inquiéter pour ta santé. Tu peux crever d'un cancer des poumons, ça ne me regarde pas. En revanche, tu devrais penser à toutes les vies que tu ne pourras plus sauver quand tu seras mort.

Je ne réponds pas.

Pas la moindre envie d'entrer dans un débat sans fin.

Je termine simplement de rouler ma cigarette et me renfrogne dans mon siège, agacé de la voir essayer de me frustrer en tournant autour du pot. Elle en a autant envie que moi, pourtant. Je le sens. Je plante mes prunelles assombries de désir dans les siennes. Je n'ai plus envie de discuter. Plus du tout.

— Trésor, plus tu gagnes du temps, plus tu t'enfonces. Soit tu te tires, soit tu joues. Pas trente-six mille solutions possibles. Il faut savoir affronter son adversaire, ne pas faire que l'amadouer.

Furieuse, Gaëlle se lève. Tout son être vibre de colère. Bien. Très bien. Du sexe en colère, rien de mieux pour assouvir toutes ses pulsions, calmer toutes ses angoisses. J'y suis presque.

J'accentue la pression, la pousse dans ses derniers retranchements.

— Alors ? Tu fuis ou tu restes ?

— Je devrais fuir, répond-elle tout en collant son dos contre le mur.

— Pourquoi ?

— Parce que tu n'es pas le genre d'homme avec qui on passe le restant de ses jours.

Je me lève à mon tour, dépose la cigarette sur le coin de la table et m'avance vers elle, lentement. Mesurant chacun de mes pas avant de la rejoindre et prenant le temps de la laisser réfléchir à ce qu'elle veut vraiment. Une dernière fois. La dernière fois. Avant qu'il ne soit trop tard. Son corps se presse de plus en plus contre le mur. Elle tient toujours ses bras fermement autour d'elle.

Trésor, n'essaie pas de te protéger de moi. C'est peine perdue.

Quand j'arrive enfin à sa hauteur, que mon souffle caresse doucement les quelques mèches rebelles de son visage et que je sens nos cœurs qui batifolent au même rythme, je l'achève d'un :

— Non, tu as raison… Je suis le genre d'homme avec qui on passe l'éternité. Ce n'est pas la même chose.

Salopard de menteur ! J'excelle, là. Je ne suis certainement pas celui qui lui fera des enfants et qui la rendra heureuse jusqu'à la fin de ses jours. Honnêtement, elle ferait mieux de ne pas jouer avec moi. Elle va perdre.

Sur ces derniers mots, je plaque mes mains autour de son visage et l'attire plus près de moi. J'écarte durement ses lèvres forçant sa langue à rencontrer la mienne. C'est bestial, presque malsain et terriblement excitant. Le genre de baiser qui te brûle les méninges à n'en plus finir. Gaëlle a le goût amer du chocolat, celui qui a le pouvoir de marquer tes papilles jusqu'à la fin de tes jours. Déconcertant. C'est juste un truc de dingue, putain !

Comment je vais m'en sortir après ça, déjà ?

S'il y a encore quelques secondes, je pensais être maître de la situation, les émotions qui font trembler mon corps jusqu'aux orteils juste en entortillant ma langue à la sienne m'indiquent finalement le contraire. Je viens de dépasser mes limites.

Je m'aperçois rapidement que je ne suis pas le seul à perdre les pédales. Gaëlle glisse ses mains fines et tremblantes sur mon torse, sous mon marcel blanc. J'en profite pour palper sa taille et placer mes mains sous ses fesses. Je romps notre baiser et d'un geste je la soulève.

Je l'emmène en direction de ma piaule. Je sais par quel chemin passer pour que personne ne nous voie.

Lorsque nous arrivons à destination, je dépose Gaëlle au sol. Elle en profite pour me retirer mon débardeur et placer ses bras autour de ma nuque. Ses yeux empreints d'un désir non dissimulé étincellent dans les miens. Je la porte jusqu'au lit et l'installe dessus.

Je couvre sa clavicule de doux baisers avant que mes mains ne poursuivent leur quête. Et encore une fois, Gaëlle me surprend en me demandant d'une voix paniquée :

— Rien ne sera jamais plus pareil après ça, hein ?

Incapable de l'apaiser avec des mots, je préfère la faire taire d'un baiser sur les lèvres. Gaëlle a compris le message. Je sors un préservatif de mon treillis militaire. Ça peut paraître pervers comme ça mais je crois que c'est juste une habitude de mec, avoir toujours ce qu'il faut. Être prêt en permanence.

Elle palpe mes abdos tandis que je termine de la dévêtir. Nue et complètement à ma merci. Putain, mon membre s'affole rien qu'en imaginant tout ce que je vais pouvoir faire de ce corps harmonieux. Mes mains rêches parcourent sa peau de velours. Elle s'allonge sur le lit, frémissante de plaisir.

Exposée, vulnérable. Parfaite. Je ne devrais peut-être pas faire ça. Un mec bien n'aurait pas profité de la situation, de son chagrin. Mais j'avais un tel besoin de l'avoir. C'est une façon de reprendre les rênes de notre relation, de la réduire au même statut que les autres filles. Sans le vouloir, sa sensibilité n'a cessé de souiller mon âme. De me foutre en vrac. Et ici, en pleine guerre, je ne peux pas laisser quelqu'un s'immiscer dans ma tête, me détourner de mon principal objectif.

Je dois juste la baiser. Je ne veux pas de famille, pas de quelqu'un pour qui je crèverais d'inquiétude. Je dois juste la baiser. Oui, la baiser.

J'entreprends de lécher sa peau sucrée du nombril

jusqu'à sa zone sensible. Je caresse sensuellement l'intérieur de ses cuisses avant de prendre possession de son sexe avec ma langue. Gaëlle se cambre au maximum. Ses mains accrochent les rebords du lit. Entre ses jambes, je fais monter la température, la rends aussi nerveuse que possible. Mes terminaisons nerveuses s'entrechoquent à mesure que ma bouche la goûte. Le monde s'arrête de tourner à chacun de ses soubresauts. Ses gémissements me font vriller, m'atteignent en plein cœur.

C'est du suicide, putain !

Je relève la tête, m'empresse de me débarrasser du reste de mes fringues et d'enfiler un préservatif. La tension est à son maximum. Nos corps baignent dans une atmosphère chaude et moite. Sans faire dans la dentelle, je la pénètre d'une seule poussée, puissante et ravageuse. Ma belle Française hurle de surprise. La sensation d'être en elle est exaltante. Indéfinissable.

Putain, je perds pied !

J'ai l'impression que le monde est en train de s'écrouler autour de moi. Que le mur que je me suis construit pour mieux me protéger des autres et des femmes en particulier est en train de se casser la gueule. Et je ne fais rien pour limiter les dégâts. Parce que c'est trop bon, tellement euphorisant, que je ne contrôle plus rien. J'accentue bestialement la force de mes coups de reins. Gaëlle m'accompagne autant qu'elle peut. Nos corps tremblent de plus en plus. Encore et encore jusqu'au point culminant.

L'extase totale.

Non, plus rien ne sera jamais comme avant maintenant.

Jour 11

Gaëlle

On ne devrait pas faire ça.

Non, on ne devrait vraiment pas faire ça.

Se bouffer du regard chaque fois qu'on se croise. S'embrasser à tout bout de champ comme si une foutue branche de gui était accrochée à chaque recoin du camp Minusma. Se tester, se séduire, coucher ensemble. Dans tous les sens du terme. Se parler encore et encore comme deux crétins d'adolescents qui pensent que tout s'arrête après un premier amour.

Non, on ne devrait pas.

C'est mal, je le sais. Mal parce que c'est foutu d'avance. Dès qu'il a posé son regard sur moi, j'ai compris qu'il allait me blesser. Ressentir quelque chose pour un mec comme lui, ce n'est pas prendre le risque de souffrir, c'est souffrir.

Pas de compromis possible. Sa présence m'est devenue indispensable sur le terrain. Il a toujours ce charisme et les mots pour me faire craquer. Sans compter qu'il s'agit probablement de la seule personne capable de m'apaiser et de me calmer à chaque fois que je déraille. Parce que Dieu sait que je le fais, de plus en plus.

La situation se complique. Je ne sais pas si j'en ai simplement marre de voir du sang et des gens souffrir à tous les coins de rue ou si, comme je le pressens, la situation se dégrade de jour en jour. J'enchaîne les missions données par Mariam mais je le sens, je vais finir par craquer.

Tous ces regards baignés de larmes et de colère braqués sur moi, sur les soins que je pratique tant bien que mal, je ne les supporte pas. Mariam a beau me répéter que tout ce que je fais est utile, j'ai l'impression que ce n'est jamais assez. Que pendant que nous sauvons des vies, d'autres continuent de s'écrouler à seulement quelques mètres de là.

À quoi bon ?

Seul Austin est capable de me le faire comprendre, de me redonner foi dans ce que j'exécute. Il me prouve à quel point tous ces petits actes réalisés au quotidien sur le camp sont nécessaires pour la communauté.

Non, nous n'arrêterons pas la guerre de sitôt. Non, nous ne réussissons pas encore à apaiser le climat social, ni à jouer en faveur du développement économique du pays. Ce n'est pas comme ça que ça marche. Nous ne sommes pas assez puissants. Mais il faut garder espoir, continuer à y croire. Et Austin me pousse à le faire. Son engagement envers ce pays et sa volonté de fer m'incitent à repousser mes limites, toujours plus loin. C'est pour ça que je craque.

Putain, mais qu'est-ce qu'il m'arrive ?

Je ne suis plus la même depuis mon arrivée. Et étrangement, je ne me suis jamais sentie autant en accord avec moi-même, aussi vivante. J'étais partie dans l'optique d'emmerder mon père et de lui donner une bonne leçon. La vérité, c'est que ce voyage m'aura permis de me découvrir. De savoir qui je suis vraiment.

Évidemment, en apparence, je serai toujours la connasse friquée et imbue de sa personne. J'aurai toujours besoin d'avoir le contrôle sur les autres. Mais aujourd'hui, je sais aussi que la vraie Gaëlle a évolué, qu'elle n'est plus la petite fille qui a peur des autres. Mes malfaiteurs n'auront plus jamais d'emprise sur moi, ma vie et mon avenir. Le Mali, Austin, m'ont délivrée de tout ça. Aujourd'hui à ses côtés, j'ai l'impression que je suis forte, que quoi qu'il arrive, je survivrai. Parce que je n'ai pas le droit de trébucher.

Lui, il ne le fait pas. Jamais.

C'est un guerrier. Et c'est ce qui le rend unique. Indispensable. D'où ma peur de lui et des sentiments que j'éprouve à son égard.

Que va-t-il se passer quand je vais rentrer ? Mon nouvel équilibre sera-t-il menacé ? Avec lui, j'y arrive. Mais sans lui, qu'adviendra-t-il ? Plus le temps avance, plus les questions s'accumulent et me font gamberger.

Actuellement en train de faire l'inventaire des provisions arrivées au camp, j'ai du mal à me concentrer. Je suis obligée de compter plusieurs fois.

Alors que je suis coincée entre les réserves, Mariam me trouve et m'interpelle :

— Gaëlle, ton père est médecin, n'est-ce pas ?

Je la regarde, dubitative.

— Oui… Pourquoi ?

Un sourire s'étire sur ses lèvres. Et croyez-moi, ça ne sent pas bon, pas bon du tout. J'ai un mauvais pressentiment. Mariam ne sourit jamais. Sauf à Austin. Précisons que dans ce cas précis, ça ne compte pas. Toutes les nanas de la planète seraient obligées de sourire devant un physique si parfait. Putain, ça le rend si… torride, si agaçant aussi. Ma possessivité me tuera.

— Tu peux venir m'aider ? me demande mon mentor, m'arrachant aux images de la nuit dernière passée dans les bras d'Austin, qui tournent en boucle dans ma tête.

Bordel, ça ne va vraiment pas être simple. On ferait mieux d'arrêter tout ce cirque avant qu'il ne soit trop tard. À moins que ce ne soit déjà le cas ? Merde, je…

— Allô, Gaëlle, ici la terre ! Tu te bouges ou tu vas rester plantée ici toute la sainte journée ?

— Mariam, je bosse, là. Il y a encore tous ces bacs remplis de nourriture à compter et je…

— Tais-toi, Gaëlle. Tu ne peux pas te contenter de faire ce qu'on te dit pour une fois ? Je me fous de ce que tu fais, j'ai besoin de ton aide ! Ce n'est pas parce que tu couches avec mon chouchou que tu dois te sentir toute-puissante, réplique durement cette satanée bonne femme.

Je vais la tuer. Elle m'exaspère à un point qui me dépasse. Son chouchou ? Crétine de cougar en plus du reste ? Ça ne va pas le faire. Ça ne va pas le faire du tout. Qu'elle ose une approche, pour voir !

Je souffle d'exaspération et me précipite vers la porte de sortie. Je fais exprès de la pousser au passage. Bizarrement, Mariam ne bronche pas et se contente de me suivre. Le message était peut-être plus clair cette fois-ci.

Au bout d'un certain temps, elle me passe quand même devant et me presse jusqu'au dispensaire du camp. Des cris animent les lieux. J'ai l'impression qu'un cochon est en train de se faire égorger. Je regarde bêtement Mariam, ne comprenant toujours pas ce que je fais là.

Cette dernière attrape ma main et m'entraîne vers le fond de la pièce où des lits sont cachés par des rideaux bleus. La couleur est clairement dégueulasse mais son opacité permet aux patients d'avoir un minimum d'intimité.

Les cris sont si forts que je me bouche les oreilles. Je vais finir sourde.

Mariam tire brutalement l'un des rideaux.

Ma mâchoire est en train de se décrocher.

Dites-moi que je rêve ?

Une gamine est allongée sur le lit. Les jambes écartées et les parties génitales à l'air, je comprends clairement ce qu'elle est en train de faire. J'en ai l'estomac complètement retourné. Elle a quoi, treize ans ? Et elle accouche d'un bébé ? Dans un dispensaire ?

C'est trop pour moi. Je vais exploser.

— Mariam ? C'est quoi cette foutue blague, putain ? Pourquoi… Pourquoi cette gamine n'est pas à l'hôpital ? je hurle d'horreur.

La responsable de l'association me fustige du regard, prête à mordre.

— Pourquoi ? ricane-t-elle, mauvaise. Tu crois franchement qu'elle a les moyens de se payer le luxe d'un accouchement dans un hôpital ?

Elle marque une pause devant mon regard ahuri et poursuit sans tarder :

— Vous les Européens, vous ne vous rendez pas compte de la chance que vous avez. La sécurité sociale, les soins pour tous, les campagnes préventives, l'IVG… Ici, ce n'est pas comme ça que ça marche. Tu veux un médecin ? Tu paies ! Et quand tu n'as pas les moyens de le faire, tu accouches seule chez toi en priant pour ne pas te vider de ton sang et que tout se passe bien. Le dispensaire est une bénédiction pour toutes ces femmes.

Son attaque me prend de court. J'ai toujours été consciente de nos privilèges. Mais c'est clair que dans ce contexte, c'est très différent. Tout prend forme sous mes yeux et c'est carrément flippant. La gamine continue de hurler. Une des nanas de l'association dont je n'ai pas retenu le prénom est en train d'essayer de l'apaiser en lui caressant les cheveux.

Comme si on pouvait se détendre dans ce genre de situation !

Une deuxième est positionnée entre ses cuisses, essayant de faire sortir le bébé comme elle peut.

Néanmoins, un détail m'échappe.

— « Ces femmes » ? Mariam, regardez-la ! Enfin ! Ce n'est qu'une gamine. Ce n'est pas une femme. Son corps n'est même pas prêt à faire ça. Franchement, c'est… Putain, c'est n'importe quoi !

De plus en plus agacée par mes remarques, Mariam est à deux doigts de me gifler. La fumée est prête à jaillir de son cerveau.

— Gaëlle, regarde autour de toi, ma grande ! Je pensais qu'avec le temps tu finirais par enlever tes œillères. Tu n'es pas chez toi, ici. Qu'est-ce que tu crois ? Que je trouve cette situation normale ? Que je l'imagine juste ? Évidemment que je sais qu'il ne s'agit que d'une enfant. C'est monnaie courante chez nous. Ne crois pas que j'en suis fière. Seulement, nos traditions ne sont pas les mêmes. Nos femmes n'ont pas acquis autant de libertés et de droits que les Européennes. Les viols ne sont pas condamnés aussi durement que chez vous. Ils ne le sont même pas du tout. Et lorsque ce n'est pas un viol…

— Lorsque ce n'est pas un viol ? Mariam ! Une gamine de treize ans ne tombe pas enceinte par choix ! Enfin !

Mon mentor n'est plus la seule à être sur le qui-vive. J'ai les nerfs qui lâchent. Ma colère est trop palpable. Je pourrais frapper quelqu'un. Peut-être suis-je trop intolérante face à des coutumes et pratiques que je ne connais pas. Mais putain, pour moi cette situation est inconcevable. Aucune petite fille ne devrait avoir à subir ce genre de chose. Et que l'on puisse banaliser ça me rend complètement dingue, d'autant que les hurlements ne cessent de s'accroître.

Mariam enfonce le clou.

— Tu crois que je ne le sais pas ? Ici, les filles sont mariées jeunes, voire très jeunes. De gré ou de force. Cette coutume présente de nombreux avantages à la fois sociaux et financiers pour les familles. Il s'agit plus de pactes et de contrats entre individus que de mariages d'amour comme vous en connaissez en Europe.

À bout de souffle, Mariam serre les poings. Tout ce qu'elle

me dit, je le sais. Simplement, il y a une différence entre le savoir et y être confronté. Je n'ai plus de mots. Vaincue par forfait.

Mariam termine sa leçon.

— Ce que je veux te dire, c'est… Il faut juste que tu fasses abstraction de tout ça, Gaëlle. Les conséquences de ces mariages forcés sont désastreuses, je le sais. Encore aujourd'hui, nous en sommes témoins. Tu n'as même pas idée de tout ce que cela peut engendrer. Ces jeunes filles sont souvent déscolarisées. Elles n'ont aucune chance de s'en sortir, pas les moyens. Alors, elles restent et se contentent d'être considérées comme des objets par leurs époux. Elles subissent la violence matrimoniale, tombent enceintes jeunes, et contractent souvent des maladies, principalement le VIH. C'est un fait. Quelque part, ces mariages les condamnent à mort ! Je le sais, Gaëlle. Mais alors quoi ? Que comptes-tu faire ? Tu vas aider cette jeune fille ou tu vas la laisser crever sur le lit avec son nouveau-né ? Tu vas te battre à nos côtés ? Même si tout ça te dégoûte ? Même si tu penses que finalement mourir serait une meilleure option pour elle ? Est-ce que tu vas quand même tenter de lui offrir une nouvelle chance ? Réfléchis bien, Gaëlle. Réfléchis bien, parce que tu n'auras qu'un seul choix. Ce que tu décideras de faire aujourd'hui te marquera à tout jamais.

Jour 12

Austin

Le caporal me regarde d'un œil méfiant. Croyez-moi, ça ne sent pas bon. Un, parce que avoir un chef énervé collé à vos basques quel que soit votre job, c'est souvent très mauvais signe. Deux, parce que lorsque ce dernier est un des militaires les plus énigmatiques des Casques bleus, ça signifie en lettres grasses et majuscules que vous êtes dans la merde !

Bien, je suis dans la merde.

Mais… pourquoi ? Telle est la question.

Le chef n'a pas dit un seul mot depuis dix minutes. Il m'a convoqué ici, m'a fait signe de m'asseoir devant son bureau et maintenant il tourne en rond comme un lion en cage, prêt à attaquer au moindre faux pas. Je devrais me sentir nerveux mais je n'ai strictement rien à me reprocher. Je garde donc mon self-control.

Au bout de quelques minutes qui m'ont paru interminables, le caporal Hunt prend place sur son siège. Il masse sa barbe rousse à l'aide de sa main gauche tout en continuant à me fixer. Puis, il se décide enfin à cracher le morceau :

— Miller, une crise se propage. J'ai besoin de savoir si tu es de mon côté.

De son côté ?

Je regarde mon chef d'un air perplexe. C'est une lueur d'angoisse que je parviens à lire dans les yeux de mon supérieur. Hunt n'est pas du genre à avoir peur, jamais. C'est un warrior. Une sorte de héros national qu'on idolâtre comme personne d'autre. Sauf qu'aujourd'hui la carapace semble se fissurer. Reste à savoir quelle en est la raison.

— Une crise, monsieur ? je demande, peu sûr de moi tout à coup.

— Je ne fais pas partie de ceux qui pensent que les terroristes sont de redoutables tueurs, Miller. Ils sont intelligents, certes. Brillants même parfois dans leurs techniques de tuerie ou dans leurs choix de cibles, mais ça s'arrête là. Ainsi, comment expliquer leurs dernières attaques ?

Le caporal s'arrête un instant, comme s'il cherchait lui-même la réponse à ses propres interrogations. Encore un truc qui cloche. J'ai l'impression qu'il veut se convaincre. Mais se convaincre de quoi ? Putain, c'est de la merde en barre, son truc ! Je m'apprête à riposter mais mon supérieur me devance.

— Entendons-nous bien, Miller, le choix de cible était bon. Des militaires de plusieurs nationalités différentes. Ils ont frappé un grand coup et les enjeux médiatiques ont été atteints. Tout le monde en parle. Ça chiale à tous les étages. C'est bon pour leur business. Ils nourrissent la peur de milliards de gens partout dans le monde. Seulement, il y a un problème, Miller. Quelque chose qui ne colle pas.

Je crois que le caporal est en train de péter un câble. Je pige que dalle à ce qu'il essaie de me faire dire. Comme d'habitude, quand le chef a une idée en tête, il ne l'a pas ailleurs. Sauf que, de manière générale, il l'expose clairement. Là, il tourne autour du pot et c'est en train de me rendre très nerveux.

— Que voulez-vous dire, monsieur ?

— Tu ne comprends donc pas ? Ces attaques étaient préméditées par quelqu'un de bien plus intelligent qu'eux. Une personne qui a une connaissance parfaite non seulement du terrain, mais aussi des hommes, de leur fonctionnement, de leur entraînement et même des armes que l'on peut utiliser. Cela nécessite un travail d'observation qu'un soldat d'une organisation terroriste ne peut pas réaliser. Ils se barricadent entre eux, se contentent de frapper dans le tas. Et à distance. Ils ne sont pas sur notre terrain, Miller.

Hunt inspire bruyamment avant de poursuivre :

— Je vais donc me répéter. Comment se fait-il que des hommes qui n'ont normalement pas la moindre idée de nos tactiques stratégiques puissent, à plusieurs reprises, nous localiser et nous enfumer ? Comment ces putains d'attaques sont-elles possibles, Miller ?

Et là ça fait tilt. D'un coup, d'un seul, la réponse m'arrive en pleine gueule. Comme un uppercut donné par le dernier champion de l'UFC.

Putain de bordel de merde ! Ne me dites pas qu'il y pense sérieusement ? Une taupe ? Vraiment ? Au sein des Casques bleus ? ! Ça me paraît complètement insensé.

C'est une putain de blague. J'ai l'impression que le caporal se croit dans un épisode d'une de ces séries américaines qui font vibrer le monde entier. Des agents qui parviennent à infiltrer les services secrets américains et à obtenir des renseignements considérés comme top secrets, ça fait tripper n'importe quel crétin devant sa télévision avec une canette de bière et un paquet de chips. Mais là, nous ne sommes pas en train de faire du cinéma. Notre combat et ces attaques sont bien réels. Il faut qu'il redescende sur terre.

— Mon caporal… Loin de moi l'idée de vous importuner mais…, je toussote, gravement. Ce que vous avancez n'est pas concevable.

Mon supérieur se renfrogne dans son siège et croise ses

mains devant lui. Quelque chose me dit qu'il n'a pas fini d'essayer de me faire entendre raison. Il se passe quelques secondes avant qu'il ne balance un dossier sur le bureau. Il me fait signe de l'ouvrir.

D'abord méfiant, je m'exécute. À l'intérieur de la chemise en papier, je trouve des documents confidentiels sur l'ensemble des dernières tueries pratiquées sur nos soldats. Plus je parcours les pages, plus je sens mon sang surchauffer. Trop de choses coïncident avec l'intuition de mon caporal.

À trois reprises, les terroristes ont réussi à nous attaquer avec une facilité déconcertante. Pourtant, il faut savoir que les véhicules empruntés par nos frères d'armes sont tout bêtement de gros tas de ferraille pratiquement inatteignables.

J'ai eu la chance de pratiquer plusieurs stages auprès des mécaniciens de l'armée. Les plans sont dingues. La sécurité de ces engins est presque parfaite. Il faut vraiment viser un angle extrêmement précis pour avoir une chance de les détruire, utiliser les bons produits dans la fabrication de ces bombes pour être certain de les faire exploser. Il est évident que les matériaux utilisés dans la construction des WAB et leurs failles ne sont pas exposés à la vue de tout le monde. Ce ne sont pas des informations que l'on peut trouver sur Google.

Ainsi donc, j'ai peine à le dire mais je suis bien obligé de rejoindre mon caporal sur ce coup-là. Seule une personne ayant une connaissance parfaite de nos armes et de notre stratégie a pu communiquer de telles informations aux terroristes. Quelqu'un qui fait partie des nôtres, qui mange, dort, court probablement dans notre camp. Qui épie les moindres de nos faits et gestes afin de pouvoir les utiliser à son avantage.

Sans parler du fait qu'à chacun de nos déplacements, nous vérifions millimètre par millimètre les alentours. Tous nos pas sont contrôlés, maîtrisés et prévus. Alors quand bien même cette bande de sauvageons aurait réussi à nous trouver et à nous faire la peau, ça fait quand même beaucoup d'éléments qui concordent en faveur du chef.

Putain, moi aussi je deviens dingue.

— C'est juste…

— Insensé ? Inimaginable ? Ou pour reprendre tes mots : inconcevable ? me coupe mon chef, l'air grave.

— Dans l'hypothèse où tout cela est vrai, pour quelle raison faire ça ? Qu'est-ce qui pousserait ce connard à nous vendre de cette façon ?

La violence de mes propos fait tressaillir mon caporal par réflexe. Les supérieurs hiérarchiques de l'armée n'apprécient guère la vulgarité. Pourtant, ils ne se privent pas d'en faire usage lorsqu'ils nous parlent. Sauf que chacun doit rester à sa place. Ils ont des droits que nous n'avons pas. Mon chef ne m'en tient pas rigueur pour autant. Il sait que la situation est trop grave pour me corriger sur des choses aussi minimes.

— La raison est aussi simple que ta question, Miller. Le monde ne tourne qu'autour d'une seule chose : l'argent. Tu peux tout avoir avec de l'argent. Tout acheter. Bouffe, amour, confort, pouvoir, sécurité… Absolument tout. L'un des nôtres a succombé face à toutes ces liasses de billets.

— Qui ? j'ose demander, d'une voix fébrile qui ne me ressemble pas.

Mon caporal respire nerveusement. Il fait face à un combat intérieur. Il vient de me révéler des informations qui s'avèrent particulièrement compromettantes. Je sais qu'il le regrette déjà. Et je sais aussi qu'il n'a pas eu le choix. Je suis peut-être le plus gros connard de la terre dans bien des domaines mais ici… Ici, c'est autre chose. Je me battrai jusqu'au dernier souffle pour protéger les miens. L'armée est ma seule famille, la seule pour qui crever ne me fait pas peur. Et ça, mon supérieur le sait mieux que quiconque. Nous avons la même façon de penser, la même vocation. C'est d'ailleurs probablement pour ça qu'il a décidé de m'en parler.

Seulement, quand il se décide à me regarder droit dans les yeux pour m'apporter sa réponse, je sais que la crise n'est pas en train d'arriver. Elle est bien là, prête à nous détruire.

— Je ne sais pas, Austin. Je n'en ai foutrement aucune idée.

Jour 15

Gaëlle

Quinzième jour. Seulement deux semaines que je suis ici, ça fait bizarre quand on y pense. J'ai presque l'impression de faire partie du décor. Plus le temps passe, plus les jours se ressemblent. Seul un détail détonne du reste, ou du moins quelqu'un : Austin. Un truc cloche depuis quelques jours. Il semble ailleurs. Je ne sais pas pourquoi. Impossible de le faire parler.

La lumière du jour se diffuse progressivement dans notre baraquement. Nous devons approcher les 6 heures du matin. Austin est au-dessus de moi. Il joue avec mes cheveux, ne me regarde pas. Mieux que les mots, ma mère m'a toujours dit que les yeux d'un homme dévoilaient tout. J'essaie d'observer les siens. Ils sont plus noirs que d'habitude, avec des éclairs dorés. On pourrait croire à des flammes prêtes à vous consumer. Preuve que la colère est là.

— Tu es en colère.

Ses pupilles se fondent instinctivement dans les miennes. Austin cesse de jouer avec mes cheveux et positionne ses mains autour de ma tête, sur l'oreiller.

— Comment va le bébé ? Vous lui avez trouvé un nom ?

me demande-t-il, pour détourner la conversation sur un terrain moins glissant.

Il parle de la petite fille qui est née dans mes bras il y a trois jours. Un minuscule petit être qui a déjà beaucoup souffert. L'accouchement, une fois ma crise de panique maîtrisée, s'est finalement plutôt bien déroulé.

Les problèmes sont arrivés après. La mère n'a pas daigné nous remercier et s'est tirée à la première occasion. Je ne lui en veux pas. Pas facile d'élever un gosse quand on n'a pas soi-même fini de grandir. Le problème c'est que nous nous retrouvons maintenant avec un bébé orphelin, sans prénom et avec nulle part où aller.

— Mariam veut l'appeler Keshia. Je trouve que ça fait fausse reine de rap américain, je réponds avec mépris.

— C'est de l'hébreu. Ça signifie : « celle qui représente l'équilibre ». Je trouve que c'est plutôt bien choisi. De la souffrance renaît l'espoir. Du moins, c'est ce qui se dit.

Je regarde Austin, dubitative. Mon soldat a une culture impressionnante. Je ne sais pas si cela est lié à ses missions militaires ou à des études dont je ne connais pas l'existence. Il faut dire qu'encore une fois il est très difficile d'apprendre à le connaître. Il a le don d'éviter tous les sujets de conversation qui portent sur lui. Il va falloir que je m'arme de patience.

— Comment tu sais ça ? je demande, la curiosité me rongeant.

— Ma grand-mère étudie toutes les religions du monde. Elle cherche à comprendre quelles sont les raisons qui poussent la plupart des êtres humains à avoir la foi.

— Et toi, tu as la foi ?

Austin se décale et s'allonge près de moi, fixant désormais le plafond.

— Je ne sais pas. Parfois je me dis qu'il faut croire en quelque chose. Qu'une force supérieure à nous doit bien être consciente de ce qui se passe dans le monde et tente de gérer cette merde comme elle peut. D'autres fois, je me dis que ce n'est pas possible. Un dieu ne peut pas infliger autant de souffrance à sa création. Ça me paraît fou.

Il s'exprime, avec un air confus. Austin, si énigmatique en temps normal, semble pris à son propre jeu. Rares sont les fois où il doute, où il n'a pas de réponse à la question posée. Un héros de guerre ne peut pas douter. Jamais. J'aime à dire que lui aussi ressemble à une force supérieure. Que des tas de gens lui vouent un culte comme on le fait avec la religion. Parce que les soldats réussissent l'impossible, qu'ils avancent même lorsque le combat est vain.

— Crois en toi, ça suffira, je souffle, du bout des lèvres.

— Justement, je crois que ça ne suffit plus.

Je déteste le voir comme ça. Je ne supporte pas l'idée qu'il ne puisse plus avoir la foi. Parce que si lui n'espère plus rien, alors tout est fini. Je m'installe à califourchon sur lui. Il me laisse faire, ne cherche pas à reprendre le contrôle comme il en a l'habitude. Je m'empare de son visage et l'oblige à me regarder.

— Tu veux m'accompagner en ville ?

Les yeux d'Austin trahissent sa confusion. Il y a quelques jours, l'idée de me retrouver au milieu d'un tas de gens que je ne connais pas ne m'aurait même pas effleuré l'esprit. La peur m'aurait tailladé le ventre, bien avant. Pourtant aujourd'hui, j'ai envie de le faire. De continuer à vaincre ma peur des autres, de leur proximité. Je veux qu'il m'accompagne dans ma démarche. Lui seul pourra m'obliger à aller au-delà de mes limites quand je flancherai. Parce que je vais le faire, c'est certain. Au premier pas effectué, je vais vouloir m'enfuir.

— Gaëlle, tu n'es pas obligée de faire ça. Je sais ce que tu es en train de faire. Si j'arrive à t'aider à vaincre ta phobie, tu penses que ça va me redonner espoir. Si je t'aide toi, je pourrai forcément aider d'autres personnes. Mais ça ne marche pas comme ça. Parfois, la vie reprend les rênes et ne te laisse pas le choix. Si j'ai appris une chose durant tous ces mois de galère ici, c'est que malgré toute ma bonne volonté, mes efforts, rien ne se passe jamais comme prévu. Rien ne laisse présager ce qui va réellement arriver.

Ses muscles se tendent sous mon corps. Ses yeux brûlent de rage. La colère est en train de le consumer de l'intérieur. Le problème c'est qu'elle est communicative. Je stresse à l'idée de le voir comme ça, sans son self-control habituel. Contre toute attente, je décide de réagir avec sa manière à lui. Pour le calmer, je parle de moi. Même s'il ne me révèle que des choses futiles et sans intérêt à son sujet, ça a le don de m'apaiser. J'ai l'impression de quitter le Mali, les horreurs de cette guerre, pour retourner à la vie normale l'espace d'un instant. Alors, je fais pareil.

Sauf que moi, je tape beaucoup plus fort. Je lui délivre mon plus gros secret sur la table.

— Plus petite, j'ai été kidnappée dans un centre commercial. J'ai passé trois semaines enfermée dans une maison avec des inconnus. Je n'ai pas vraiment de souvenirs de ce qui s'est passé pendant ce temps-là.

D'une traite, sans faire dans la dentelle. Dire la vérité, assumer ses secrets, c'est comme arracher un pansement d'une plaie à vif. Il faut le faire vite, ne pas avoir peur de la douleur.

Médusé, Austin entrouvre les lèvres mais je pose un doigt dessus pour l'obliger à les maintenir fermées. Pour la première fois, je ressens le besoin d'en parler, d'extérioriser mes émotions.

— Axelle, ma sœur, me dit toujours : « Tu as le pouvoir, Gaëlle. Si ça n'existe pas dans ta tête, il ne pourra plus jamais te faire de mal. » Pendant toutes ces années, je me suis accrochée à cette phrase comme à une bouée de sauvetage. Mon caractère de merde, ma façon de mépriser les autres, viennent de là. J'ai pensé que si j'essayais d'oublier ça, de devenir quelqu'un d'autre, ça ne me boufferait plus la vie. Les méchants gagnent toujours. Alors, il fallait que je le devienne. Sauf que tu l'as dit toi-même, rien ne se passe jamais comme prévu. Plus j'avance, plus mon passé me rattrape. Plus... Plus ça fait mal.

Austin retire doucement mon doigt et serre mes mains dans les siennes. Lui délivrer mon secret m'apaise bien plus que je ne l'aurais imaginé. Probablement parce que encore une fois Austin m'étonne : il ne fait pas comme les autres. Il ne me jette pas sa pitié en pleine tronche. Non, c'est de l'admiration que je lis dans ses yeux.

Il sait que j'ai survécu.

— Continue, trésor. Dis-moi, je suis là. Tu peux tout me dire.

Ses mots me font l'effet d'une gifle. Pas d'une mauvaise gifle, non, de celle qui te réveille après des années de silence. Les larmes me montent.

— Quand j'y repense, j'ai l'impression que tout est faux. Qu'il ne s'agit que d'un cauchemar.

Et c'est vrai.

Le choc subi par mes géniteurs était trop important, trop difficile à surmonter. Inconsciemment, ils m'ont transmis l'injonction de ne plus jamais faire cas de ce qui s'était déroulé durant ces trois semaines. Ils sont parvenus à leurs fins. Faire comme si rien ne s'était jamais passé, m'obliger à me taire pour que je ne repense pas aux violences subies durant ces trois semaines a généré en moi des doutes sur l'existence même de ce traumatisme.

Aujourd'hui, je n'arrive plus à démêler le vrai du faux. C'est pour ça que je n'en parle jamais. Si tout ce que je racontais était faux ? Si c'était simplement le fruit de mon imagination ? Ou si, au contraire, c'était vrai ? Certains détails m'ont marquée plus que d'autres. Mon esprit a suivi le même raisonnement que mes parents. Il s'est barricadé, protégé comme il a pu. Le traumatisme était trop gros. Alors il en a effacé certains morceaux.

Austin inspire et expire plusieurs fois de suite. Il est aussi décontenancé que moi, mesure chacun de ses mots avant de les prononcer.

— Ta peur de la foule… ça vient de là, n'est-ce pas ?

J'acquiesce en silence.

— D'accord, concède mon héros de guerre, plus déterminé que jamais.

Je l'interroge du regard.

— Tu n'auras plus jamais peur, Gaëlle. Je te le promets. Je ne laisserai plus jamais quelqu'un t'obliger à avoir peur. Ni te faire du mal. Non, plus jamais.

Je veux le croire. Je veux tellement le croire mais encore une fois, au cas où vous ne l'auriez pas compris, rien ne se passe jamais comme prévu.

Jour 16

Gaëlle

Ce qu'il y a de bien quand un soldat ne prend jamais de permission, c'est qu'on peut facilement corrompre sa hiérarchie. Ce que j'ai évidemment fait pour obliger Austin à prendre l'avion avec moi. Je ne sais pas comment j'ai réussi, mais j'ai convaincu mon Casque bleu favori de partir à la conquête du grand marché de Bamako. Plus de mille bornes séparent cette grande ville malienne du camp de Kidal. Le trajet en avion était donc non négociable.

Arrivés sur place, je regrette franchement ma prise d'initiative. Grâce à ma grande bouche, je vais probablement passer la pire journée de ma vie. Ça grouille déjà de monde à la sortie de l'aéroport. Des frissons d'angoisse me parcourent l'échine dorsale.

— Tu verras, on va s'éclater, m'encourage faussement Austin dans mon dos.

Je le sens d'ici me narguer avec un petit sourire en coin à faire tomber toutes les petites culottes des alentours. Plutôt beau joueur, il me prend quand même la main et la serre fort entre ses doigts. Il sait à quel point la situation me met sens dessus dessous.

— C'était une très mauvaise idée, hein ?

— Tu as voulu venir ici, Gaëlle. Aucun retour en arrière n'est possible alors avance maintenant ! m'ordonne-t-il, autoritaire.

Dieu sait en effet que j'ai bataillé pour arriver jusqu'ici. De la lingerie fine — du moins, ce que j'avais de mieux dans ma valise et sans motifs ridicules — aux mots doux, tout était bon pour l'obliger à me suivre dans cette idée pourrie.

Austin ne voulait vraiment pas partir du camp. Il était trop apeuré à l'idée que quelque chose se produise et qu'il ne puisse pas être là pour venir en aide. Mais moi je ne me voyais absolument pas partir à l'aventure sans lui. Il est le seul à pouvoir m'aider à définitivement combattre mes peurs. Même si maintenant, je flippe complètement.

— Je suis venue, j'ai vu, je suis vaincue, je réponds paniquée, tout en me retournant vers l'entrée de l'aéroport.

Austin me retourne avec force. Je crie de douleur. Mais il est fou ou quoi ? J'essaie de retirer ma main de la sienne. Il semble être à deux doigts de me la broyer. Son regard déborde de colère.

D'accord, je sais que je l'ai forcé à venir ici pour rien mais quand même, sa réaction est excessive.

— Austin, tu me fais mal !

Instinctivement, il relâche son emprise. Austin n'est pas du genre violent en temps normal. Je l'ai vraiment énervé, je le sens.

Au fond, peut-être que je lui en demande trop. Je le vois comme mon héros alors qu'il n'est pas obligé de l'être. Des vies, il en sauve à longueur de journée. C'est son métier, sa vocation, mais je crains aussi que ce ne soit son cauchemar. Il est coincé dans ce parcours du combattant. Il ne peut plus reculer et est obligé d'avancer au milieu de toutes ces victimes, jour après jour. Et ça me fait mal au cœur. J'imagine à quel point, parfois, ça doit être dur d'avoir toutes ces responsabilités sur les épaules.

Austin croise ses bras sous sa poitrine, vexé. Je m'approche de lui et pose mes mains sur son corps d'athlète. Il continue de fixer un point imaginaire au loin, ne me regarde pas. Je m'en veux de lui avoir crié dessus.

Toute cette situation m'angoisse. Lui qui n'est pas dans son état normal, moi qui ne contrôle rien. On n'aurait jamais dû venir jusqu'ici.

— Je suis désolée, je dis le plus sincèrement du monde. Je ne voulais pas te crier dessus. Je ne voulais pas... Tu sais, c'est compliqué pour moi et... Oui, je crois que je t'en demande trop, mais je ne sais pas à qui d'autre le demander.

Les mots s'embrouillent dans ma tête. Je me sens comme une gamine de seize ans qui vit sa première dispute de couple avec l'homme qu'elle pense être l'amour de sa vie. Sauf que là c'est encore pire. Parce que je ne suis plus une gamine, parce que mes sentiments ne sont plus aussi éphémères qu'à l'époque. Tout me semble bien trop réel. Les papillons dans le ventre, le cœur qui tambourine à chaque fois qu'il est là, ça me fait complètement flipper.

Austin repose ses yeux sur moi, un sourire en coin. Il dépose un bref baiser sur mes lèvres, signe que la crise est passée.

— C'est moi qui suis désolé. Tu m'as choisi pour venir là et je sais ce que ça représente pour toi. Mais t'accompagner jusqu'ici, t'aider à combattre ta peur de l'autre, ça me rend nerveux, m'avoue-t-il du bout des lèvres.

L'entendre me dire ça me rassure sur moi, sur lui. Sur nous. Au moins, je sais que je compte pour lui. Que je ne serai pas la seule à souffrir dans cette relation.

— J'ai confiance en toi, Austin, je réponds, pour le rassurer.

Échec total. Son sourire disparaît. Je n'ai rien dit de mal pourtant.

— Ce n'est pas ça le problème. Tu peux me faire confiance mais ce n'est pas cela qui te sauvera des bombes. Je ferai toujours tout ce que je peux pour te protéger, Gaëlle. Mais tu ne me facilites pas la tâche.

— C'est donc ça ?

J'ai compris ce qui le tracasse. Il a un mauvais pressentiment. Il ne voulait pas venir, certes, mais ce n'était pas à cause de moi. Il doit simplement penser que quelque chose se trame dans le coin, mais quelque chose se trame dans tout le pays. Alors que je sois ici, au milieu d'un marché ou au camp, je suis toujours en danger. Nous le sommes tous.

— Quoi « ça » ?

— Déformation professionnelle. Tu te sens obligé de sauver tout le monde. Mais réfléchis trois secondes, Austin. Tu n'es pas responsable de tout ce qui arrive. Tu fais au mieux avec les moyens du bord. Tu n'as rien à te reprocher.

— Bordel, tu ne comprends…

— Austin, je le coupe, j'ai choisi de venir jusqu'ici. Moi, pas toi ! Je sais les risques que j'encours. Quoi qu'il advienne, je ne t'en voudrai jamais. J'ai besoin de le faire, vraiment. Alors, détends-toi ! Rien ne va se passer. C'est la capitale du pays, tout est sous surveillance.

— C'est ce que tu crois…

— Non, j'en suis sûre.

Sur ces derniers mots, je me dirige bien plus confiante que tout à l'heure vers un taxi. Austin me suit en rechignant. On dirait un vrai couple de gosses parfois. Un coup oui, un coup non. Je veux, je ne veux pas. Et évidemment, on ne peut pas s'empêcher de se contredire en permanence pour garder le rôle dominant.

Une fois enfermés dans le tacot qui nous sert de taxi, je fais tout de suite moins la maligne. J'angoisse à mesure que le véhicule avale les kilomètres. Les minutes qui s'écoulent me paraissent interminables. J'ai l'impression d'être une pauvre bête que l'on emmène à l'abattoir. Austin pose sa main sur la mienne. Ça m'apaise un peu mais je préfère fermer les yeux jusqu'à notre arrivée.

Je suis tellement concentrée sur mon rythme cardiaque

que je n'entends même pas le chauffeur couper le moteur. C'est Austin qui m'ouvre la portière quand j'ouvre les yeux.

— Prête ?

Non, absolument pas. La chaleur est étouffante. Des sueurs froides laissent des traces sous mes vêtements. Mon Dieu, j'ai l'impression que je vais m'évanouir. Rien que d'entendre tout ce bruit, ces gens qui parlent et marchent partout, ça me rend folle.

— Je vais vomir, je réponds à Austin, tout en le laissant m'aider à sortir du véhicule.

Je m'accroche à lui comme à une bouée de sauvetage. Mes muscles sont complètement bloqués, il m'est impossible de faire un pas.

— Concentre-toi sur ce que tu vois et entends, Gaëlle. Ce ne sont rien que des personnes. Tu me l'as dit toi-même, rien ne peut nous arriver.

Il me laisse le temps d'observer les alentours. Des tas de gens se collent les uns aux autres pour avancer. Ils ne se rendent même pas compte de leur proximité. Je ne peux pas, c'est plus fort que moi, je sens l'angoisse monter.

— Qu'est-ce que tu vois ? m'interroge mon soldat, d'une voix douce.

Il essaie de créer une bulle autour de nous. Si j'efface ce qui me fait peur, je pourrai de nouveau avancer.

— Des gens. Trop de gens, je réponds, paniquée.

J'ai l'impression d'être dans une pièce close. Les murs se rapprochent sournoisement de moi. L'ambiance du grand marché de Bamako ressemble étrangement à celle qui émane des souks de l'Afrique du Nord. Je n'y suis jamais allée mais j'ai vu de nombreux reportages sur le sujet et c'était exactement comme ça : bondé de monde. Ma respiration s'accélère.

— Il y a autre chose, trésor. Regarde plus loin. Regarde mieux que ça. Les couleurs par exemple.

C'est ça, il faut que je me concentre sur d'autres éléments.

Alors je fais mine d'évincer toutes les personnes présentes. Je n'observe que les lieux. Des tas de tissus multicolores ornent les étals, boutiques de fortune installées dans la rue. C'est beau ce mélange. Presque harmonieux malgré le désordre ambulant.

Je suis toujours cramponnée à Austin qui m'invite maintenant à avancer. Il ne parle pas, préférant me laisser respirer. Tout doucement, pas après pas. Parfois quand les gens sont trop proches de moi, j'ai un mouvement de recul et je m'accroche encore plus fort à lui. Il ne riposte pas. Il est comme un bouclier qui me protège du reste du monde.

Finalement, cette escapade dans la capitale malienne, c'est plus pour lui que pour moi. Je ne veux pas le décevoir. Même si ma gorge est complètement desséchée, que mes poumons sont en feu et que les larmes ne vont pas tarder à ruisseler sur mon visage, tellement mon stress est palpable. Je continue à me concentrer sur le reste.

Je combats mes démons pour qu'il soit fier de moi. Qu'au moins une fois dans sa vie, il me regarde avec admiration et qu'on soit sur la même longueur d'onde. Parce que parfois, je ne me sens pas à la hauteur. Je ne suis que la petite fille riche à son papa qui a vécu quelques malheurs dans sa vie.

Mais ce n'est pas comparable au passif d'Austin, à tout ce qu'il a enduré pour protéger l'humanité. Et pour ça, il pourrait me jeter, m'oublier. Tirer un trait. Alors j'essaie de lui montrer que moi aussi je peux le faire. Je peux me battre et gagner la plus grande bataille de ma vie.

C'est dur mais je tiens bon.

Nous continuons d'avancer en douceur et ma main n'a pas décroché du bras d'Austin d'un millimètre. J'ai l'impression de parcourir ces ruelles depuis une éternité alors que mon soldat m'affirme que cela ne fait qu'un peu plus d'une heure que nous sommes sur place.

— Tu veux aller voir le marché rose ? me chuchote mon

beau brun à l'oreille, la voix douce et mielleuse comme un coulis de myrtilles sur un muffin.

Je sursaute de surprise. Je m'étais complètement perdue dans mes pensées l'espace d'un instant. Retour à la réalité. Les gens continuent d'affluer de tous les côtés du marché. Mon cœur loupe un battement. Je dois absolument retourner dans ma bulle.

— Ce n'est pas celui qui a brûlé il y a quelque temps ? Je ne sais pas… J'ai peur de faire une crise d'angoisse. Tous ces décombres…

Je me souviens avoir entendu aux informations que cette partie du marché central de Bamako avait été ravagée par un incendie. Des centaines de commerçants ont vu leurs emplacements et marchandises partir en cendres. Le choc avait été terrible.

Je ne me vois pas y aller. Je fais déjà beaucoup d'efforts pour être ici.

Me retrouver dans les ruines et la détresse, je crains que là je ne puisse pas y arriver. C'est trop pour la journée. J'ai déjà l'impression d'avoir fait le marathon de New York, tellement je suis épuisée par les émotions qui me chamboulent depuis notre arrivée ici.

— Si. Mais les Maliens sont en train de le reconstruire. C'était un très bel édifice, fabriqué uniquement en terre cuite. Mais je ne veux pas te forcer. Tu veux qu'on rebrousse chemin, alors ?

Contrairement à tout à l'heure, Austin se montre doux et compréhensif. J'acquiesce d'un mouvement de tête avant de lui demander :

— C'était criminel tu crois ?

Austin secoue la tête dans le vide. Il semble perdu.

— Je ne sais pas. Il n'y a pas eu de morts. Des marchands pensent que oui, d'autres que c'était un accident lié à un court-circuit. C'est difficile de savoir lorsque toutes les preuves ont été réduites à néant.

— L'hypothèse terroriste a donc été écartée par les forces de l'ordre.

Tous les muscles de mon homme se tendent. J'observe ses yeux bruns qui ne présagent rien de bon. Leur couleur tire de plus en plus vers un noir ravageur. Ça le rend furieux lorsqu'on parle de ces monstres. Il vit les choses de plus en plus mal. De nombreux hommes ont perdu la vie ces derniers temps, c'en est trop pour lui.

Je me souviens de cet enfant mort dans mes bras au tout début de mon séjour. J'ai cru que je n'y survivrais pas. Que plus jamais je n'arriverais à me relever. Et je suppose qu'Austin vit la même chose à chaque mort, chaque bombe qui explose, et ça me brise le cœur d'y penser.

— Non, c'est le sang qu'ils recherchent. Là, il n'y a eu que des cendres. Ce n'est pas leur manière habituelle de procéder. En temps normal, ils utilisent des enfants et les torturent en plein cœur du marché.

Des envies de vomir me retournent l'estomac à entendre ces mots. Je sais parfaitement comment ils procèdent. Les médias ne cessent de nous le rappeler. Seulement, l'entendre, lui, m'en parler, ça me révulse davantage. Je n'ai pas envie de lui faire revivre ces moments douloureux alors je préfère me taire.

Nous repartons en direction de l'aéroport. Je prends une bouffée d'oxygène, plutôt fière de moi. Mais surtout, encore plus chamboulée par Austin. Jamais personne n'avait fait autant pour moi avant lui. C'est complètement surréaliste. Moi qui pensais ne jamais pouvoir changer, j'ai l'impression que cet homme est en train de me bouleverser, de réduire à néant l'ancienne Gaëlle pour en faire naître une nouvelle. Plus forte. Plus déterminée. Et peut-être amoureuse aussi.

Jour 17

Austin

Le camp est en surchauffe, les gars à bout de nerfs. Ça se voit pendant les entraînements. Les coups sont plus forts, ils cherchent à faire mal. Trop de tensions s'accumulent au sein du groupe. Les mecs sentent que quelque chose se passe derrière leur dos.

C'est encore plus vrai pour les soldats maliens. Pas facile de voir son pays baigner dans le sang, le feu et les larmes. Certains d'entre eux commencent à nous pointer du doigt. La présence des Casques bleus sur leur territoire ne mène à rien. Ils nous le font bien sentir. Regards assassins, tacles généreux pour nous montrer qu'ici nous n'avons pas notre place. Qu'ici, il faut se battre.

« Pas de place pour les danseuses de ballet. »

C'est typiquement le genre de piques auxquelles nos hommes ont droit tous les jours. On est très loin des moments de convivialité et de soutien mutuel entre l'ensemble des gars, à l'aube de notre arrivée.

Même si aujourd'hui, j'ai une envie monstrueuse de cogner dans le tas tellement certains me foutent la haine, je tiens bon. Quelque part je comprends leur désarroi, leur haine soudaine à notre égard. Nous ne les aidons pas comme ils le souhaitent. On tâche d'éviter la violence, de régler le conflit qui ronge leur pays sans les armes. Mais face à des types surentraînés, prêts à crever en jouant les kamikazes pour imposer leur loi, on fait piètre figure.

Alors que je rumine sur mon sac de frappe, Chris le casse-couilles débarque. Mine assombrie, poings serrés. S'il vient me voir pour me dire qu'une nouvelle bombe a explosé, je ne réponds plus de rien.

— Putain, Miller, tu déconnes grave. J'ai envie de défoncer ta sale gueule de baltringue.

Attendez, quoi ?

Putain, cette fois, je vais me le faire, ce connard. Dégoulinant de sueur, les mains bandées, je m'arrête de frapper le sac et m'avance près de lui.

— Tu peux répéter ? je réponds en faisant exprès de bien séparer chacune de mes syllabes.

L'enfoiré rit jaune. Il a quelque chose à me reprocher. Ça se sent à la manière qu'il a de me fixer comme si j'étais une merde collée sur le pare-brise de sa caisse. Je vais péter un câble.

— Fais pas celui qui ne sait rien. Le chef te dit qu'il y a une taupe et au lieu de me prévenir moi, tu demandes à l'un de tes potes de débarquer. T'imagine pour qui tu me fais passer devant les autres ? On a le même grade, connard !

Alors, c'est ça ? Cette fois, c'est moi qui rigole franchement. Son ego vient de se prendre un gros coup et monsieur a besoin de pisser partout pour marquer son territoire, ne pas paraître plus ridicule qu'il ne l'est déjà.

Parker se croit peut-être tout permis mais ce n'est pas comme ça que les choses fonctionnent. Cet enfoiré a beau être insupportable, je sais qu'il ne nous aurait jamais trahis. Raison pour laquelle le chef a décidé de le mettre dans la boucle. Néanmoins, je bénéficie d'un réseau plus large que le sien. Le chef le sait, c'est pour ça qu'il a décidé de m'en parler en priorité.

On se fait baiser depuis bien trop longtemps ! Mes contacts peuvent peut-être nous permettre de retrouver l'avantage dans cette guerre contre le terrorisme.

— Les ordres sont les ordres. Le chef ne m'a pas autorisé à t'en parler. Si tu as un problème avec ça, je te conseille vivement d'aller en discuter avec lui. Mais ne t'avise plus jamais d'ouvrir ta grande gueule et de me manquer de respect comme tu viens de le faire là sinon…

— Sinon quoi ? Tu vas me refaire le portrait ? Laisse-moi rire, mec ! T'as pas assez de couilles pour ça.

Mes membres se contractent davantage sous la pression. Je ne vais pas tarder à exploser. Il me cherche car il sait que si je craque, je risque gros. Les bagarres entre soldats peuvent mener à des expéditions punitives menées par les supérieurs hiérarchiques. On peut par exemple être envoyé au trou pendant plusieurs jours. Je n'ai pas le temps pour ces conneries. Je m'arme de mon sourire le plus narquois.

— Au fond, qu'est-ce qui te dérange le plus ? je lui demande, ironiquement. Le fait que le chef me fasse plus confiance qu'à toi et qu'il ait attendu avant de t'en parler ? Ou le fait qu'on soit obligés de faire appel à quelqu'un d'autre pour nous aider parce que tes capacités sont remises en cause sur ce coup-là ?

Chris s'approche dangereusement de moi, mon sourire s'élargit. Mon sang est en train de bouillir. Mes sens sont en ébullition. Mon rythme cardiaque s'accélère, l'euphorie grimpe. Le sentiment d'invincibilité. Tout ça revient en force. Comme avant, je sens le goût âcre de la haine me remonter dans la gorge.

On ne se refait pas. Lorsque j'étais soldat de la Navy, j'étais connu pour mes performances dans les combats rapprochés. Une véritable teigne, prête à exploser au moindre coup de colère. Ça avait ses avantages et ses inconvénients. Les retours à la vie de tous les jours étaient trop durs. J'ai arrêté de compter le nombre de fois où je me suis retrouvé en garde à vue pour avoir défoncé la gueule d'un naze dans un bar. Je n'arrivais pas à me contrôler. C'était trop fort, trop tentant. Comme une dose d'amphétamine qu'on donnerait à un camé.

— Vas-y, frappe, connard ! je l'encourage. Je crève d'envie de te voir pris à ton propre piège. La légitime défense protégera mes arrières.

Un bras s'interpose entre nos deux corps en surchauffe. Mes yeux se lèvent pour découvrir à qui il appartient. Métis, des yeux noirs, une barbe de quelques jours, notre sauveur est arrivé. Je recule d'un pas.

Aiden.

Notre ultime arme massive. La raison pour laquelle le caporal Hunt m'a demandé de l'aide. Aiden est l'un des meilleurs alliés que nous puissions avoir dans la partie. Un hacker formidable doublé d'un menteur hors pair. Il a toutes les compétences requises pour nous aider à dénicher la taupe. Ses talents ne sont plus à prouver. Le nombre de têtes qu'il a réussi à faire tomber est impressionnant.

Il fait partie de la bande de potes de Liam, un de mes collègues les plus précieux. Caractère aussi merdique que le mien, passé douloureux, castagneur de première, nous faisions la paire à l'époque où nous bossions ensemble. Inséparables jusqu'au jour où il a décidé de battre en retraite. Liam est comme moi. Il ne parle pas, jamais. Je n'ai jamais su la raison de son départ.

C'est la presse qui m'a permis de comprendre que son retour ne s'est pas tout à fait passé comme prévu. Un jour de permission, j'en ai profité pour aller lui rendre visite à New York. C'est là que j'ai fait la connaissance d'Aiden.

À l'image de Liam, c'est quelqu'un sur qui on peut

toujours compter. Qu'importe le sujet, ces mecs sont prêts à débouler jusqu'ici pour te venir en aide, sans se poser de questions, sans prendre en considération les risques qu'ils encourent. Sur simple demande, parce qu'ils te respectent et que la confiance règne entre nous.

— Bah alors, les filles, vous vous croyez où ? Dans la cour de récré ? fulmine Aiden.

D'ordinaire calme, notre nouvel acolyte ne nous épargne pas. Chris en profite pour s'éclipser. Il ne se fait pas prier pour me lancer un dernier regard plein de rage.

T'inquiète, mon pote, on se retrouvera bien assez tôt. Je suis aussi frustré que toi.

Une accolade amicale avec Aiden coupe définitivement court à la tension de la pièce. Je suis soulagé de le voir ici. Je sais que sa présence peut grandement nous aider.

Impatient, je le questionne déjà :

— Comment tu vas ? Tu as eu le temps de visiter le camp ? Par quoi on commence ?

— Doucement, mec ! Le décalage horaire me fout déjà dedans. Si tu te mets à geindre comme une meuf aussi près de mes oreilles ça va pas le faire, plaisante-t-il.

— Tu sais que t'es pas venu là pour rigoler, l'ami ! Ici, c'est grave le déluge, je réponds, un sourire triste sur les lèvres.

Aiden m'observe franchement. Il caresse sa barbe, l'air soucieux.

— Ouais, je sais. Une taupe… Putain, ça c'est quelque chose.

— Je sais. Il va vraiment falloir qu'on découvre de qui il s'agit. Nos pertes s'alourdissent de jour en jour. Je te jure, on se fait baiser comme jamais. C'est bien la première fois que je me vois perdre le combat. C'est le genre de merde qui n'arrive que dans les films.

Aiden m'octroie une tape réconfortante sur l'épaule.

— Je sais, ça craint complet, mec ! Mais faut pas que

tu perdes espoir. Dis-toi que c'est le bordel partout en ce moment. T'as vu ce qui s'est passé en France ?

Le massacre de *Charlie Hebdo*.

C'est vrai que je ne fais pas forcément cas de l'actualité française. Les médias sont souvent payés pour vous faire peur. La situation étant déjà bien assez dramatique dans le coin, je préfère me tenir éloigné de tout ça. Cette attaque nous prouve cependant que c'est la merde à tous les niveaux, dans tous les pays. Le monde est en crise, au bord d'un désastre.

— Les journalistes... ouais. ! Ils s'en prennent à n'importe qui.

Aiden mime un non de la tête.

— Non, pas vraiment. Et c'est ça qui est flippant. Ils s'en sont pris à des personnes qui représentaient le fondement même de la liberté d'expression. Cette attaque n'était pas seulement contre un journal satirique. C'était aussi contre un symbole de grande envergure. C'est là que tu te dis que ces enfoirés sont vraiment forts. Leurs attaques sont parfaitement ciblées, maîtrisées. Et tu peux me croire, c'est loin d'être fini.

C'est vrai que je ne voyais pas forcément les choses de cette manière. Pour moi, ces brutes ne sont pas capables de réfléchir. Ils frappent dans le tas pour faire le maximum de dégâts possible. À nouveau, ça permet de faire monter la pression sur les gouvernements, la peur des populations. C'est un coup de pub cadeau. Je ne veux pas faire partie de ceux qui vont les laisser faire.

— Il faut vraiment qu'on arrête de faire la une des journaux, Aiden. Trop de massacres ont aussi lieu au Mali. On en parle moins parce que c'est récurrent. Mais c'est ça le problème. Cette banalité morbide qui s'installe ici. On doit trouver une solution, putain. J'ai tellement la haine. Je te jure que lorsqu'on va trouver qui est derrière toutes les attaques qui ont fait tomber nos hommes par dizaines, je vais me le faire.

— Chaque chose en son temps. Ça ne va pas être simple. Il vous mène en bateau depuis très longtemps. Il est en contact avec vous en permanence. Vous lui faites confiance. Il peut utiliser des bijoux en matière de technologie et d'informatique. C'est du gâteau pour lui. Il doit simplement faire preuve de discrétion.

C'est bien ça le pire. Cette facilité déconcertante avec laquelle il peut nous frapper. Nous lui offrons tout sur un plateau d'argent. Il n'a plus qu'à appuyer sur la détente.

C'est en train de me faire vriller. Il faut qu'on trouve qui c'est et vite.

— Tu as déjà fait un peu le tour ? Tu as des soupçons ?

— Votre camp est plutôt bien sécurisé dans l'ensemble. Des hommes armés à tous les axes clés, l'utilisation fréquente de codes cryptés pour parfaire votre protection. Toutes les réserves d'armes sont bien entourées. Les baraquements où sont disposés vos matériels et logiciels informatiques ne sont pas connus de tous, ce qui est un bon point. Cela limite les risques. La hiérarchie semble respectée. Pas de mutinerie prévue. Cela dit, il y a quand même quelque chose qui me gêne.

Je regarde mon ami, l'air dubitatif. Je savais que c'était une bonne idée de le faire venir. En un coup d'œil, il a déjà capté tout le fonctionnement du camp. Il a ça dans le sang. Je lui fais signe de poursuivre.

— Trop de passages au sein du camp.

— Comment ça ?

— Je sais que l'une des missions de l'ONU consiste à protéger les associations humanitaires qui viennent en aide à la population malienne. Vous les hébergez donc ici. Tu ne t'es jamais dit que la taupe n'était pas forcément un mec de chez vous ? À mieux y regarder, toutes ces personnes présentent un sérieux risque. Elles entrent et sortent ici sans que personne ne leur prête attention. Tu sais ce qu'on dit, plus ça paraît gros, plus on pense que c'est impossible. Alors que pourtant, dans bien des cas…

Jour 18

Gaëlle

Je tiens fermement la main droite d'un petit bonhomme de six ans pendant que Lola s'occupe de désinfecter son autre bras avant de lui injecter le vaccin.

Nous sommes à l'infirmerie du camp. Vous voyez la scène de *Pearl Harbor* où Evelyn et ses copines débarquent au dispensaire ?

Elles sont toutes contentes. Pas de blessés, du matériel au top. La joie totale. Eh bien, imaginez ce même contexte, ici au Mali, en 2016, avec des enfants squelettiques et des parents paniqués partout. Sans compter qu'à notre époque le matériel des années 1940 fait vraiment pitié. Il est limite médiéval. Elle est loin la France et sa microchirurgie ultra-sophistiquée.

Évidemment, vous vous focalisez sur un autre détail. Ouais, je vous vois venir d'ici. Je sais ce que vous allez dire.

J'aurais pu choisir de bosser avec quelqu'un d'autre. Pas la nana qui essaie de se faire sauter par mon me… Par Austin, depuis le début de mon séjour au Mali. Mais faut dire que un, je n'ai pas vraiment le choix. Et deux, cette Espagnole de vingt-quatre ans n'a pas trouvé meilleure vocation dans la vie que d'être infirmière. Alors forcément, je suis obligée de me la coltiner.

Ne vous méprenez pas, je la respecte pour le taf qu'elle accomplit au quotidien mais je me garde bien de le lui dire. Pour être précise, je ne lui parle que lorsque cela est nécessaire.

Soit pratiquement jamais.

Ma possessivité (parce que je ne suis pas jalouse d'un tel boulet) m'oblige à établir un minimum de distance avec elle.

— Passe-moi le produit derrière toi, me demande-t-elle, un brin énervée.

Je vois, on veut se la jouer méga grosse garce aujourd'hui. *J'ai un scoop pour toi, ma grande. Sur ce terrain-là, je suis la meilleure.*

— Et s'il te plaît, c'est pour les chiens ?

— Qu'est-ce qu'y a, princesse ? Je n'ai pas assez de bonnes manières pour toi ? T'es pas dans ton château parisien, ici. On a d'autres problématiques à gérer que ta susceptibilité, rétorque-t-elle, fière de sa réplique.

Je vais te rabattre ton caquet, moi, tu vas voir.

Je sais que ce n'est pas approprié. Absolument pas professionnel et encore moins devant notre petit patient. L'avantage c'est que ce dernier nous regarde tour à tour en souriant. Au moins, le fait de nous voir nous donner en spectacle l'amuse. Sachant que j'ai du mal à contenir mes nerfs, je poursuis la provocation.

— Tu es toujours aussi conne et malpolie en temps normal ou c'est juste en période de frustration sexuelle ? je lui demande, l'index et le majeur positionnés sur le menton, mimant la curiosité.

Les yeux bruns de l'infirmière sont désormais noirs de haine. Elle s'apprête à me rétorquer quelque chose de mauvais mais Mariam passe près de nous et nous lance un regard d'avertissement.

Le boulet est frustré à tous les niveaux.

Je lui passe le produit qu'elle injecte dans la seringue. J'en profite pour lui tirer la langue comme une gamine de quatre ans pour amuser notre auditoire.

Des vibrations parcourent ma main droite. Le petit bonhomme se met à rire franchement. Même lui ne l'aime pas, j'en suis certaine. Je lâche sa petite main pour lui faire un bisou sur la joue et lui glisser quelques mots à l'oreille. Je le rassure sur ce qui va se passer ensuite.

Puis, Lola injecte progressivement le vaccin dans le bras du petit garçon. Ce dernier la regarde faire sans rien dire. Pas de pleurs, pas de cris. Moi qui ne supporte pas les aiguilles, je suis admirative.

— Bravo, c'est très bien ! Tu es un grand garçon, Konate, le félicite Lola, une fois l'opération effectuée.

Notre jeune patient tend sa main vers elle pour obtenir sa récompense, une sucette aux fruits rouges. Lola la lui donne, le sourire aux lèvres.

Je fais ensuite descendre le petit garçon du lit sur lequel il était installé pour le raccompagner auprès de sa maman. Cette dernière me remercie d'un signe de tête. J'embrasse une dernière fois Konate sur la joue et lorsque je relève la tête, je vois un homme me fixer.

Plutôt grand, baraqué, métis et les yeux noirs, l'homme vient dans ma direction tout en me faisant signe d'approcher.

J'hésite.

D'accord, il n'a pas forcément l'air dangereux, mais je n'avais jamais remarqué sa présence sur le terrain auparavant. Bon, faut dire que ça grouille de monde et que je ne fais pas forcément attention aux autres de manière générale. Ça n'empêche pas mon rythme cardiaque de s'accélérer. Je n'aime pas trop la manière qu'il a de me regarder. Pourtant, piquée au vif par la curiosité, j'interpelle Mariam pour lui dire que je m'absente quelques minutes et m'avance vers l'homme.

Il m'invite à sortir du dispensaire et nous éloigne dans une zone sableuse, un peu moins fréquentée. Je croise les bras sous ma poitrine et l'observe attentivement. Il me passe également en revue de la tête aux pieds.

— On se connaît ? Tu cherches quelque chose ?

— Aiden, se présente l'homme, tout en m'offrant une poignée de main que j'accepte par obligation. Je suis ravi de te rencontrer, Gaëlle.

Sa façon de prononcer mon prénom fait un peu psychopathe sur les bords. M'enfuir en courant est encore une option possible ?

Devant mon air apeuré, Aiden s'empresse d'ajouter :

— Je suis un ami d'Austin. Je suis arrivé sur le terrain hier. Il m'a parlé de toi alors je voulais simplement te rencontrer et te dire bonjour.

— Il t'a parlé de moi ? Comment ça ? je réponds, dubitative.

Je me plante complètement, là. Ce n'était pas vraiment la question à poser. Toute personne normalement constituée aurait d'abord tenté de savoir d'où Aiden venait, qui il était vraiment afin de déterminer s'il représentait un danger potentiel. Surtout qu'il ne porte pas de tenue militaire.

Mais non !

Moi, le seul truc qui m'intéresse, c'est de savoir ce qu'Austin a pu dire sur moi. Si le fait pour lui de me présenter à quelqu'un signifie quelque chose.

Avec Austin, nous nous sommes engagés sur un terrain glissant. Très glissant. On partage beaucoup de choses, tellement que cela ne cesse de nous rapprocher. Encore et encore. Je commence à ressentir des choses à son égard que je ne contrôle plus. J'essaie de repousser ça dans un coin au fond de ma tête mais je ne peux malheureusement pas nier les faits.

Mon cœur qui s'accélère à chaque fois qu'il entre dans mon champ de vision. Mes sens qui se mettent en alerte et mon sang qui surchauffe à chaque fois qu'il s'approche de moi. Ma peau qui fourmille dès qu'il me touche… Bref, tous ces trucs qui rendraient n'importe quelle nana complètement hystérique.

Et ça me flippe complètement. Parce que je ne sais pas s'il ressent la même chose. Il est tellement fermé sur ses émotions qu'il est difficile de lui faire avouer quoi que ce soit.

Les lèvres d'Aiden s'étirent en un sourire amusé. Connard ! Bien sûr que ça le fait rire. Je dois lui faire penser à une groupie en chaleur, complètement amoureuse de son pote.

— Si tu veux tout savoir, Austin t'aime bien. Vraiment bien.

Aiden appuie volontairement sur ces deux derniers mots. Il cherche à me faire passer un message ? Je cligne des yeux à plusieurs reprises et me concentre sur ma respiration pour ne pas perdre pied.

Concentre-toi, Gaëlle, tu perds la tête, ma pauvre fille.

— Sinon, tu viens d'où ? Pourquoi es-tu ici ? D'où tu connais Austin ? Depuis quand ? je l'interroge, tout en détaillant sa tenue vestimentaire.

Jean, T-shirt blanc et baskets. Le mec se pense en vacances ou bien ?

C'est ça, Gaëlle. Là tu reprends les choses en main. C'est de ça qu'il faut qu'on parle. Bien que poser autant de questions en si peu de temps ne soit peut-être pas une si bonne idée que ça.

Aiden éclate d'un rire franc. Maintenant, je passe pour une bécasse angoissée. De mieux en mieux !

— On va se calmer deux minutes, ma belle ! Je ne suis pas de ce bord-là. Tu peux baisser les armes. Personne ne va toucher à ton amoureux. Austin et moi on est potes depuis un certain temps. Je suis ici comme toi, pour essayer d'apporter mon aide.

Comique en plus, le Aiden !

— Tu es bénévole ?

— On va dire ça.

Je lève les yeux au ciel. Il ne peut pas être plus clair que ça ? C'est dingue, ça ! Les mecs ne sont pas capables de parler de manière franche et directe, ne serait-ce qu'une fois dans leur vie ?

« Peut-être », « comme tu veux », « je ne sais pas », et le meilleur pour la fin : « ce n'est pas ce que tu crois ». Autant d'expressions qui embellissent le langage très limité de la gent masculine et qui m'énervent à un point inimaginable.

— Tu peux préciser ?

Les yeux du supposé ami d'Austin sont attirés vers ce qui se passe plus loin. Je détourne le regard et aperçois Mariam en train de discuter avec le caporal Hunt. Ma chef s'agite dans tous les sens. Hunt reste froid comme du marbre.

Allez savoir pourquoi, cet homme m'a toujours fait peur. Il est tellement imposant, taciturne et discipliné. Jamais aucune réaction non maîtrisée. C'est probablement classique pour un soldat de son rang. Malgré tout, quelque chose m'impressionne en sa présence. Même Austin n'a pas une telle maîtrise de lui-même.

Je ne suis d'ailleurs pas la seule à qui il provoque ce genre de réaction. Même Mariam semble désarçonnée par ce grand gaillard. C'est bien la première fois que je les vois s'engueuler de la sorte. Mariam n'a jamais placé un mot au-dessus de l'autre en sa présence. Elle n'a jamais essayé de défier son autorité. Parfois, j'ai l'impression qu'elle le craint.

— Qui est cette femme ? m'interroge Aiden, sur le qui-vive.

— Mariam, celle qui encadre les bénévoles. Si tu ne le sais pas, c'est que tu n'es pas vraiment bénévole, n'est-ce pas ?

Il n'a pas le temps de me répondre. Le caporal Hunt s'approche de nous et demande à Aiden de nous laisser seuls. Ce dernier obtempère et obéit comme un véritable petit soldat.

Mariam arrive aussi, complètement paniquée et les larmes aux yeux. Cette situation m'inquiète. J'ai l'impression que la pitié dans ses yeux m'est adressée et je ne supporte pas ça. Elle pose même une main sur mon épaule.

Le stress me gagne. Ça ne présage rien de bon. De mauvais pressentiments m'envahissent, mon rythme cardiaque s'accélère. J'ai des sueurs froides.

— Qu'est-ce qui se passe ? Austin va bien ? je les prie de me répondre.

Hunt me fixe de son regard froid et distant.

— Gaëlle, je vais te demander de me suivre, s'il te plaît. J'ai certaines informations à te communiquer.

Gagnée par la peur, je me mets à trembler comme une feuille. Je refuse de partir d'ici tant qu'il n'aura pas répondu à ma question.

— Je ne bougerai pas d'ici. Dites-moi ce qui se passe. Maintenant, je rétorque d'une voix criarde.

— Il s'est passé quelque chose. Quelque chose de très grave.

Jour 19

Gaëlle

Il fait beau à Paris. Pas un seul nuage. La pluie ne viendra rien effacer aujourd'hui. L'humeur ambiante est conforme à l'actualité : maussade. Il n'y a personne dehors. Aucune voiture qui roule à toute allure pour rattraper le temps, aucun cycliste qui s'affole entre les feux rouges, aucun joggeur qui s'aventure dans les parcs. C'est vide, terne et sans vie. La capitale n'est plus que l'ombre d'elle-même.

Je cesse de regarder par la fenêtre de ma chambre et observe les rayons du soleil qui brillent et tracent des ombres sur ma commode blanche.

J'ai la même qu'Axelle. Ça me fait sourire. Plus petites, nous aimions avoir tout pareil. De nos coupes de cheveux à nos fringues, en passant par les meubles de nos chambres. On était proches. Comme des jumelles, nous étions inséparables.

Et puis comme toutes les sœurs, on s'engueulait aussi comme des chiffonnières. Elle était têtue comme une mule. À l'époque, ma sœur faisait les pires conneries possibles. Mais personne ne restait jamais fâché trop longtemps contre elle. Axelle a toujours eu ce petit sourire malicieux. Ce petit éclat dans les yeux qui faisait craquer n'importe qui.

Et puis, on a grandi. L'épisode du supermarché a changé

notre relation à jamais. Axelle n'a jamais vraiment accepté ce qui m'était arrivé. Je pense qu'elle s'en est beaucoup voulu. Elle n'a pas réussi à me protéger comme elle aurait souhaité le faire. Elle s'est éloignée de moi et la vie a repris ses droits. J'ai vu ma sœur devenir une jeune femme responsable, pleine de charisme et de sagesse. J'étais fière, c'est vrai. Mais j'étais aussi en colère.

En colère parce que vis-à-vis de moi elle était devenue si froide, si distinguée. La parfaite poupée à son papa. Et moi, je voulais récupérer mon Axelle. Celle au sourire qui pardonne tout, celle qui n'a pas peur de jouer avec le feu. La grande sœur qui me protégeait des autres et des orages. L'Axelle qui a fait de moi celle que je suis aujourd'hui.

Quelque part, je suis devenue une vraie garce en l'obligeant à se réveiller, à reculer de quelques pas et à retrouver son authenticité. Axelle l'a remarqué. Depuis l'annonce de mon départ au Mali nous avons retrouvé un début de complicité. Elle a commencé à faire comme avant : à tout me dire.

C'est pour ça que je ne comprends pas. Je la connais par cœur. Ils mentent, ce n'est pas possible autrement. Axelle n'aurait jamais pris le métro pour aller retrouver je ne sais qui. Ma sœur et moi partageons cette peur des transports en commun. Je ne l'imagine pas débouler dans les souterrains parisiens pour se retrouver coincée et collée par des dizaines de personnes dans un espace réduit. Ce n'est pas Axelle. Ils mentent, j'en suis certaine.

Allongée sur le lit, je finis par fermer les yeux pour essayer d'oublier. C'est pire. Je revois le caporal Hunt m'annoncer qu'il y a eu un nouvel attentat à Paris. Je me souviens des traits durs de son visage. Il n'a pas cillé une seule seconde. Sur le coup, le choc m'a complètement déstabilisée. Je suis restée comme sonnée. Ça ne pouvait pas nous arriver. Pas encore une fois. Comme tous les Français, j'ai été profondément meurtrie par les attaques commises contre *Charlie Hebdo*.

Mais là, c'était différent. Là, ce n'était pas un symbole que l'on touchait. Ils ont tiré dans le tas. Ils n'ont pas cherché à comprendre sur qui ils frappaient. Il fallait faire des victimes. Tuer le plus possible en un minimum de temps.

Le 7 janvier 2015, ils bafouaient un des symboles de notre liberté. Aujourd'hui, ils s'attaquent à l'humanité.

Depuis mon retour à Paris, je regarde en boucle à la télévision ces images d'horreur. Ces hommes cagoulés qui arrivent, montent dans le métro et puis plus rien. Juste des flammes et des cendres. Des dizaines de vies volées. J'ai le cœur en lambeaux. C'est comme si tout s'effondrait.

On ne se sentira plus jamais en sécurité. Paris sera souillée par la haine à tout jamais. C'est quelque chose de vivre la guerre dans un pays étranger, c'est autre chose de la subir chez soi. Nous ne sommes jamais préparés à ça.

Un état d'urgence a été décrété. Ce n'était pas arrivé depuis la guerre d'Algérie. Nous sommes en 2016. Ces monstres nous obligent à parler encore de guerre. Nos ancêtres ont fait face à deux guerres mondiales pour espérer laisser un monde meilleur à leur descendance.

Et où on en est aujourd'hui ?

Cent trente victimes en une seule soirée. Cent trente familles qui vont éternellement pleurer leurs proches et ressasser ces événements dramatiques. Je refuse d'en faire partie. Ce chiffre me noue la gorge. La révolte fait vriller chacune de mes cellules nerveuses.

Combien de morts va-t-il falloir ? Ici et partout dans le monde ? Il faut que cela cesse. L'humanité est en train de se perdre.

Et comme si ce n'était pas suffisant, les policiers sont venus chez mes parents pour nous annoncer que ma sœur faisait partie des victimes.

Il faudrait que j'accepte ça ? En plus de tout le reste ? Non, je ne peux pas. Ça ne peut pas nous arriver. Pas à nous.

Axelle avec son petit tailleur dernier cri de chez Chanel dans un métro ? Impossible.

Alors elle est où ? Pourquoi elle se cache comme ça ? Mes poings se serrent. Ma rage est en train de me consumer de l'intérieur. Ma sœur n'était pas là quand je suis rentrée. Elle n'était pas à la maison, ne répondait à aucun de mes appels ni SMS. Mes parents sont dans un état dramatique. Ils ne cherchent même plus à se battre, se pensent vaincus d'avance.

Je ne peux pas rester là, à ne rien faire. Je dois la retrouver. Je me lève, chancelante, et me dirige vers la cuisine. Ma mère est en train de faire du café.

— Tu veux du café ? me demande-t-elle, le regard vide.

Elle a perdu de sa splendeur et n'a plus rien à voir avec la femme sophistiquée qu'elle est d'ordinaire. Ses cheveux sont en bataille, ses yeux sont cernés et son visage est marqué par l'horreur et la culpabilité. Je prends un coup au cœur. J'ai l'impression de revenir des années en arrière, lorsqu'ils m'ont retrouvée. Elle affichait exactement la même mine.

— Maman, on doit retrouver Axelle. Si ça se trouve, son portable n'avait plus de batterie. Elle s'est probablement réfugiée chez quelqu'un. Putain, je suis sûre qu'elle est là, quelque part, et qu'elle n'arrive pas à nous joindre, je réponds, la haine nouant ma gorge.

C'est comme un leitmotiv. Je répète ces phrases en boucle. Si mes parents n'ont plus la force d'espérer, je dois le faire pour eux. J'ai assisté à des situations horribles au Mali. Mais j'ai aussi eu la chance de vivre des choses merveilleuses, de côtoyer des personnes formidables. Des citoyens du monde qui n'ont jamais perdu espoir et continuent d'y croire. Toujours plus fort. Alors je ne peux pas lâcher prise. Ce serait leur manquer de respect.

— Tu veux du café ? m'ignore volontairement ma mère.

Ça ne va pas se passer comme ça. Je ne vais pas les laisser

faire. Ils ne vont pas l'enterrer si facilement. De nombreuses personnes sont encore recherchées. Axelle en fait partie. Je m'approche de ma mère et la secoue brutalement. Sa tasse explose sur le sol.

— Mais qu'est-ce que tu fous ? Maman, réveille-toi ! Je n'en ai rien à cirer de ton putain de café. Tu vas vraiment faire ça ? Accepter la mort de ta fille sans broncher ? Tu me dégoûtes. Tu as déjà fait la même erreur avec moi. Tu ne t'es jamais battue pour nous.

Je hurle et ne contrôle plus ce que je dis. Ses yeux rouges m'observent avec détresse. Je frappe dans le tas. Automatiquement, je m'en veux. Je n'ai jamais osé exprimer mes reproches à voix haute. Après tout, que pouvait-elle faire ? Ma mère n'a jamais été quelqu'un de fort. Elle a toujours préféré subir plutôt que se battre. Elle éclate en sanglots. Je ne bouge pas.

Mon père qui vient d'arriver dans la pièce me gifle brutalement.

— Ne parle plus jamais à ta mère de cette façon, me fustige-t-il, le regard noir. C'est toi qui ne comprends pas, Gaëlle. Tout est terminé.

Putain. Alors c'est ça ?

Il faudrait que j'encaisse la nouvelle sans faire de vagues. Des monstres ont pris ma ville d'assaut. Des gens sont morts. Et en prime, il faudrait que j'accepte le fait de ne plus jamais revoir ma sœur. J'ai laissé Hunt m'accompagner jusqu'à l'aéroport. Je l'ai laissé me glisser le billet d'avion dans la main. Et puis je suis rentrée pour affronter le pire. Parce que pour l'instant, ce n'étaient que des mots. Mais il fallait voir la vérité en face. Regarder le désarroi dans le fond des yeux de toute une population. Encaisser le désastre dont mon pays était une nouvelle fois victime. Je vais perdre la tête.

— C'est faux. Je sais que c'est faux. Axelle n'est jamais montée dans ce métro, je réponds, la voix tremblante.

Elle n'avait aucune raison de le faire. Les flics mentent. Tu imagines une seule seconde Axelle prendre cet engin pour rejoindre son soi-disant amant ? On parle d'Axelle, papa. Ce n'est pas elle.

C'est ce que les flics ont prétendu, après l'écoute d'un témoignage. À la suite de la disparition soudaine de ma sœur, un homme s'est présenté au commissariat comme étant l'amant d'Axelle Larcher. Il a alors raconté qu'elle venait le voir tous les vendredis après-midi dans un coin isolé de Paris et qu'elle prenait le métro pour éviter d'éveiller les soupçons. Ils se seraient rencontrés lors d'une soirée où il était serveur et ne se seraient plus jamais quittés. Cela durait depuis six mois. Le flic a précisé que l'homme était au courant des fiançailles de ma sœur, qu'il avait accepté cette situation parce qu'il l'aimait.

Mais qui accepte ça ? Comment peut-on aimer une personne qui dort dans les bras d'un autre tous les soirs ? Ce n'est pas sérieux. Je ne peux pas le croire. J'imagine Austin embrasser une autre fille, la laisser le toucher comme moi je le fais et tout part en vrille dans ma tête. J'ai le sang qui surchauffe.

— Axelle est montée dans ce métro. Ta sœur avait ses propres secrets. Tu crois que c'est facile pour nous ? D'accepter que notre fille mentait et était infidèle ? De l'imaginer nous tromper de la sorte ? m'interroge-t-il avec mépris.

Mon père m'observe durement. Il retire ses lunettes et les dépose sur le plan de travail de la cuisine. Il a l'air si déterminé, si froid. J'ai l'impression que ça ne le touche pas. Pire encore, qu'il essaie de se montrer au-dessus de ce qui se passe pour ne pas paraître faible aux yeux du monde. Il ne se rend pas compte que c'est encore plus lâche.

— Alors, tu abandonnes ? je fulmine, la boule au ventre. Tu vas laisser ces gens colporter de telles rumeurs sur ta propre fille ? Je ne peux pas croire qu'un père puisse faire ça. Tu la connais mieux que personne. Tu… Tu ne peux pas les laisser faire ça.

Mon père cligne des yeux à plusieurs reprises. Il est en proie à un dilemme. Il cache quelque chose. Finalement, il lâche prise et dégage quelques papiers froissés de la poche de son pantalon en lin et les étale sur le comptoir de la cuisine.

— Je ne voulais pas, Gaëlle. Je ne voulais pas abandonner, avoue-t-il du bout des lèvres avant de tourner les talons.

Les doigts tremblants, je déplie les documents. Je sais que ces papiers sont la clé. J'ai un très mauvais pressentiment. Comme si cette paperasse allait changer le reste de ma vie. Bien vite, je m'aperçois qu'il s'agit en fait de clichés pris à la station de métro.

Et là, tout s'effondre. Parce que l'espoir ne tient plus face à la réalité. Je regarde ces photos. Encore et encore. Mais je ne peux pas nier, refuser de voir la vérité. Il s'agit bien d'Axelle.

Mon cœur est en train d'exploser. Mes poumons se bloquent. Une douleur sourde coule à travers mes veines et brûle lentement toutes mes connexions nerveuses. Ça fait mal, putain. Cette sensation d'avoir été souillée. Ces monstres sont entrés dans ma vie par effraction et ont tout saccagé. Plus rien ne sera jamais comme avant. C'est dans ces instants-là que je comprends, que je sais ce que ça fait.

D'avoir une blessure de guerre.

Béante, douloureuse et qui ne guérira jamais. Non, jamais.

Jour 21

Gaëlle

J'ai l'impression que tous mes muscles me lâchent les uns après les autres. Que le ciel m'est tombé dessus et qu'il m'écrase de tout son poids. Rien n'est comparable à ça. À cette douleur foudroyante qui me broie millimètre par millimètre. Ma robe noire me brûle la peau. Je lisse mécaniquement les quelques mèches rebelles de mon chignon afin de calmer mon angoisse.

L'église Saint-Honoré-d'Eylau est pleine à craquer. Tous viennent pleurer la mort de ma sœur. Moi je ne verse pas une larme. Je ne veux pas en rajouter, laisser les gens profiter de ma faiblesse et m'anéantir une fois de plus.

Je ne réponds pas aux nombreuses condoléances faites à ma famille. Je laisse ma mère remercier tous ces visages inconnus. Je refuse qu'on me touche. Je refuse de les entendre faire l'éloge d'Axelle alors que pour la plupart, ils ne la connaissaient même pas. Ils sont là pour son nom. Ils sont là pour se faire bien voir.

Leurs chuchotements me donnent des haut-le-cœur. « Pauvre fille. Que vont devenir ses parents ? » J'ai envie de hurler, de leur dire de dégager. Je veux vivre mon deuil seule. Je n'ai plus la force de jouer aux actrices de films dramatiques. Plutôt crever et finir six pieds sous terre avec elle que de supporter ça. La pitié qu'on me jette à la figure me rend dingue. Je donnerais tout pour revenir en arrière. Mieux vaut susciter la peur que la compassion des autres.

Mon père m'interpelle :

— Tu veux aller t'asseoir ? Laisse-nous gérer ça avec maman.

— Non, c'est bon, je réponds avec mépris.

Il n'est pas question de faiblir davantage. Je suis déjà au fond du trou. Ne pas rester debout face à tout ça c'est comme laisser les gens me balancer de la terre sur le visage. Les laisser m'enterrer vivante et ne pas réagir. Axelle est partie.

J'en veux au monde entier. J'en veux à la société pour l'image qu'elle nous colle à tous. Elle nous oblige à nous ranger dans des tiroirs pour le restant de nos vies. Et si vous décidez de déroger une seule fois, vous en porterez le préjudice jusqu'à votre mort. Si Axelle avait pu aimer cet homme sans se soucier des apparences et de l'image qu'elle risquait de renvoyer aux autres, elle n'aurait pas pris le métro. Elle n'aurait pas croisé ces kamikazes armés. Non, elle aurait eu le courage de vivre son histoire d'amour aux yeux de tous. Ma sœur aurait eu le cran d'avouer ses sentiments et d'envoyer paître tous ceux qui se seraient opposés à cette union.

Elle est là la vérité. Le regard des gens vous pousse à faire les mauvais choix. Si Axelle s'était montrée au grand jour et avait assumé son infidélité, la plupart des gens présents à son enterrement l'auraient jetée en pâture. Ils lui auraient taillé une réputation de traînée. Mais aujourd'hui, ils jouent les martyrs. C'est leur faute. Ils sont tous responsables.

Les traits de mon père se durcissent. Je sais qu'il ne supporte pas mon attitude. Il voudrait que je me montre plus avenante à l'égard des personnes venues pour nous soutenir. Il souhaite que j'évite d'entacher son image de marque.

— Va t'asseoir, Gaëlle.

La voix de mon père est cassante, brutale, et ne laisse place à aucune négociation. Ma main me démange sérieusement. J'ai envie de le réveiller. Les mensonges d'Axelle semblent plus compter pour lui que sa propre mort !

J'ai l'impression qu'il s'en fiche complètement. Peut-être même que ça l'arrange. Le décès d'Axelle, l'attentat, nettoient les souillures de notre famille. Il s'est servi de ça pour que le fiancé de ma sœur ne pète pas un câble et n'aille pas défoncer la gueule du présumé amant d'Axelle.

Mon père ne veut pas que les gens sachent ce qu'il s'est vraiment passé. Encore une fois, il ne prend en considération que ses propres intérêts. Son nom. Sa carrière. Sa réputation. Le reste n'a jamais compté. Il n'est pas question que les agissements de mon aînée puissent le salir de la sorte.

C'est un putain de connard sans cœur, et étrangement, je suis incapable de réagir. Je n'ai pas la force morale de lui dire ses quatre vérités en face. C'est trop douloureux. Les mots ne sortent plus. Putain, c'était au-dessus de mes forces. Accepter la mort de ma sœur et l'indifférence de mon géniteur en une seule fois. Personne ne me laisse le temps de digérer tout ça. Personne ne prend en considération la souffrance qui va noircir le reste de mes jours.

Je n'en peux plus. Je manque d'air. Il faut que je sorte. Je marche à vive allure jusqu'à la porte de sortie de l'église. Dehors, un homme me fixe. Les yeux baignant dans un flot de larmes, le visage terni par une douleur que je ne connais que trop bien. J'ai l'étrange impression de le connaître.

Grand brun dans un costume sombre, il correspond à la description des flics faite quant au petit ami de ma sœur. Sa barbe est très fournie, ses épaules sont carrées.

Je m'approche de lui mais il prend la fuite. Je décide de lui courir après pour le rattraper.

— Tu crois que c'est le moment de fuir ? Après tout ce que tu as fait ! Tu trouves le moyen de te pointer jusqu'ici ? La tuer, ce n'était pas suffisant ? je vocifère, la rage au ventre.

Je crache ma haine comme je peux. C'est lâche, je sais. Je n'ai pas le courage de me battre contre mon père. Les terroristes sont morts. Il me faut quelqu'un sur qui frapper. J'ai besoin de libérer mes nerfs, de trouver un responsable et de lui en faire baver. Cet homme est la cible idéale. Il s'arrête dans sa course. C'est comme si mes paroles lui avaient coupé l'usage de ses longues jambes. Je vois ses larges épaules s'affaisser. Il baisse le regard et plonge six mètres sous terre.

— Je suis désolé, avoue-t-il, si bas qu'il me semble être la seule personne à l'avoir entendu.

Pathétique.

— Ce n'est pas suffisant… Ça ne sera jamais suffisant. Tout le monde est toujours désolé. Tout le monde s'excuse mais on continue tous à faire des conneries. Tu vois ? C'est le cercle vicieux de la vie.

L'homme plonge ses yeux verts pleins de souffrance dans les miens. Nouveau coup au cœur. Ce n'était pas qu'une simple amourette. Pas qu'un simple coup d'un soir. Non, ce que je lis dans ses yeux, c'est la détresse de quelqu'un qui a perdu l'amour de sa vie. J'ai l'impression de me voir moi dans son regard. Moi en train de regarder Austin. Et ça, ça change tout.

— Je l'aime, affirme-t-il, complètement désarmé.

Il n'emploie pas le passé. Peut-être ne l'utilisera-t-il jamais. C'est ça le plus difficile. Perdre quelqu'un c'est une chose, mais apprendre à vivre avec son absence, c'en est une autre. Savoir qu'on ne pourra plus lui parler, la toucher, l'entendre rire… C'est insupportable. Tout à coup, je me sens étriquée.

La crise d'angoisse est en train de pointer le bout de son nez. Il faut que je me raccroche à quelque chose.

— Pourquoi ?

Oui, c'est con comme question. Connaître les raisons qui ont poussé cet homme à tomber amoureux de ma sœur ne changera rien à la situation. En revanche, j'ai l'impression que cela peut m'aider. Austin me disait souvent qu'il se forçait à se remémorer tous les moments vécus avec les soldats désormais disparus. Il pensait que c'était une façon de les garder en vie, près de nous. Ainsi, nous n'aurions jamais à affronter leur perte ni la douleur que cela suscitait.

— Son sourire, lâche-t-il, un rictus pauvre sur les lèvres. À chaque fois qu'elle sourit, je tombe amoureux d'elle une nouvelle fois. Je pourrais facilement tuer quelqu'un pour un sourire pareil.

Alors lui aussi, il l'avait remarqué. Le sourire d'Axelle était le plus beau de tout l'univers.

— Continue.

— Avec elle, je me suis toujours senti à ma place. Comme si je la méritais vraiment malgré ma situation précaire. C'est bizarre à expliquer. Je ne suis pas comme vous. Je ne fais pas partie de votre monde. Axelle a toujours été comme une étoile au milieu de la scène. Elle est du genre à briller. Toujours si belle, si élégante. Et moi, je suis là… à me lever aux aurores pour espérer gagner le SMIC. Pourtant, elle n'a jamais prêté attention à ça. Elle me regardait même avec admiration. Je n'ai jamais compris pourquoi.

Mon Axelle était donc bien là. L'entendre parler de ma sœur comme ça me soulage d'un poids. Je m'étais battue pour faire revenir l'ancienne Axelle. Et lorsque j'entends ce type la décrire de cette façon, je sais que mes efforts n'ont pas été vains. D'ordinaire, Axelle voulait jouer dans la même cour que papa. Elle voulait lui montrer qu'elle était capable d'être aussi forte et investie que lui. Mais au fond, elle ne s'était pas perdue non plus. Elle était restée la fille gentille, douce et joviale qui avait bercé mon enfance.

— Gaëlle, il faut que tu saches que je n'ai pas essayé de détruire ta famille. Quand j'ai appris que ta sœur était fiancée, je voulais tout arrêter. Elle avait pris le parti de tout me dire et j'avais le choix de tout foutre en l'air et de ne plus jamais la revoir. Elle m'avait donné ce choix. Je voulais le faire. Vraiment. Je savais que tôt ou tard, notre secret serait dévoilé au grand jour et qu'elle en pâtirait. Mais… j'ai été trop égoïste. Je l'aime à un tel point que je ne pouvais pas la quitter. Je voulais le faire… mais je ne pouvais pas, poursuit-il avec une sincérité déconcertante.

Je suppose que l'amour rend les gens comme ça. Qu'il vous pousse à prendre des décisions sans vous soucier de l'avenir. On préfère aimer, endurer la douleur. C'est plus facile à encaisser que l'absence et l'indifférence. Parce que l'être humain est de nature égoïste. Il préfère souffrir accompagné plutôt que seul.

— Maintenant, elle ne nous laisse plus le choix, je réponds, le cœur au bord d'une falaise.

Et c'est vrai, l'espoir n'est plus permis. Plus maintenant. Ses cendres sont exposées à la vue de tous dans cette église. Nous ne pouvons plus faire marche arrière, espérer qu'elle revienne. Il va falloir survivre sans elle.

Ni cet homme ni moi ne sommes capables d'ajouter un mot de plus. Le temps reste en suspens. Ses larmes noient son visage tandis que mes yeux restent secs. J'aimerais pleurer mais je n'en ai pas la force. Même mon corps me lâche. J'ai l'impression d'être coincée dans du sable mouvant et de ne plus vouloir m'en sortir. Je laisse le sable m'ensevelir de tout son poids.

Résignée, je tourne le dos à l'amoureux de ma sœur pour découvrir les yeux du mien.

Ma mâchoire se fracasse au sol. Mon cœur bat à tout

rompre comme si le flux sanguin était à nouveau en marche. Austin est là. Sublime dans son costume sombre. Ses yeux bruns me fixent avec une intensité qui va me faire fondre. Je suis en train de rêver. Ce n'est pas possible autrement. Il ne peut pas être là. Il est resté au Mali. J'ai demandé au caporal Hunt de ne rien lui dire.

J'avais peur. Peur de le quitter. Peur de savoir qu'il refuserait de venir avec moi. J'étais effondrée à l'idée qu'il ne puisse pas ressentir la même chose que moi. Je ne voulais pas souffrir davantage alors j'ai préféré partir sans rien dire.

Quand j'arrive à sa hauteur, tous mes muscles se tétanisent sous la pression. Son souffle chaud caresse ma peau à vif. Ses yeux bruns brûlent mes sens. Je contemple ses battements de cœur à travers sa chemise noire. Le mien accélère son rythme. Je vais m'effondrer. Là, tout de suite, maintenant, je vais m'effondrer. Tout semble irréel. Je n'arrive même pas à le regarder dans les yeux. Les mots me manquent, se coincent au fond de ma gorge.

Il est vraiment là ?

— Je suis là, trésor. Ça va aller.

Sa voix est douce comme du miel. Aussi réconfortante qu'un chocolat chaud que l'on boit un jour de pluie. Mes sentiments pour lui reviennent taillader mon cœur de plus belle. Je ne me contiens plus et fonds en larmes dans ses bras. Il me serre comme si sa vie en dépendait. Ça fait un bien fou, putain. Je libère toute ma rage. Ma douleur. Mon chagrin. Tout est en train de s'effondrer sur sa chemise noire. C'est plus fort que moi, je lâche prise. Je préfère souffrir avec lui que de le laisser m'échapper.

— Je t'aime, Austin.

Jour 22

Austin

« Je t'aime, Austin. »

C'est fou comme trois petits mots sont capables d'anéantir toutes mes perspectives d'avenir. Ça me rentre dans le lard comme un camion sur l'autoroute et je me retrouve complètement paralysé.

Quand la psy m'a demandé ce que je comptais faire plus tard, la réponse était simple. Seules deux options s'offraient à moi. Ce serait le cercueil ou la remise de médailles par le président des États-Unis. J'avais fait un choix, celui d'être soldat. De me battre à cœur et à sang pour mon pays, pour l'humanité tout entière. Dans les deux cas, cela n'incluait certainement pas la présence d'une femme et de tous les sentiments amoureux qui vont avec.

Je me souviens de son sourire. Celui qui voulait tout dire.

Tu peux causer, mon gars, on en reparlera dans quelque temps.

J'ai été assez con pour prétendre le contraire. Pour prendre ses alertes à la rigolade. On croit tous pouvoir passer entre les mailles du filet, être plus fort que les autres. Mais la réalité c'est que Cupidon n'oublie jamais de nous tirer une flèche en plein cœur. L'enfoiré prend un malin plaisir à tous nous viser. Tôt ou tard.

Je l'ai vite compris lorsque Gaëlle est arrivée. Son regard de biche, sa grande bouche, ses émotions et ce truc-là. Ce truc qui ressemble à une seringue d'adrénaline directement perfusée dans mon organe cardiaque. Ça me brûle. Je le sens à chaque fois qu'elle approche. Ça me colle des frissons dans toute l'échine dorsale. J'ai le cœur qui s'emballe, l'impression que mes poumons préfèrent se barrer plutôt que de m'aider à respirer correctement. Et ma conscience m'envoie carrément aller me faire foutre pour couronner le tout.

T'as craqué, Austin, maintenant va falloir assumer.

On est bien dans la merde, tout de suite. Aucun retour en arrière n'est possible. Je suis normalement celui qui ne prend aucune permission. Je ne rentre pas. Jamais. Pas de nana amourachée qui attend bien sagement que j'arrive à la maison entre deux missions. Pas d'inquiétudes ni de pleurs à chaque départ. Du moins, c'était le cas avant.

C'était la règle, putain.

OK, j'ai pris un risque en venant ici. Je n'étais pas obligé de me pointer la gueule enfarinée à cet enterrement. D'abord opposé à mon départ, le chef a vite coopéré. De toute façon, je me serais tiré même sans autorisation. Je n'étais pas en mesure de réfléchir aux conséquences de mes actes. Je voulais la voir, m'assurer qu'elle aille bien et qu'elle ne fasse pas de conneries. J'ai promis à Gaëlle que je serais là pour elle, que je ne laisserais personne lui faire de mal. Sauf qu'aujourd'hui j'ai manqué à ma parole.

Je ne pouvais pas empêcher ces monstres de s'attaquer à sa ville, son pays, sa sœur. Son cœur. Toutes les mesures de prévention peuvent être prises. La vérité, c'est qu'ils finissent toujours par frapper, tuer. Gagner. Ils n'ont pas peur de la mort. Et sans peur, tout est possible. J'ai passé ces derniers jours à vouloir la protéger de cette réalité-là. Mais tôt ou tard, la vie nous rattrape.

Maintenant, que faire ?

La mauvaise nouvelle c'est que je ne me suis pas barré. J'ai résisté à l'envie de prendre mes jambes à mon cou et de la laisser plantée là. D'accord, je serais passé pour un salopard mais ça nous aurait évité tellement d'emmerdes, de souffrances et de drames. À croire que l'être humain est un sadomasochiste-né.

L'autre mauvaise nouvelle, c'est que je n'ai pas répondu. Je me suis contenté de la serrer aussi fort que possible dans mes bras. Est-ce qu'elle s'attendait à ce que je le fasse ?

Putain, est-ce que je devais vraiment répondre quelque chose ?

C'est le néant total. Je ne sais pas quoi faire. Je suis parti du Mali déterminé, j'arrive à Paris complètement terrorisé. Ouais, cette nana me fiche la trouille. Plus je m'attache à elle, plus je perds la raison.

— Avec le temps ça fait moins mal ?

Sa petite voix fluette me sort de mes pensées. Assis sur le lit King Size d'une des suites de l'hôtel George V, je relève la tête vers elle. Ses yeux sont rougis de larmes et cherchent une réponse au travers des miens. Elle vient de prendre une douche dans l'immense salle de bains en marbre de la suite. Ses cheveux mouillés tombent délicatement sur son peignoir blanc. Elle est belle à couper le souffle.

OK, là je n'arrive plus du tout à réfléchir. Je retire ma cravate et la balance à l'autre bout de la pièce, près d'un fauteuil Louis XV.

— Viens là, je réponds d'une voix suave.

Gaëlle s'approche doucement et se positionne entre mes jambes. Elle sent terriblement bon. Ses mains tremblantes se posent sur mes épaules. Mon rythme cardiaque s'accélère. Je devrais m'en aller. Ouais, je devrais arrêter ce massacre pendant qu'il en est encore temps. Elle est amoureuse mais si je frappe assez fort, elle me détestera tellement que ses sentiments ne seront qu'un lointain souvenir.

Au lieu de ça, mes doigts se mettent à parcourir délicatement la soie de son peignoir. Ça s'affole dans ma tête. Bordel, je ne contrôle plus rien.

— Réponds-moi, je t'en prie, Austin, me supplie-t-elle à bout de souffle.

Bien sûr que j'ai envie de lui dire que ça va s'arranger, que la douleur s'estompe avec le temps. Mais ce n'est pas le cas. Elle vous ronge de l'intérieur à chaque fois qu'elle le peut. C'est une guerre sans merci dont elle est le seul vainqueur.

— Non… Non, ça n'ira pas mieux. Ça ne fera pas moins mal, trésor. Simplement, le temps va t'aider à cicatriser. Il y aura des fois… Il y aura des fois où tu auras l'impression que tout se répète en boucle. Tu rêveras de sa mort comme si tu y avais assisté. Ça hantera tes nuits. Tu penseras ne jamais pouvoir t'en sortir. Ça sera dur. Tellement dur que tu n'arriveras pas à te lever le matin. Respirer deviendra un calvaire. Vivre, un supplice. Mais tu vas apprendre à vivre avec, je lui promets.

Mes mains entourent ses hanches. Les siennes se bloquent derrière ma nuque.

— Tu m'apprendras à le faire ? Tu m'apprendras… à vivre avec ?

C'est une façon déguisée de me demander si je vais continuer à être là. Si je ne vais pas m'enfuir. Je sais qu'elle est aussi terrorisée que moi par nos sentiments. Sauf que Gaëlle est bien plus forte que je ne le suis. Elle a osé m'avouer ce qu'elle ressentait pour moi. Et je suis resté complètement stoïque. Les mots sont encore coincés au fond de ma gorge.

— Tu t'en sortiras, Gaëlle. Tu es bien plus forte que tu ne l'imagines. Tu n'as pas besoin de moi pour affronter la vie ou surmonter cette épreuve, je murmure, les yeux fixés sur son peignoir.

Je veux qu'elle le sache. Elle ne doit pas en douter et devenir dépendante de moi ou de quelqu'un d'autre pour vivre. Ce n'est pas ça l'amour. Ce n'est pas la faire tomber pour ensuite exiger qu'elle attrape ma main si elle veut s'en sortir.

Gaëlle m'oblige à relever la tête vers elle et plonge son regard dans le mien. La couleur de ses yeux me pétrifie. Du noir profond. Puissant. Dévastateur.

— Pourquoi t'es là ? m'interroge-t-elle, la voix montant dans les aigus. Enfin… je ne comprends pas. Ce n'est pas rationnel. Pourquoi t'es là, bordel ?

— Je…, je tente de me justifier.

En vain.

— Laisse-moi terminer. Je ne te demande pas d'éprouver les mêmes sentiments que moi. Je ne te demande pas d'être… d'être amoureux de moi. Mais je cherche à comprendre. Peut-être que tu ne l'es pas mais tu ne peux pas nier ce qui se passe entre nous. Tu ne peux pas me rendre dépendante de toi à ce point et t'enfuir ensuite. Tu ne peux pas faire des milliers de kilomètres pour me voir et me dire qu'il va falloir que je me démerde toute seule. Non, tu ne peux pas.

La colère. Ça, je maîtrise. Bien plus que la peine.

— Je ne m'enfuis pas, j'affirme.

Non, il est trop tard pour ça. J'essaie simplement de la protéger. De la vie en général. De moi. Parce que je ne veux pas être le prochain à lui causer un tel chagrin.

Comment lui faire comprendre ?

— Alors quoi ? me fustige-t-elle, les yeux revolver.

Je respire profondément. Elle ne me lâchera pas. J'ai l'impression d'être pris au piège. Je déteste ça : me faire dominer. Être poussé dans mes derniers retranchements. Et en même temps, on en revient toujours là avec Gaëlle. On se cherche mutuellement jusqu'à ce que l'un de nous craque.

Je vais craquer.

— Tu as ce truc, Gaëlle, j'avoue, le cœur au bord d'un précipice.

— Quoi ?

— T'as ce putain de truc. Ce n'est pas explicable. Tu as raison, ce n'est même pas rationnel. Mais tu l'as. Quand je suis avec toi, j'ai l'impression de voir le monde d'une tout autre manière. Que le temps s'arrête et que l'horreur cesse. Je ne sais pas comment tu fais. Je ne comprends même pas comment tu fais. Mais c'est plus fort que toi. Tu débarques et en un claquement de doigts, tu fais tout disparaître. En un battement de cils, tu redonnes vie à mon cœur. Puis, t'es un paradoxe à toi toute seule. Parfois, j'ai envie de te tuer tellement tu es insupportable. Ton accent de bourge détestable. Tes manières de princesse capricieuse. Et d'autres… D'autres, je ferais n'importe quoi pour te garder auprès de moi. Faire en sorte que tu ne sois rien qu'à moi. Parce que t'as ce truc. T'as cette beauté complètement surréaliste qui me vrille les neurones. Puis, on le voit que t'as morflé. Moi je le vois. Cette fragilité dans le fond de tes yeux, ça me rend dingue. Ça me pousse à vouloir te protéger. À aller de l'avant pour toi. Parce que c'est la seule chose que je peux t'offrir. Tu es comme intouchable. À chaque fois que je t'approche, j'ai l'impression de me perdre un peu plus dans le royaume d'Hadès. Parce que c'est toi qui as le pouvoir. Tu as le fil de ma vie entre tes mains. Tu peux continuer à me faire vivre ou me crever d'un seul coup de ciseaux. Tu es comme une cicatrice. Tu me brûles la peau à chaque seconde mais tu me rends fier. Fier parce que quand tes yeux pleins d'admiration se posent sur moi, j'ai l'impression d'être devenu quelqu'un, d'avoir réussi quelque chose dans ma putain de vie. T'as ce putain de truc, Gaëlle.

Mon trésor reste sans voix face à ma déclaration. Elle écarquille les yeux. Moi, je suis à bout de souffle. Tout part en vrille. La perfusion d'adrénaline est en marche.

— Maintenant, laisse-moi te faire du bien, s'il te plaît, je la supplie.

Le « s'il te plaît », c'est pour la forme. La vérité, c'est que je ne vais pas lui laisser le choix. J'ai besoin d'elle. De sentir sa peau contre la mienne. De m'abreuver de son corps. C'est comme si ma vie en dépendait. Je suis KO.

— Tu es amoureux de moi ?

Ces mots sont comme une supplique dans sa bouche. Elle cherche à se convaincre, se prouver qu'elle est bien là, près de moi. Et que oui, je suis bien amoureux d'elle. Mais je n'ai pas envie de lui dire. De répondre à sa question.

Là, j'ai d'autres idées en tête. Mon instinct animal reprend le dessus.

C'est comme une scène de guerre. La proie est là. Le fusil est en place, chargé. Tout est prêt. Seulement, je me pose quand même la question : est-ce que je dois vraiment faire ça ? Cela ne dure qu'une seule seconde. Une seconde où j'ai encore le choix. Une seconde où décider d'abandonner est encore possible. Une seconde où j'ai l'impression d'être maître de mon destin.

Aujourd'hui, je décide de tirer. Je me lève, retire ma veste et l'envoie valser près de ma cravate.

Les mains tremblantes de Gaëlle s'aventurent sur les coutures de ma chemise. Elle est fébrile mais je sais qu'elle en a envie, qu'elle veut que je l'aide à oublier. Ça ne va durer qu'un instant. Mais je souhaite qu'il efface tous les autres.

— Je vais te faire du bien. Que du bien, je lui affirme, en proie à un désir sans précédent.

Mes doigts caressent son visage, essuient les vestiges de son chagrin. Mes lèvres prennent possession des siennes. Je force le passage avec ma langue. J'ai besoin de marquer mon territoire. C'est brutal, sans limites. Infiniment passionnel. Ses mains se font plus confiantes et arrachent ma chemise.

Les miennes se débarrassent de son peignoir. Le reste de nos fringues voltige à une allure folle dans la chambre.

Nos lèvres se détachent. Elle halète. Nos respirations sont à l'image de la situation, de nos cœurs. En vrac. Dans un état cataclysmique. On ne va pas survivre à ça. Sa poitrine nue se colle à la mienne. Ses mains fourragent mes cheveux. Les miennes cherchent à imprimer chaque millimètre de sa peau. Je voudrais que son corps se fasse tatouage sous mes doigts. Je veux garder en mémoire chacun des détails qui la rendent aussi sublime. Bouleversante.

Ma langue trace un chemin de baisers mouillés de sa bouche jusqu'à l'articulation de sa mâchoire. Tout s'accélère. La tension est palpable. Gaëlle prend le dessus. Elle me pousse sur le lit, grimpe sur mon corps. C'est comme un volcan prêt à entrer en éruption.

Ma cicatrice. Ma brûlure. Ma beauté.

Mes mains agrippent ses hanches avec avidité lorsque je la sens s'ouvrir pour moi. Nos regards se soudent. C'est encore là. Elle le fait *encore*. Le monde s'arrête de tourner et je ne vois plus qu'elle. Plus le moment fatidique arrive, plus je sens mon pouls s'affoler.

— Dis-le-moi, m'implore-t-elle, dans un souffle.

Mon sexe est en train de vivre un supplice. Il palpite à l'idée de pouvoir la posséder. *Encore*. Pleinement. Démesurément. Gaëlle fait durer l'instant. Ne se livre pas totalement. Pas encore. Elle attend ma réponse. Elle veut que je craque. Il faut que je craque.

— Je t'aime, Gaëlle.

Le premier pas vers la délivrance.

Elle le sait autant que moi. Cette nuit effacera toutes les autres. Elle sonnera notre arrêt de mort à tous les deux. Elle me laisse entrer. Enfin. Pour la première fois depuis longtemps, j'ai l'impression d'être chez moi. Cette situation inédite me colle des frissons. Du plaisir, j'en ai pris. Mais là c'est différent. Mes muscles se tendent au maximum. Tous mes sens sont en alerte. C'est délicieusement grisant. Infiniment plus addictif que n'importe quelle autre dope.

Maintenant je le sais. Elle est à moi. Plus aucun retour en arrière n'est possible. Et cela donne à notre étreinte un tout autre caractère. Il ne s'agit plus d'attirance physique. Il ne s'agit plus d'acte sexuel. Nos corps sont en proie à une véritable fusion. Ils se mettent à trembler, trembler. Tout devient noir. J'ai des bourdons dans les oreilles. Le sang en feu.

Et puis, c'est la délivrance.

Jour 23

Gaëlle

Austin sort de la douche. J'ai l'impression d'être en apnée. Toutes ces gouttes d'eau qui dégoulinent sur son corps d'apollon, ça me rend complètement dingue. En transe. Ce type va me tuer.

Je me remémore ce que nous venons de faire. La nuit dernière était parfaite. Non seulement parce qu'elle a réussi à me faire oublier toutes les autres, mais aussi parce que je n'ai pensé à rien si ce n'est à lui. Ses mains. Sa bouche. Partout sur mon corps. Le reste n'avait pas d'importance. Tout semblait à des milliers de kilomètres. La douleur, mon chagrin n'étaient que de vagues souvenirs.

Et c'est ça l'effet Austin. Il est là et tout le reste disparaît dans son sillage.

Ça me fait peur. Qu'est-ce que je vais faire une fois qu'il partira ? J'ai besoin de lui. Seule sa présence me rassure. Seuls ses mots me réconfortent et m'apaisent. S'il s'en va, ça va me briser.

L'amour me rend faible.

— Pourquoi tu me regardes comme ça ? me demande-t-il, un sourire malicieux sur les lèvres.

— Pour rien.

Austin fronce légèrement les sourcils et s'approche du lit. Je me concentre sur ses yeux. Hors de question de regarder la serviette blanche qui entoure sa taille à merveille. Austin avait raison. Le sexe pour oublier, il n'y a rien de mieux.

— Mouais, c'est ça… Tu te sens coupable ?

Son beau sourire s'estompe. Tout s'est fait dans la précipitation, hier. Nous n'avons pas réfléchi aux conséquences de nos actes. J'avais un tel besoin de lui que tout le reste m'était complètement égal. Mais je ne regrette rien. Je sais que j'ai fait le bon choix. Il faut souffrir pour aimer. Austin me rend vivante. Qu'importe le prix à payer pour l'avoir, je suis prête à tout donner.

— Comment ça ?

— Tu sais, on a souvent tendance à culpabiliser après. Je comprendrais si c'est le cas. C'était précipité. Ça soulage sur le coup mais tu peux te sentir coupable. Te dire que tu n'avais pas le droit de faire ça. Pas dans de telles circonstances, m'énonce-t-il, moins sûr de lui à présent. On a besoin d'endurer la douleur pour accepter la perte.

Je souris pauvrement. Austin semble avoir aussi peur que moi. C'est assez ironique quand on y pense. C'est un héros de guerre. Invincible. Infaillible. Pourtant, ses sentiments le mettent autant à nu que les miens. Ça me rassure. Cela prouve que malgré toutes les horreurs qu'il a vécues, il est toujours là. Humain.

— Je ne regrette pas, Austin. C'était précipité mais parfaitement voulu.

— Tant mieux, me répond-il, un sourire faible sur les lèvres.

— Si tu veux tout savoir… je me sens coupable. Mais pas pour ça, j'avoue du bout des lèvres, tout en me recroquevillant sur moi-même.

Je repense aux premiers jours passés au camp. À ce petit bonhomme décédé dans mes bras. Je n'ai pas réussi à le sauver. Ça m'a fait un mal de chien. Se sentir impuissant face à la mort, c'est quelque chose que l'on n'oublie jamais. Je ne veux plus jamais ressentir ça.

Aujourd'hui c'est encore pire. Je me sens davantage responsable de la mort de ma sœur. Si j'avais pu lui parler, la convaincre de tout me dire, nous n'en serions pas là. Jamais elle ne serait descendue dans cette station de métro. Je le sais. Et c'est ça qui fait mal. Parce qu'elle non plus, je n'ai pas réussi à la sauver.

Je ferme les yeux, amère. La douleur émerge. Puissante. Dévastatrice. Comme un couteau planté au fond du cœur que l'on ne cesse de faire tourner.

Austin m'observe attentivement. Il lit en moi comme dans un livre ouvert.

— On ne peut pas sauver tout le monde, Gaëlle. Pendant un temps, j'ai cru pouvoir le faire. Tu sauves une vie, puis deux, puis trois. Mais… quand vient le premier mort, tout s'effondre. Toutes les personnes que tu as sauvées sont loin derrière. Il n'y a plus que la mort qui compte.

Je suis surprise de voir Austin se dévoiler autant. Avec lui, j'ai appris à lire entre les lignes. Ses paroles ne sont pas innocentes et font référence à sa propre expérience. La tristesse qui voile désormais ses yeux, je sais qu'elle vient du front.

— Tu as toujours travaillé pour l'ONU ? je lui demande, désireuse d'en savoir plus sur son passé.

Mon guerrier se passe une main dans les cheveux, nerveux. En temps normal, j'évite de m'intéresser à sa vie. Je sais qu'il déteste ça. Aujourd'hui, j'espère qu'il va tout de même faire un effort et se livrer à moi. Je sais qu'il peut m'aider à affronter mes craintes, ma culpabilité.

Dès qu'il me parle, ça m'aide à y voir plus clair. À prendre du recul. C'est en cela qu'il m'est devenu indispensable. Les discours des autres ne m'ont jamais atteinte. Aucune personne n'a réussi à me toucher en plein cœur, me faire réfléchir. J'ai toujours été trop têtue. Il est le seul capable de détruire ma carapace.

— Non. J'ai d'abord servi mon pays, me répond-il, tout en s'asseyant près de moi sur le lit. J'étais tireur d'élite.

Mon cerveau tourne désormais à plein régime. Austin a toujours aimé aller s'entraîner avec les soldats maliens. Il faisait des scores impressionnants au stand de tir. Jusqu'ici, je n'avais pas fait le lien. Les Casques bleus sont tenus de ne pas utiliser d'arme à feu.

Il reste américain. Le port d'arme est toléré et parfois même sacralisé dans son pays. Je pensais que cette vocation était tirée de sa culture. Mais là c'est autre chose. Être tireur d'élite, c'est accepter non pas seulement de défendre son pays mais de tuer pour le faire. Je n'ose imaginer les dommages psychologiques qu'un tel métier peut engendrer.

— Qu'est-ce qui s'est passé ?

Mon soldat détourne le regard, les traits crispés. Je lui en demande beaucoup, me servant de sa vulnérabilité. Mon cœur me demande d'arrêter car je ne veux pas le blesser, l'obliger à revivre ces scènes d'horreur. Mais ma raison m'incite à continuer. Austin n'est pas du genre à parler. Avec personne. C'est celui qui fuit les séances de psy comme la peste. Il a toujours une bonne raison d'y échapper. Le problème c'est qu'on a tous besoin de s'exprimer. C'est la clé pour aller mieux, ne pas s'effondrer. Austin est fort aujourd'hui. Mais jusqu'à quand ?

— Je ne sais pas faire comme toi, je poursuis, incertaine. Tu es doué pour faire parler les gens. Tu t'intéresses à eux. On te sent tellement investi, présent, qu'on est presque obligés de te dire les choses… C'est même plus que ça. On a envie de te parler. Parce qu'on sait que tu trouveras les mots pour nous aider, nous réconforter. Moi, je ne sais pas faire ça. Je ne me suis jamais intéressée qu'à ma propre personne.

Jusqu'à aujourd'hui. Je veux t'aider, Austin. Vraiment, je veux te donner ce que toi tu arrives à me donner.

— Tu n'as pas besoin de faire ça. Si je suis là pour toi, c'est parce que j'en ai envie. Je ne te demande rien en retour, m'affirme-t-il, les yeux dans le vide.

Je me lève du lit et m'installe directement sur lui, mes mains autour de son cou. Les siennes m'encerclent la taille.

Je sais qu'il ne me demandera jamais rien en retour. Mais moi, je me sens redevable. Puis, si j'arrive à l'aider, peut-être que j'aurai moins mal. J'aurai l'impression d'avoir fait quelque chose. Austin a sauvé de nombreuses personnes. Il est la bonté incarnée. L'héroïsme à l'état pur.

Pour la première fois de ma vie, je ne me sens pas à la hauteur. Depuis toute petite, j'ai fait en sorte d'écraser les autres sur mon chemin. Je voulais être la première. La meilleure. Impossible de partager l'affiche avec quelqu'un d'autre. Je voulais me sentir supérieure, à l'image d'une madame de Merteuil.

Le pognon vous rend détestable. C'est un fait.

Mais aujourd'hui, je ne fais pas le poids. J'ai même honte. Je ne mérite pas un homme tel qu'Austin. Ce n'est pas quelques jours au Mali qui vont me rendre plus digne à ses yeux. J'ai besoin de me sentir utile. De lui montrer que moi aussi, je peux être là pour lui.

— Tu peux tout me dire. Je ne te couperai même pas la parole, je promets, tout en déposant un bref baiser sur sa joue.

Il émet un petit rire.

— Tu vas réussir à faire ça ? T'es sûre ?

— Promis. Je ne dirai rien. Motus et bouche cousue. Raconte-moi.

En temps normal, je n'arrive pas à la fermer. Mais là, je suis prête à faire tous les efforts du monde pour qu'il continue à se confier.

— C'est compliqué, souffle-t-il.

— Plus que les maths ? Parce que je n'ai pas peur des maths, j'insiste, sur le ton de l'humour.

Il cale sa tête dans mon cou un instant, hume l'odeur de mes cheveux. L'armure est en train de se briser. Plus que quelques efforts et j'obtiendrai gain de cause.

— Dis-moi ce qui a foiré. On ne devient pas Casque bleu par hasard. Tu étais tireur d'élite et d'un coup, tu décides de ne plus jamais recourir aux armes ? Explique-moi. Je ne te jugerai pas, je campe sur mes positions.

Ses mains viennent caresser mon ventre à travers le fin tissu de ma robe de chambre. Ses yeux se posent partout sauf sur moi.

— J'ai fait beaucoup de conneries avant d'intégrer l'armée. Plus jeune, je voulais faire comme tout le monde. Rouler dans de belles voitures, avoir toutes les filles à mes pieds. Pour ça, il me fallait du fric. J'ai donc cherché à m'en faire par tous les moyens.

L'argent règne sur le monde. Ça a toujours été le cas.

— T'as fait des conneries ?

Austin respire lourdement. Je sens qu'il se force à me dire la vérité.

— J'ai fait plus que ça… J'ai participé à des braquages.

Quoi ? Des braquages ?

J'en reste bouche bée. La surprise doit se lire sur mon visage. Je n'arrive pas à croire que l'homme en face de moi est un ancien délinquant. C'est complètement dingue.

— Au début, ce n'était pas grand-chose. Des vols chez les commerçants du coin. Puis, j'ai commencé à en vouloir plus, poursuit-il avant de se dégonfler.

— Et ? je l'incite à continuer.

— J'ai commencé à traîner avec des gens un peu louches. Avec qui on a décidé de jouer plus gros. Un jour… on a braqué une bijouterie de luxe.

Merde ! J'ai l'impression de me prendre une grosse baffe en plein visage. Au camp, Mariam me disait souvent que beaucoup de soldats n'étaient pas arrivés là par hasard. Ce n'était pas forcément une vocation mais une manière de se repentir. Jamais je n'aurais pu imaginer Austin à la place de ces hommes.

— Qu'est-ce qui s'est passé ?

Je n'ai pas peur de savoir. Je sais que ça ne changera rien entre nous. L'idée que je me fais de mon homme restera identique.

Pour en arriver là aujourd'hui, il a dû faire d'innombrables efforts, j'en suis certaine. Il a vu, vécu et supporté la mort, l'horreur pendant des années. Si son objectif était de racheter ses actes passés, c'est une mission réussie.

— Ça a mal tourné, me répond-il visiblement encore très touché par ce qui s'est produit ce jour-là. Quelqu'un est mort, Gaëlle. Le propriétaire de la bijouterie s'est interposé et l'un des hommes qui étaient avec moi a paniqué… Il lui a tiré une balle en plein cœur.

Son emprise autour de ma taille se resserre. Tout le désarroi et la colère qu'il porte en lui sont tout à coup palpables. Mes neurones continuent de marcher à plein régime. Je me remémore tous ses gestes, sa prévenance face aux villageois. Il essayait de les convaincre de ne pas acheter d'armes. Il ne voulait pas que quelque chose d'aussi grave se produise à nouveau. Que quelqu'un fasse l'erreur de tirer par mégarde.

— Les images ne me quitteront jamais. Je n'avais jamais vu autant de sang. J'ai cru vomir mes tripes. Je ne me le pardonnerai jamais.

— Tu n'étais pas le tireur, Austin. Tu as fait une connerie. Une très grosse connerie. Mais tu n'es pas celui qui a tiré, je tente de le rassurer.

Mes mots sont vains. Je sais au fond de moi qu'il ne se

le pardonnera jamais. Qu'importe qu'il soit le tireur ou non, il aura toujours l'impression d'avoir le sang de cet homme sur les mains.

J'ai la même sensation avec Axelle. L'imagination est terrible dans ces moments-là. Impossible de ne pas retourner la scène en boucle dans sa tête. On réfléchit à toutes les portes de sortie possibles. Celles qui nous auraient permis d'éviter la mort.

— Ça ne signifie rien, s'énerve-t-il. Si tu vois une femme se faire violer dans le métro et que tu n'agis pas, tu seras aussi responsable que l'agresseur. J'aurais pu intervenir avant que ça ne tourne en drame. Mais je n'ai rien fait.

— Tu étais paralysé par la peur, Austin.

— Ça n'explique pas tout !

Il me repousse à ma place initiale sur le lit et se lève furibond. Il dégage une telle rage. Ça me touche en plein cœur. Je déteste le voir ainsi. Austin est un héros de guerre. Pas un monstre. On fait tous des erreurs.

— Lorsque cet homme m'a kidnappée dans ce centre commercial, nombreuses sont les personnes qui l'ont regardé faire sans s'opposer, je lui explique incertaine. Je ne sais pas si c'est la peur qui les a empêchées d'intervenir ou le doute. Mais j'ai fini par pardonner. Ça m'a pris du temps… Beaucoup de temps. Peut-être même que mon pardon n'est intervenu qu'au Mali, au contact de toutes ces personnes merveilleuses. Parce que j'ai compris qu'on pouvait tous faire des erreurs de jugement et que ça ne nous rendait pas mauvais pour autant.

Austin me regarde, perplexe. Je ne sais pas si j'ai trouvé les bons mots pour l'apaiser. Mais j'espère qu'ils sont assez forts pour l'obliger à réfléchir. Il ne peut plus se blâmer pour un acte qu'il n'a pas commis.

— Tu me vois comme un héros, mais je n'en suis pas

un. Je t'ai menti… Je n'ai pas intégré l'armée de plein gré. C'était soit ça, soit la taule, s'exprime-t-il, la rage au ventre.

— Justement ! Tu as fait un choix. Celui de te battre pour ta nation, de sauver des vies. De permettre à des millions de personnes de vivre en sécurité dans leur pays. Alors bien sûr que si, je te vois comme un héros. Et ce n'est pas par hasard. C'est parce que c'est ce que tu es. Tu t'es servi de tes erreurs pour devenir quelqu'un de bien, je revendique avec force et détermination.

— Tu ne comprends pas, ajoute-t-il, empli d'amertume. Je n'ai pas fait ça pour devenir quelqu'un de bien. J'ai fait ça par prétention. Pour me montrer plus fort que ce que je suis réellement. Le juge se voyait déjà gagner la partie. Il imaginait que je refuserais de suivre le programme d'entraînement des SEAL. Je n'étais qu'un cas social de plus à écarter de la société. Je voulais juste lui faire fermer sa trappe, lui prouver qu'il avait tort. Alors j'ai accepté le deal. J'ai pris cher. Vraiment, à plusieurs reprises, j'ai même eu envie d'abandonner.

Il peut s'imaginer avoir fait ça par prétention, moi je sais qu'on ne fait pas ce choix-là simplement pour faire le dur devant un tribunal. L'armée américaine est réputée pour ses entraînements excessifs. Ils ne doivent avoir peur de rien ni de personne. Seuls les meilleurs s'en sortent.

— Mais tu ne l'as pas fait. Tu n'as pas choisi la facilité.

— C'est vrai, concède-t-il. J'avais du talent. Je maniais les armes mieux que personne. Les gens commençaient à me voir comme un héros. Exactement comme toi tu le fais. Mais ça ne suffit pas. Ce n'est pas ça qui te rend meilleur que les autres. Ou qui t'empêche de commettre des erreurs.

Ses yeux brillent de fureur, ses poings se contractent à un tel point que ses phalanges en deviennent blanches. Il est à deux doigts de tout exploser dans la chambre. Ça me fait tellement mal de le voir comme ça. C'est comme si sa douleur était mienne.

— Je ne comprends pas où tu veux en venir, je souffle les larmes aux yeux.

— On était partis en mission en Afghanistan. Je devais assurer les arrières d'hommes qui tentaient de libérer un village des forces des Talibans. Tout se passait bien, nous avancions progressivement. À un détail près.

— Continue, mon cœur.

— Un enfant marchait en direction de nos hommes. J'étais positionné sur le toit d'un immeuble. Tout le monde attendait mes instructions. Moi, je ne voyais rien d'alarmant. Ce gosse ne portait rien sur lui. Alex, l'autre sniper, pensait l'inverse. Je ne l'écoutais pas trop. Avec le temps, il avait perdu de son objectivité. Il était devenu complètement obsédé par l'idée de tuer le plus de Talibans possible. Je ne voulais pas devenir pareil.

Austin s'arrête un instant. Il semble chercher ses mots. Ma gorge est nouée. J'angoisse à l'idée de ce qu'il va me dire.

— Tu sais, avec le temps, tu finis par voir l'ennemi partout. Tu ne fais plus la distinction entre ce qui est bien et ce qui est mal. Tu tues autant que possible sans te soucier du reste. C'est pour ça qu'on te paie. C'est comme ça que tu protèges ton pays. Moi, j'ai toujours essayé de prendre du recul. C'était ma force. Je ne frappais jamais au hasard. Et ce jour-là, ma force est devenue ma faiblesse.

Je sais exactement ce qu'il va me dire. Je le lis à travers ses yeux. Mes larmes coulent à flots. Je m'en veux de lui faire revivre cette scène atroce. Et lorsqu'il met enfin des mots sur ses pensées, mon cœur explose.

— Le gosse s'est fait exploser tout près du tank. Dix de nos hommes sont morts ce jour-là.

Jour 24

Austin

La guerre c'est ça. Nous n'avons pas le droit à l'erreur. Jamais. Un seul manque de discernement peut causer la mort de quelqu'un. Détruire des stratégies ficelées depuis des mois. Le doute n'est pas permis.

C'est en cela que j'ai échoué ce jour-là. J'ai voulu croire qu'un enfant ne pouvait pas faire ça. Qu'il n'aurait pas le courage d'appuyer sur le détonateur. Mais il l'a fait. Parce que des monstres l'ont convaincu que c'est comme ça qu'on devenait un héros.

J'étais un excellent tireur. Le meilleur même. Mais il me manquait ça. Cette volonté de tuer envers et contre tout. Je détestais l'idée d'être reconnu, voire adulé, pour mes capacités dans le domaine. Pas après ce qui était arrivé à ce bijoutier qui, au-delà de son métier, était aussi un mari, un père, un frère. Un être humain.

Le choix de devenir Casque bleu n'est donc pas anodin. J'ai pensé à tort que sans fusil je parviendrais à me faire entendre. À contribuer à la fin d'un conflit qui ronge une population depuis trop longtemps et qui s'étend désormais dans le monde entier. Non seulement je n'ai pas réussi, mais chaque jour, je vois plus de morts. La discussion n'intéresse personne sauf si elle mène à des armes de destruction massive.

Et quand je vois ce qui se passe à Paris, je sais que désormais la guerre est partout. Sous différentes formes, certes, mais la couleur du sang qui coule est identique.

Je ne comprends pas ce que Gaëlle fout encore avec moi après tout ce déballage de conneries. À sa place, j'aurais certainement pris mes jambes à mon cou. Mon métier c'est toute ma vie. Elle n'a pas encore conscience de ce que cela signifie. Mon égoïsme m'empêche d'avoir les idées claires et de la repousser.

Nos doigts fermement entrelacés, nous sommes au cœur de sa ville, à l'avant du cortège, pour la marche blanche organisée en l'hommage aux victimes de l'attentat. Celle-ci est sur le point de se terminer.

Tout ce silence me ramène à mon passé. Des heures à guetter les Talibans en Afghanistan avec pour seule compagnie mon MK13. J'ai du mal à ne pas revivre ces moments dans de telles circonstances.

Gaëlle le remarque.

— Tu vas bien ? chuchote-t-elle.

J'ai un moment d'hésitation. Je ne veux pas qu'elle souffre. Encore moins à l'idée de me voir mal à l'aise. Elle doit faire son deuil. Accepter la mort de sa sœur. Je ne tiens pas à ce qu'elle se préoccupe de moi, de mes sentiments actuels. J'ai la tête en vrac, le cœur retourné.

— Ne t'inquiète pas, ça va, je réponds le sourire aux lèvres pour la rassurer.

J'accentue la pression sur ses doigts.

— Je sais à quoi tu penses. Moi aussi, je déteste ces événements. J'ai l'impression que tout s'effondre encore plus, qu'on remue le couteau dans la plaie toujours plus profondément.

Des larmes commencent à pointer le bout de leur nez

au coin de ses yeux. Et les lunettes de soleil qu'elle porte ne cachent rien. Je lâche sa main pour passer mon bras autour de ses épaules.

J'aime ce côté de Gaëlle. Si on ne la regarde qu'en surface, on a l'impression de faire face à une princesse des temps modernes. Sophistiquée, belle à en crever, maniérée comme les comtesses de la grande époque devaient l'être.

Mais il suffit qu'on gratte toute cette couche de superficialité pour trouver la vraie Gaëlle. Celle qui me transcende. Terriblement bouleversante, humaine et en désaccord complet avec les codes modernes.

— J'ai toujours admiré les coutumes africaines. Rien à voir avec les nôtres, je souffle pensif.

Gaëlle n'avait pas voulu assister aux funérailles du petit garçon décédé dans ses bras. Elle était trop émotive, avait peur de pleurer comme une madeleine pendant toute la cérémonie. Je n'avais pas voulu la forcer. Même si je savais qu'elle ne s'attendait en rien à ce qui s'était passé cette journée-là.

C'est ainsi que je fonctionne avec elle. Depuis le début, je mets un point d'honneur à la laisser faire ses propres choix. C'est comme ça qu'on apprend, qu'on grandit. Et Gaëlle est jeune. Je ne voulais pas que sa fragilité la fasse tomber au Mali. Alors je l'ai obligée à prendre ses décisions, à en assumer les conséquences.

Son évolution m'impressionne.

— Raconte-moi.

— En Afrique, les rites funéraires sont hauts en couleur, bien loin de la sobriété des sociétés occidentales. Les Africains fêtent le départ de leurs proches vers une nouvelle vie. Ils sont persuadés qu'un monde existe après la mort. Personne ne doit pleurer ni montrer sa tristesse.

— Tu as visité d'autres pays que le Mali ? me demande Gaëlle, intéressée.

Elle essuie ses larmes d'un revers de la main et passe son bras autour de ma taille. J'aime quand elle fait ça. Quand elle essaie d'en savoir plus sur moi avec des questions innocentes. Ma petite teigne malicieuse pense que je n'y vois que du feu mais avec le temps, j'ai appris à lire en elle comme dans un livre ouvert.

— J'ai passé quelque temps sur l'île de Madagascar. J'ai eu la chance de partager le quotidien de certaines tribus comme les Merina. Ils ont une façon bien à eux de célébrer leurs morts, je poursuis C'est le *famadihana* qui m'a le plus impressionné. Quelques années après l'enterrement de leurs proches, les Malgaches organisent une grande fête durant laquelle ils déterrent leurs os, les enroulent dans des tissus propres et fêtent leur nouvelle vie.

Gaëlle retire ses lunettes, ahurie. Ça me fait sourire. Les Européens semblent si refermés sur eux-mêmes.

— Tu peux répéter ?

— Et ensuite, ils les enterrent une nouvelle fois.

— Oh mon Dieu. C'est…

— Bizarre ?

— Oui. Je ne voudrais pas qu'on touche aux cendres d'Axelle. J'aurais l'impression qu'on l'empêche d'être en paix.

— C'est parce que tu ne comprends pas. Les Malgaches pensent que les défunts ne rejoignent le monde des morts qu'après la désagrégation complète de leur corps. C'est pour ça qu'ils procèdent à deux enterrements. Dans nos sociétés, on ne fait que pleurer après la mort. Chez eux, elle est sacrée. Ils permettent à leurs proches de partir en toute sérénité vers un autre monde, j'explique. C'est profondément respectueux.

Gaëlle s'apprête à répondre mais d'autres marcheurs nous scrutent. Malgré nos efforts pour parler doucement, il semblerait que nous gênions les autres. Ma douce leur lance un regard assassin. Du Gaëlle tout craché.

Après d'innombrables discours, la marche blanche se clôture. Mon portable sonne dans ma poche. Je fais signe à Gaëlle de m'attendre près de ses parents avant d'aller décrocher dans un coin plus discret.

— Oui ?

— Austin mon pote, c'est Aiden. Je te dérange pas ? Gaëlle va bien ? m'interroge mon ami.

Glaçant, ce coup de fil. Je comprends tout de suite que quelque chose cloche. Quand j'ai pris la direction de Paris pour être auprès de Gaëlle, Aiden a été le premier à me soutenir dans mon choix. Il m'a dit que j'avais ce truc dans les yeux. La petite étincelle qui prouvait que je le faisais pour la bonne personne. Ce con est trop sentimental.

S'il veut me parler aujourd'hui c'est qu'un truc grave s'est passé. Jamais il ne m'aurait dérangé si ce n'était pas le cas. Aiden gère toujours. Il n'appelle qu'en cas de crise majeure. C'est pour cela qu'il fait partie de mes meilleurs alliés et amis. J'ai une confiance absolue en lui.

— Qu'est-ce qui se passe ?

Aiden souffle lourdement derrière le combiné.

Putain, je ne le sens pas.

— Je crois que j'ai mis la main sur la taupe… Et ça ne va pas te plaire, me répond-il vraisemblablement inquiet par la tournure des événements.

Mon sang ne fait qu'un tour. Mes muscles se contractent d'emblée. Les pensées déferlent dans mon cerveau. Enfin on y arrive. Je vais savoir qui est ce connard. Et je vais me le faire. Il va payer pour le sang qu'il a fait couler,

— Dis-moi qui c'est, bordel ! Je vais tuer cette enflure ! je m'emporte.

— Je ne peux pas, Austin…

C'est quoi cette blague ? Il ne peut pas me faire ça. Depuis que j'ai connaissance de l'existence de cette taupe au sein de nos équipes, je ne rêve que d'une chose, mettre la main dessus. Je ne peux plus patienter.

— Comment ça ? Aiden, déconne pas. Faut que je sache.

Mon cœur palpite. La tension grimpe. C'est comme une décharge d'adrénaline en plein cœur. Je vais tout casser. Les gens autour de moi le remarquent et s'éloignent.

— C'est compliqué... Déjà je prends un gros risque avec cette connerie de téléphone. Si jamais on me chope, je suis mort, mec ! m'affirme-t-il, désarmé.

— On fait quoi alors ?

Mon impatience grimpe de seconde en seconde. Je ne vais pas me retenir longtemps. Il faut que je chope le premier avion. Les dés sont jetés à présent. Et je vais tout faire pour avoir l'avantage dans ce jeu de dupes.

— Déjà, tu gardes ton calme. Tu vas en avoir besoin, crois-moi. Je ne sais pas encore comment on va se démerder. Je vais profiter de ton absence pour réfléchir à une solution. Ça craint Aust, souffle-t-il, désespéré. Vraiment, c'est la merde. Si c'est bien qui je pense, je ne sais pas comment on va s'y prendre.

— Je prends le premier avion. Je vais régler le problème, je réponds la rage au ventre.

— Je viens de t'acheter un billet pour ce soir. Je t'envoie par SMS le numéro de réservation. Bon, je suis désolé, mec, mais je dois te laisser. Ça craint un max.

Ça capte mal. J'entends de moins en moins ce qui se passe derrière le combiné. Aiden a dû se démerder pour trouver un coin tranquille et pouvoir m'appeler sans créer de soupçons. Le problème c'est que le réseau n'est pas le fort du pays.

— T'excuse pas. Je te remercie pour tout ce que tu as fait. Tu as pris des risques pour moi. Je ne l'oublierai jamais.

Plus de son. La conversation est définitivement coupée. Connaissant Aiden, je sais qu'il a fait attention. J'évite de trop m'inquiéter pour lui. S'il lui arrivait quelque chose par ma faute, je ne sais pas de quoi je serais capable.

Il faut que je relativise. Ce type sait jouer la comédie comme personne. Il n'hésitera pas à le faire auprès de notre taupe pour éviter d'éveiller ses soupçons. Et une fois de retour au Mali, je m'occuperai personnellement de son cas.

La tension n'est pas près de redescendre. J'ai des envies meurtrières qui me travaillent.

Putain, je vais péter un câble.

— Qu'est-ce que tu n'oublieras jamais ?

La voix douce de Gaëlle me tire de ma torpeur. J'ai la gorge nouée, le cœur qui tambourine dans son étau. Maintenant il va falloir que je lui dise. Voilà pourquoi je ne voulais pas qu'on en arrive là. Il va falloir que je la quitte. Et ça me fait mal, putain. Mal parce que je ne suis pas sûr d'arriver à tenir sans elle.

— Je dois partir, Gaëlle.

J'agis comme d'habitude. Sans prendre de pincettes. C'est comme un pansement. Il faut l'arracher d'un seul coup pour que la douleur parte vite.

— Comment ça partir ? me demande-t-elle, ahurie.

Elle bloque ses bras autour de sa poitrine. Ce qui va suivre ne va pas me plaire.

— Je dois rentrer. Au Mali.

— Non.

OK.

Un seul mot pour tout faire partir en vrille. C'est sans équivoque. Gaëlle va camper sur ses positions. Je ne peux même pas chercher à l'en empêcher. Ses yeux virent au noir. Ça va mal se terminer.

— Ce n'était pas une question, Gaëlle.

J'ai la voix qui coince. On savait que ça allait arriver,

qu'une situation merdique comme celle-ci se présenterait à nous. C'est exactement ce pourquoi je ne voulais pas m'attacher à elle. Parce que je savais qu'elle ne s'en remettrait pas.

— J'ai dit non.

Je m'approche d'elle pour la prendre dans mes bras. Elle recule brusquement. Elle est brûlante de colère.

— Trésor, si ça ne tenait qu'à moi, tu sais que je resterais près de toi. Mais c'est… mon métier. Ce que je suis. Je ne peux pas les abandonner. Jamais. Tu sais que c'est la seule chose à faire.

— Ça ne tient qu'à toi. Tu as le choix de rester ou de partir. On a toujours le choix.

— C'est pour ça que tu es tombée amoureuse de moi. Pour ce que je suis. Et ce que je fais. Tu ne peux pas me demander d'abandonner.

Des larmes commencent à couler le long de son visage. Je sais qu'elle ne cherche pas à m'accaparer. Elle vient de perdre un être cher, elle a peur de me perdre moi. De me laisser partir pour ne jamais revenir. Gaëlle a l'impression d'être responsable de la mort de sa sœur. Inconsciemment, elle essaie de me protéger, de me sauver.

Encore une fois, j'ai l'impression qu'on remue le couteau dans la plaie. Dès le début, je savais qu'on en arriverait à cette fatalité. Gaëlle est forte. Mais plus assez pour supporter ça et faire face à la mort. Et je ne veux pas l'y obliger. Je ne souhaite que son bonheur.

Putain.

Cette situation me rend malade. J'ai l'impression d'être écartelé entre les deux grands amours de ma vie : cette femme et ma vocation. Mais il y en a un à qui je dois tout. Un que je ne peux pas laisser tomber quelle que soit la raison. Mon métier m'a sorti de l'enfer dans lequel je vivais. Il a fait de moi ce que je suis. Je ne peux pas prendre le risque de replonger. Pas après tout ce que j'ai enduré pour m'en sortir.

— Je sais. Mais… Je ne peux pas… Je n'ai pas la force, Austin. Si tu pars, je… je vais m'effondrer… je ne pourrai pas t'attendre, termine-t-elle entre deux sanglots.

Jour 25

Austin

Personne n'échappe à son destin. C'est peut-être pour ça que j'ai toujours aimé le poker ou la vitesse. Jouer c'est grisant. Ça vous apporte une sensation de liberté qui n'en égale nulle autre. Mais aujourd'hui, je ne peux plus ni jouer ni me cacher. J'ai fait un choix, celui de partir. Et les conséquences vont être lourdes à porter.

La sentence a été terrible. J'ai senti dans son regard qu'elle avait compris. Elle a flanché à l'instant même où elle m'a collé un ultimatum. Personne ne peut gagner contre la guerre que je m'inflige à moi-même. Même moi, je ne peux pas me battre contre ce que je suis. Ce qui me maintient sur les rails, c'est mon métier. Rien d'autre.

Mais en refusant d'y renoncer, c'est elle que j'ai perdue. Et j'ai du mal à l'assumer. À me dire que j'ai volontairement décidé de mettre un terme à cette histoire. Tirer un trait sur l'amour de ma vie. Parce que c'est ce qu'elle représente. Aussi étrange que cela puisse paraître après si peu de temps passé ensemble. Rares sont les fois où l'on trouve la bonne personne mais au moment où l'on croise son chemin, il suffit d'un seul regard pour comprendre. Et j'ai compris.

Je masse ma nuque douloureuse. Le trajet en avion a été

long. Trop long. Impossible de dormir. Il fait bientôt jour. J'ai la tête en vrac. Le cœur en lambeaux.

Mes poings se serrent. Je me rassure du mieux que je peux. J'ai pris la bonne décision. Je ne suis pas un lâche. J'ai fait ce que tout soldat devait faire. Si elle m'aime vraiment, elle le comprendra.

Enfin, peut-être pas.

Putain, c'est un cercle sans fin.

J'ai l'impression d'avoir les ailes coupées, d'être au bord d'une falaise. Gaëlle a réussi à me faire ressentir des choses, à me faire comprendre que je n'étais pas qu'une bombe à retardement. Que j'avais encore le choix. Celui d'aspirer à une vie de famille, au bonheur quotidien avec elle. Mon métier me maintient en vie mais Gaëlle sauve mon humanité.

Je suis complètement flippé, bordel. Aujourd'hui, j'ai un but, une mission à réaliser. Mais une fois que tout sera terminé, que la taupe sera tombée, que restera-t-il ?

Lorsque j'arrive sur le tarmac, une chaleur étouffante vient noyer mes poumons. Paris et sa grisaille me manquent instinctivement. Aiden est là pour m'accueillir. Je le prends dans mes bras. Marque d'affection plutôt étonnante. On sent qu'une femme est passée sur mon chemin.

— Putain mon pote, je ne pensais pas que ça te ferait autant plaisir de me voir.

— Tu ne peux pas savoir, je réponds un sourire faible sur les lèvres, me décrochant de lui.

Ses yeux noirs me scrutent de la tête aux pieds. Il perçoit tout de suite mon malaise. Ces milliers de bornes qui me séparent désormais de Gaëlle me rendent fou. Je prends conscience que là où je suis, je ne pourrai pas la protéger.

J'ai l'impression de revivre mon arrivée chez les Casques bleus. Complètement désarmé. Dans tous les sens du terme. Les premiers temps ont été difficiles à encaisser. J'étais impulsif, perdu. Je n'étais plus le seul à décider. En tant que sniper, j'étais Dieu. Je pouvais choisir de tirer ou pas. J'avais la vie des autres entre mes mains.

Et Gaëlle me fait cet effet-là. Jusqu'à la dernière seconde j'avais le pouvoir. Je pouvais la sauver. Me sauver. Mais j'ai décidé de nous tirer une balle en plein cœur et de m'enfuir. Et maintenant, je me retrouve à nouveau désabusé par la situation.

— Gaëlle ? m'interroge mon ami, soucieux des conséquences de ma décision récente.

— Ça va.

— Tu as fait le bon choix.

Ça me rassure de l'entendre le dire. Même si ses yeux expriment autant le regret que les miens. Aiden me connaît. Il sait que je ne suis pas parti à Paris pour rien, que j'aime vraiment cette fille.

Ce n'était pas l'histoire d'un soir. C'était l'histoire de ma vie.

— Et maintenant ? Tu vas me dire qui est cette ordure, qu'on en finisse une bonne fois pour toutes ?

Aiden tire une tête étrange.

— J'aimerais savoir. Quand tu m'as demandé de venir enquêter, tu pensais à qui ? Tu devais forcément avoir une idée derrière la tête, me répond-il.

Qu'est-ce qu'on s'en branle de mes idées ? Aiden semble vouloir gagner du temps. Je ne vais pas tarder à lui rentrer dedans pour lui faire sortir les vers du nez. Putain, on n'est pas là pour jouer à l'inspecteur Derrick. Qu'il se contente seulement de me donner le nom de l'enfoiré que je puisse régler le problème.

— Ouais, j'avais quelques idées. Certaines personnes ont des têtes qui me reviennent moins que d'autres. Mais cela ne suffit pas à incriminer quelqu'un, je réponds quand même, agacé.

Plus les secondes s'écoulent plus la pression me tord les boyaux. Je sens que le dénouement ne va pas me plaire.

— Puis, franchement on s'en fout. C'est pas le moment de jouer. Dis-moi qui est cette ordure, je poursuis, sur les nerfs.

Il inspire profondément avant de lâcher le morceau.

— Le caporal Hunt, me répond-il embarrassé.

Pardon ?

— Tu te fous de moi ? je hurle à pleins poumons, totalement sidéré.

— Non ! Aust, baisse d'un ton, putain. On va se faire repérer. Je sais que ça paraît complètement insensé. Pourtant… C'est le cas.

Je me sens perdre pied. Mais d'où il sort ça ? Comment en est-il arrivé à une telle conclusion ?

Hunt est tout sauf un lâche. C'est un forcené, un allumé de la vie, c'est vrai. Mais c'est aussi quelqu'un d'exceptionnel avec un sens du dévouement absolument sans limites. S'il semble froid aux premiers abords, c'est parce qu'il a énormément souffert. L'horreur fait partie de son quotidien.

Bordel, ça n'a aucun sens.

— Je bosse avec Hunt depuis… Putain, une bonne décennie. C'est un héros national. Comment… Non, je ne peux pas le croire.

Aiden tourne machinalement la tête de droite à gauche. Lui aussi a du mal à l'imaginer. Pourtant, au fond de moi, je sais que jamais il n'aurait eu l'idée d'accuser un mec sans preuves.

— Je te jure que ça me choque autant que toi. J'ai retourné le problème dans tous les sens mais on en revient toujours à la même réponse. Hunt est responsable.

— Mais comment ?

— Quand on cherche un coupable, on fait toujours la connerie de penser aux personnes les plus louches. Les gens se focalisent sur leurs préjugés. Il suffit que tu aies la tête d'un taulard pour qu'on te soupçonne du pire. Alors que s'il faut, t'es juste bibliothécaire le jour et t'observes les papillons la nuit.

Ce type est complètement perché. On est en crise et il trouve le moyen de faire de l'humour. D'un autre côté c'est ce qui fait sa force. Aiden continuera de vivre. Et ce quoi qu'il arrive. Puis s'il a carrément l'air d'un psychopathe, je sais qu'il a raison sur toute la ligne. On ne se méfie jamais des vrais coupables.

— Comme ceux qui tuent des gosses et passent à la télévision pour parler de leur disparition.

— Exactement. Du coup, je me suis constitué une liste avec toutes les personnes susceptibles d'avoir commis cet acte de trahison. Même toi, t'étais dans le lot.

Non mais il se fout de ma gueule là ou je rêve ? Putain, c'est quand même moi qui ai fait appel à lui. Impossible d'imaginer qu'il puisse avoir enquêté sur moi.

— Tu déconnes là, j'espère ?

— Non. M'en veux pas, il en va de la sécurité de tout le monde.

— Putain de perte de temps, je grince entre mes dents.

S'il n'avait pas autant d'informations, je l'aurais cogné. Bordel, ça c'est sûr. Et en même temps, je me dois de reconnaître que, s'il a trouvé le coupable aussi facilement, c'est en gardant la tête froide et toute son objectivité. Ça me dépasse mais c'est mieux ainsi.

— Ouais, je sais ça craint. Mais c'était la meilleure chose à faire.

— Et ensuite, comment tu t'es démerdé pour démasquer Hunt ?

— Ses comptes. Dans bien des cas, tout est histoire de fric. J'ai vérifié les opérations courantes de toutes les personnes que je soupçonnais.

Je ne vais pas tarder à vomir mes tripes par terre tellement la situation est infâme. Des hommes sont morts. On a failli reculer plus d'une fois face à l'agressivité de nos adversaires. Ils avaient toujours un coup d'avance.

Toutes ces victimes… Ce sang ? Pour ça ? Du fric ? Bordel, je n'arrive pas à croire que le caporal ait pu fournir des informations sur nos localisations, nos stratégies à des monstres pour quelques liasses de billets. Personne ne peut faire ça. Ça n'a pas de sens.

— Hunt avait des comptes louches ?

— Plutôt sa femme, en fait. J'ai découvert qu'elle disposait de comptes bancaires offshore dans des sociétés basées aux îles Caïmans. Avec des sommes astronomiques placées dessus.

Décontenancé. Ahuri. Complètement à côté de mes pompes. Aucun mot n'est assez fort pour décrire comment je me sens à l'heure actuelle.

— Mais comment t'as fait pour découvrir ça ?

— Leur mode de vie. Hunt gagne bien sa vie, mais pas assez pour subvenir au rythme des dépenses de sa famille. Rien que le prix qu'ils paient pour l'école privée de leurs trois gosses dépasse le montant de ses salaires. Depuis peu, ils vivent dans une baraque de ouf. Madame se permet des achats exorbitants. Forcément, on finit par se poser des questions.

Aiden est un grand malade. Son intelligence, sa logique me font limite flipper. Je persiste à croire qu'un truc cloche. Que ce n'est pas possible. Il y a forcément une autre explication à ce qu'il avance.

— Il pourrait s'agir d'un héritage, je réponds, plus pour me convaincre moi-même que mon ami.

— J'ai cherché. Tu crois quoi ? Que je me suis contenté d'étudier le truc en surface. J'ai fouillé dans les moindres recoins de sa vie. C'est clair que c'est lui.

Putain, je le sens pas. Vraiment pas. Comment j'ai pu passer à côté de ça ? C'est Hunt lui-même qui m'a informé de l'existence d'une taupe. Et moi j'ai été assez con pour ne rien voir.

— Je vais me le faire.

J'ai une telle rage que j'ai l'impression que je vais exploser sur place. Je jette mon sac par-dessus mon épaule et me tire en direction de la sortie, Aiden sur mes pas.

— Attends ! On ne peut pas faire ça comme ça. On a besoin d'un plan.

— J'ai un plan. Une balle suffira, j'affirme, tout en continuant de marcher à vive allure jusqu'à la sortie de l'aéroport.

C'est là que j'aperçois plusieurs hommes en tenue. Armés jusqu'aux dents. J'en compte une bonne quinzaine. Ils me scrutent, l'œil vif.

L'un d'entre eux, un gradé, s'approche de moi.

— Austin Miller ?

Pas de salutations militaires. Il me traite comme un civil. La façon dont il prononce mon nom est froide, tranchante. Aiden pâlit à mes côtés.

— En personne, je me contente de répondre.

— Veuillez lâcher vos affaires et mettre vos mains derrière la tête, s'il vous plaît. Vous êtes en état d'arrestation.

Je le regarde, ahuri. C'est quoi ce délire ? Une mauvaise blague filmée par une chaîne de télévision pourrie ?

Putain, j'ai pas le temps les gars. Dégagez de ma route.

— Bougez, j'ai pas que ça à faire, je lui ordonne, consterné par cette mascarade.

S'il ne se barre pas de mon chemin tout de suite, je vais le cogner. La tension est à son apogée. Je compte dans ma tête. Un, deux. Stop. C'est trop.

Je le repousse mais d'autres hommes interviennent et me jettent violemment face contre terre. Je dois halluciner, ce n'est pas possible autrement. L'hôtesse de l'air a dû mettre quelque chose dans mon verre. Je ne vois pas d'autres explications possibles. J'étais déjà à vif, mais là je vais tuer quelqu'un.

— C'est quoi ce bordel ? Vous vous foutez de moi ou quoi ? En état d'arrestation, non mais vous délirez ? je crie, vert de rage.

— Vous pensez sincèrement que j'ai envie de rire, monsieur Miller ? m'interroge le gradé, exaspéré.

— De quoi l'accuse-t-on ? ose demander Aiden.

Si moi je prends ça à la légère, complètement inconscient de ce qui se trame derrière mon dos, mon ami, lui, semble être aux abois.

— De trahison.

Jour 26

Gaëlle

Ça peut paraître bizarre mais petite, j'aimais bien les cimetières. Je trouvais ça tranquille, presque apaisant. Pas de bruits, pas d'incivilités, pas de gens qui se détruisent en se criant des mots qu'ils regretteront demain. Des fleurs partout et qui reflètent une atmosphère sereine. Je me sentais à l'abri de tout. Je me suis toujours dit qu'il valait mieux se méfier des vivants que des morts.

Mais aujourd'hui tout est différent. C'est la mort d'Axelle qui me fait mal, pas ses cris, ses phrases snobs ou son dédain légendaire. Non, c'est son absence qui me touche le plus. Parce que face à la mort aucune arme ne peut faire la différence. On ne peut qu'accepter et souffrir en silence.

Et le pire c'est cette impression que l'histoire se répète avec Austin. Tôt ou tard, ça devait arriver. Il allait me quitter et ne reviendrait jamais. Au fond de moi, je savais que j'étais celle qui aimait le plus de nous deux. Et il faut qu'encore une fois j'accepte la chose avec indifférence, que je continue de me lever tous les matins parce que la vie ne s'arrête pas.

Seulement, je n'attends plus rien d'elle. Pas après tout ce qu'elle m'a fait. Alors, à quoi bon ?

— Je ne comprends pas, me répète inlassablement Hugo, depuis notre arrivée ici.

Parce que oui, l'amant de ma sœur a un prénom. Et un numéro de téléphone. Allez savoir pourquoi après le départ d'Austin, je n'ai pas trouvé mieux que de fouiller dans les affaires d'Axelle pour trouver le portable de son amoureux et l'appeler.

Il a tout de suite compris. Et encore une fois, nous n'avons pas trouvé mieux que de nous rencontrer au cimetière. Comme si c'était normal. Comme si nous allions prendre un café en terrasse. Comme si nous étions de vieux amis. La mort vous rend pathétique.

Et je me sens encore plus misérable en sa présence. Dans le fond, c'était peut-être le but recherché. Je ne voulais pas être la seule à souffrir devant une tombe en marbre et des photos qui allaient vieillir, se bousiller avec le temps et les aléas du climat.

— Je ne comprends pas non plus, Hugo, je rétorque toujours plus dépitée par la situation, par ce lieu qui ne m'apaise plus du tout, par ce ciel gris.

Par ce désastre ambulant.

C'est la première fois que je lui réponds après toutes ces heures passées ici. Bouche bée, il me regarde comme si une étoile filante venait de passer dans le ciel. Lui aussi, il pense la même chose. Ça le rassure de savoir qu'il n'est pas le seul à souffrir.

— Elle me parlait beaucoup de toi, tu sais, m'interpelle-t-il, piquant ma curiosité au vif.

— Ah ouais ?

— Ouais, t'étais sa petite sœur. Elle t'aimait énormément.

Il n'est pas obligé de faire ça. De remuer le couteau dans la plaie en utilisant des propos à ce point clichés. Il est toujours plus facile de s'enfoncer que de sortir la tête de l'eau. Et là, il nous enterre clairement.

— Je n'en doute pas, je réponds, lasse d'entendre toujours la même chanson.

— J'espère. Je sais que ce n'était pas facile entre vous ces derniers temps. Elle s'en voulait de ne pas être assez présente pour toi.

J'imagine déjà la suite : « Aujourd'hui, elle ne voudrait pas que tu souffres pour elle. Il faut que tu avances, Gaëlle », et blablabla… et blablabla. Sauf que ça ne m'aide en rien de l'entendre me dire ça. Je sais qu'Axelle m'aimait, qu'elle ne supporterait pas de me voir souffrir. Parce que si elle était à ma place en train de chialer comme un bébé comme je le fais, je lui botterais le cul.

Et je serais d'autant plus énervée, sachant que je pleure non seulement pour elle mais aussi pour un mec. Oui, je la hanterais probablement pour qu'elle arrête d'être aussi pathétique.

— Elle disait aussi que t'étais insupportable. Une vraie chieuse qui ne pouvait pas s'empêcher d'ouvrir sa gueule et qui restait campée sur ses positions, poursuit-il plus téméraire.

J'émets un rire léger. Oh oui, Axelle savait parfaitement qui j'étais. Ça me fait tout de même mal de savoir qu'elle ne connaîtra jamais la nouvelle Gaëlle. Celle qui affronte ses peurs et qui ne se laisse pas abattre. Celle qui prend conscience des autres, de leurs émotions et qui ne se comporte pas comme une vraie garce. Même moi j'ai peur de perdre cette nouvelle Gaëlle.

Sans Austin c'est différent. J'ai ouvert mon cœur grâce à lui. Pour lui. Et maintenant, je suis rongée par les remords. Je me sens blessée et rejetée.

— J'aurais dû plus l'ouvrir ces temps-ci… Pour faire en sorte qu'on ne me brise pas le cœur.

Jouer la garce sans cœur pour qu'Austin évite de broyer le mien.

— Tu parles de celui dont on doit taire le nom et qui

est venu à… te voir ? se reprend-il, toujours incapable d'employer le terme « enterrement ».

— « Dont on doit taire le nom » ? Tu te prends pour ma nouvelle copine de commérage avec qui je parle de mes histoires de cul ?

Hugo est gentil. Trop gentil. Il ne voit pas que je me fous de sa tête. Il n'essaie même pas de me reprendre. Je vois pourquoi Axelle l'aimait. C'est de plus en plus flagrant. Ma sœur adorait être le centre d'attention. Elle kiffait parler d'elle et qu'on s'intéresse à ses histoires. Ouais, je sais pourquoi elle l'avait choisi, lui.

Ce n'était pas forcément le cas de son fiancé. Trop concentré sur son boulot, sur son image pour s'occuper de qui que ce soit d'autre.

Du moins c'est l'impression que j'ai de lui. Il n'a pratiquement pas versé une larme aux funérailles. Je me retiens de le juger parce qu'au fond on ne connaît pas vraiment les gens. On pourrait croire qu'il ne souffre pas, qu'il ne s'agit que d'un connard égocentrique et nombriliste. Alors que ce n'est peut-être pas le cas. Peut-être que c'est une armure qu'il s'est construite afin de dissuader les gens de lui faire du mal. Peut-être qu'il est comme moi.

— De tes histoires de cul ou de cœur ?

Touché.

— C'est pareil. Enfin, dans ce cas précis, j'entends.

— Bon alors, tu te décides à m'en parler ?

— Y a pas grand-chose à dire.

— Raconte toujours. Il y a forcément beaucoup à dire. Un mec ne débarque pas de l'autre bout de la planète pour te voir, il n'y a pas rien à dire.

Coulé.

Là, il marque un point. Je sais très bien qu'Austin ne serait pas venu pour n'importe qui. Jamais il n'aurait demandé une permission avant notre rencontre. *Avant moi.* Évidemment que je le sais. Tous mes sens vrillent à l'idée de le savoir. Mon cœur me brûle à l'idée de le savoir.

C'est pour ça que je m'en veux aussi. Parce que je ne lui ai pas laissé le choix. Parce que je n'ai pas su être aussi forte que j'aurais dû. Je l'ai laissé partir. J'ai nié l'évidence jusqu'au bout. Je me suis laissé bouffer par mes craintes de le perdre, de le voir mort. Comme Axelle.

— Je me suis fracassé la tête, Hugo.

— Quoi ?

— Je ne suis pas tombée amoureuse. Je me suis fracassé le crâne et le cœur avec ce type.

— C'est la définition même de tomber amoureux.

— Merci pour la leçon, je réponds, ironique. Et maintenant comment on fait ?

— Pour quoi ?

— Pour arrêter tout ça !

— On n'arrête pas tout ça. Jamais. Seul ton cœur est capable de le faire. Et quoi que tu fasses ou que tu dises, tu ne pourras jamais aller à l'encontre de ce que tu ressens. Même si ça fait mal… Même si tu as l'impression de te noyer… Même, ouais… même si tu sais que c'est la solution. Si ton cœur décide l'inverse, c'est mort.

Je l'observe, désarçonnée. Ses mots ont quelque chose d'amer. Il dit ça pour se convaincre lui-même. Il ne parle pas de moi ni de mon histoire d'amour foireuse. Il parle de lui et de ses sentiments qu'il n'arrivera probablement jamais à enterrer.

— On devrait avoir le droit de choisir. Choisir qui on aime, quand on aime et d'arrêter de le faire, je réplique, les dents serrées, les larmes aux yeux, prête à tout ravager.

— Toi, tu as le choix.

— Je…

Ma bouche continue à s'ouvrir mais les mots ne sortent pas. Il vient de dire à voix haute tout ce que j'essaie d'enfouir en moi depuis le départ d'Austin. C'est moi qui nous impose cette situation. Moi qui ne respecte pas qui il est. J'ai trop peur. Je ne veux pas l'aimer tout en sachant qu'il sera le prochain sur la liste de la Faucheuse. Tout en imaginant le pire jour après jour. Je ne peux pas.

Et je suis pleine de rage et de rancœur. Pas contre lui. Pas parce qu'il ne m'a pas choisie. Mais contre moi. Parce que moi je ne l'ai pas choisi. Encore aujourd'hui, je me prouve que je ne suis pas à la hauteur, que je ne suis pas capable d'aimer un héros tel que lui. Parce que c'est ce qu'il est pour les autres. *Pour moi.* Et ça me ferait trop mal de le perdre. Je n'aurais plus la force de maintenir la nouvelle Gaëlle à flot. De ne pas retomber dans mes vieux démons. De ne plus me détruire. J'ai besoin de lui pour être moi.

C'est à ce moment précis qu'un torrent de pluie s'abat sur nous. En moins de quelques secondes, nous nous retrouvons trempés jusqu'aux os. C'est comme si Dieu lui-même me faisait prendre conscience de mes erreurs.

— Tu as le choix, Gaëlle, répète Hugo. Alors fais-le. Je ne te dis pas de le choisir lui. Je ne te dis pas de courir jusqu'au Mali pour lui dire que tu l'aimes et que tu regrettes ta décision. Je te dis…

L'amoureux de ma sœur s'arrête et plonge ses yeux verts dans les miens. Ils sont remplis de larmes et provoquent les miennes. J'ai l'impression que tout s'effondre, que mon cœur part à la dérive avec toute cette pluie.

Ses lèvres frémissent. Ses cils se débattent contre l'eau qui coule. Tout son être est plongé dans un état de tension. Ça me rend nerveuse. Bordel, je vais faire une crise cardiaque s'il continue à me regarder comme ça.

Il inspire et expire très bruyamment avant de reprendre :

— Non… En fait, tu sais quoi ?

— Quoi ?

— Tu vas le faire !

— Je vais le faire ?

Ma voix est aussi stridente que celle d'une gamine de six ans sur le point de voir le Père Noël. Hugo est sur le point de bouleverser ma vie. Je ne sais pas comment ni pourquoi. Mais je le sens. Putain, je le sens.

— Tu vas te bouger le cul, prendre le premier vol pour le Mali. Et tu vas rejoindre ton mec pour lui dire que tu es folle amoureuse de lui et que tu as été conne. Ouais ! Complètement stupide de l'avoir laissé partir. De l'avoir quitté. Tu vas lui dire que la vie est trop courte pour se la gâcher et que tu ne veux pas le faire. Tu ne veux plus le faire. Tu vas lui dire que tu veux passer le restant de tes jours avec lui. Et tu sais pourquoi vous allez le faire ?

Mon cœur bat la chamade. Mes poumons sont sur le point de défaillir. Je ne le quitte pas des yeux. Cette fois, il n'essaie plus de convaincre qui que ce soit. Parce qu'il fait ce qu'il devait faire. Pour moi. Pour Axelle. Parce que je sais que c'est ce qu'elle aurait voulu qu'il fasse. Me dire mes quatre vérités en face.

Alors je veux qu'il poursuive, qu'il me fasse encore plus dérailler et m'oblige à prendre conscience de mes erreurs pour mieux rebondir. Pour avancer et éviter le pire. Pour ne pas atteindre le point de non-retour et ne pas le perdre.

— Pourquoi on va le faire ?

— Parce qu'il va survivre pour toi. Il ne pourra pas faire autrement que de survivre pour toi.

Et c'est sur ces mots que je suis partie.

Parce qu'on va le faire.

Jour 27

Gaëlle

Le déni

Il y a quatre éléments : l'air, le feu, l'eau et la terre. Cinq océans. Six continents. Cent quatre-vingt-dix-sept pays reconnus par l'Organisation des Nations unies. Plus de sept milliards d'êtres humains qui vadrouillent sur le globe, d'est en ouest, du nord au sud. Plus de sept milliards d'individus qui s'apprivoisent, s'aiment et se haïssent au point de s'entretuer.

Tu te rends compte ? Ça laisse une sacrée marge pour trouver son âme sœur, tu ne crois pas ? Certaines pleurent leur célibat dans un pot de Nutella et le justifient allègrement d'un bon : « Les hommes sont tous les mêmes. Des connards ! Impossible de trouver le bon ! »

Pourtant, la vérité des chiffres nous saute aux yeux. Ce n'est pas facile à admettre parce qu'on a tendance à se créer des idéaux. Par exemple, des millions de nanas rêvent d'épouser Brad Pitt, sauf qu'il n'y a qu'une seule Angelina

Jolie. Alors, ça ne sert à rien de s'obstiner. Il suffit d'ouvrir les yeux et d'accepter que l'amour de sa vie ne ressemble pas à un idéal formaté par les magazines féminins et les films de nunuches dépressives.

Et puis c'est pareil pour vous les hommes, tu sais. D'accord, je ne suis peut-être pas celle que tu attendais. Quelque part, je sais que tu me détestes autant que tu m'aimes. Je suis trop surfaite. Pas assez courageuse. Un brin trop orgueilleuse…

Mais tu m'aimes, Austin. Il n'y a qu'une seule Gaëlle Larcher. Il va falloir que tu te le mettes dans le crâne. Tu m'aimes et tu ne pourras pas te passer de moi. Alors, reviens ! REVIENS !

La colère

Alors, t'es passé où ? Tu crois que tu peux partir comme ça sans laisser de traces ? Tu crois que tu peux m'obliger à t'aimer et ensuite te barrer comme un voleur ? Putain, je suis sûre que c'est ça. T'as voulu jouer, hein ? Me prouver qu'au final je n'étais qu'une prétendante parmi mille autres, c'est ça ? Gaëlle, trop bonne trop conne ! Une saloperie de cliché américain à elle toute seule. Elle tombe amoureuse d'un héros et pleure toutes les larmes de son corps quand il la quitte. Je suis persuadée que c'est ce que tu te dis de là où tu es. J'aurais dû m'en douter. Tu t'appelles Austin, bordel ! Austin c'est le prénom qui coule tellement bien sur ta langue que, quand tu le prononces, tu as l'impression de manger un muffin à la myrtille. Austin c'est le genre de prénom qui éclate ton cœur de minette en détresse. Tu n'avais pas le droit de me faire ça.

Le marchandage

J'ai compris !

Tu peux revenir maintenant. Oui, je sais que je n'ai pas été à la hauteur. Je ne le suis jamais. J'ai pris peur, Austin. Je ne suis pas parfaite. Je manque d'expérience. Je me suis sentie invincible et j'ai été laminée à coups de fouets psychologiques par toutes ces horreurs. Je sais que tu ne peux pas comprendre. Tu es Austin Miller. Un héros. C'est ton métier de sauver les gens. Ton quotidien de voir les corps joncher les rues de pays qui vivent dans le chaos. Mais moi, j'étais tétanisée, terrorisée à l'idée que tu puisses finir comme tous ces gens. Égorgé vif sur la place publique. Ton sang sillonnant les rues d'une ville en ruine. Parce que tous ces sentiments étaient là. Ton courage me broyait le cœur autant qu'il le faisait battre. Je n'ai pas l'habitude de ça, de ce que tu me fais. D'être soumise à ces émotions que tu m'obliges à ressentir. Maintenant je suis prête à affronter ça avec toi. Je te jure, je donnerais tout ce que j'ai pour que tu reviennes.

Oui, maintenant j'ai compris.

La dépression

J'ai l'impression d'être en enfer. Je me lève le matin avec la peur de voir venir quelqu'un m'annoncer la mort d'une autre personne. D'entendre l'explosion d'un enfant sur la place du marché. De devoir retirer les balles du corps d'une personne qui essayait simplement de survivre. J'ai toujours cette même boule au ventre. Celle qui compresse tellement mes boyaux que je n'arrive pas à me lever. Plus j'y pense, plus je me dis que ça ne s'arrêtera jamais.

Puis, tu n'es pas là. Personne ne m'aide à respirer comme tu le fais. Personne n'arrive à me donner la foi. À me faire croire que ce n'est pas fini. Qu'il y a encore de l'espoir. Que l'on peut s'en sortir. Tu étais le seul à pouvoir me faire relativiser. Ma lueur d'espoir dans un monde où l'espérance n'a plus sa place. Tu m'as aidée à nettoyer les traces matérielles de ces horreurs. Et tu m'as appris à vivre avec des cicatrices qui ne s'effaceront jamais.

Tu n'étais pas juste un héros, Austin. Tu étais le mien.

Je relis une dernière fois ces mots griffonnés à vif sur une page blanche. Je ne me laisserai plus abattre de cette façon. Plus jamais. Austin est parti mais je n'ai pas dit mon dernier mot. Mes mains tremblent. Je suis au bord de l'asphyxie. L'aéroport de Roissy est blindé de monde. Je déteste ça. J'essaie de faire comme au marché avec Austin : inspirer, expirer et me concentrer sur le reste. Les fenêtres immenses, les avions qui décollent, atterrissent. Mes écouteurs dans les oreilles, je textote avec Hugo.

C'est le grand moment de ta vie. Te loupe pas la miss.

Je ne sais pas comment fait ce garçon pour m'exaspérer autant même si dans le fond, j'apprécie cette relation qui s'instaure entre nous. Ces messages sarcastiques me font sourire. Pas de doute, il sait comment s'y prendre pour détendre l'atmosphère.

Trop rassurant ! Merci, Hugo, trop d'amitié entre nous !

Je dis ça, je dis rien… Si tu te rates, dis-toi que les chats c'est bien aussi. Même très bien ! Ça te rassure là ?

Je préfère les chiens.

C'est fou, il se fout de ma tête mais je ne peux pas m'empêcher de rire. D'un de ces rires légers qui me fait me sentir bien et m'apaise. Le genre de rire qu'on ne partage qu'avec de vrais amis.

L'entrée d'Hugo dans ma vie a été aussi fracassante que nécessaire. C'est rare mais pour une fois, je ne me sens pas jugée. Je me sens bien, en confiance. Je suis dingue de penser ça. Complètement barrée d'oser penser que ce type pourrait devenir l'un de mes amis.

Rappelons que rencontrer le mec qui a mis en vrac les idées de mariage du fiancé de ma sœur et la vie de mes parents est un risque considérable. Mais se retrouver à l'imaginer comme un ami, ça c'est le pompon.

Seulement, maintenant que je sais qui il est vraiment, je ne peux plus retourner en arrière. Il a dit les bons mots au bon moment. Il a été capable de me faire voir les choses comme aucun ami ne l'avait fait auparavant. Et sans lui, je ne serai probablement pas ici à sortir mon passeport et à prendre un vol pour le Mali.

Alors peut-être que cette relation, c'est mal. Aux yeux des mœurs et de ma famille. Mais dans ce cas, c'est un mal pour un bien.

Merci infiniment, Hugo.

Il fallait qu'il le sache. D'accord, je ne me noie jamais dans les discours élogieux et pleins de guimauves. Mais j'espère qu'avec ce simple SMS il comprendra à quel point il a été présent pour moi et à quel point ça compte. Pour aujourd'hui, mais aussi pour mon avenir.

Merci infiniment, Gaëlle.

Son SMS me fait l'effet d'une bombe. Me remercier ? Moi ? Pourquoi ? C'est lui qui a été là. Certainement pas l'inverse. Au contraire, j'ai été une véritable garce avec lui le jour des adieux à Axelle. J'étais trop en colère pour réfléchir à mes actes, à mes propos. Il fallait que quelqu'un paie et il était le mieux placé pour cela.

Pour avoir été une garce ?

Surtout pour avoir été une garce ! ! Non, idiote… Pour avoir été toi.

Ce qui revient au même, non ?

J'ai été horrible avec toi, Hugo. Je n'ai pas cherché à comprendre, je t'ai accusé de la pire des choses qui soit. Et tu veux me remercier ? Mais… tu as perdu la tête, c'est ça ? Ma sœur était douée pour rendre dingues les gens. Mais avec toi, elle n'y est pas allée de main morte.

Je le vois écrire. Puis s'arrêter. Les petits points de l'iPhone s'effacent à plusieurs reprises. Hugo doit chercher ses mots. Je commence à me ronger les ongles. Ça m'angoisse maintenant ces conneries. J'espère qu'il ne va pas me faire une longue déclaration parce que je ne saurai pas y répondre.

Fais pas la nana qui se dénigre inutilement. Tu as réussi à m'accepter comme Axelle l'a fait. Tu peux me croire, pour des gens comme vous, c'est rare. Et puis… Quand je te regarde, je vois un bout d'Axelle et je me dis que grâce à toi, elle sera toujours là, près de nous. Et pour ça, je ne peux que te remercier.

Grosse décharge électrique en plein cœur. Les larmes

commencent à monter. Je ne sais même pas quoi répondre à ça. Je refuse de le faire. Même si ça me touche. Même si maintenant je sais que je lui ai fait du bien par ma simple présence.

Malgré cela, ça me fait toujours aussi mal. Je n'avais pas encore perçu cet aspect-là après la mort d'Axelle. J'étais loin d'imaginer que les gens associeraient le souvenir qu'ils ont d'elle directement à moi. Axelle et moi avons nos ressemblances, à la fois sur le plan physique et sur le plan moral. Je peux comprendre qu'un lien soit établi.

Mais on est aussi tellement différentes. Je ne serai jamais Axelle. Et elle n'a jamais été moi. Ce n'est pas au travers de ma personne qu'elle continue à être présente. Et je ne veux pas que ce soit le cas. Les gens doivent me regarder sans imaginer Axelle à ma place. Parce qu'elle était unique. Et que je ne la remplacerai jamais.

L'embarquement de mon vol est annoncé par une hôtesse. J'ai encore quelques minutes devant moi, j'en profite pour envoyer un message à Austin.

Attends-moi. S'il te plaît. J'arrive.

Ce n'est plus l'heure pour jouer à la surprise. On a dépassé le stade des gamineries. Je veux qu'il sache que j'arrive, qu'il s'attende à ce que je débarque une nouvelle fois dans sa vie mais aussi à ce que je n'en sorte plus jamais. Il n'était pas question de finir mes jours avec des chats, le livre de *Bridget Jones* et trois tonnes de glaces.

Dans l'avion, le type installé à côté de moi lit le journal. Du coin de l'œil, j'observe les gros titres. Ça fait une décennie que je ne me suis pas renseignée sur l'actualité. Tout mon monde n'a tourné qu'autour de l'horreur depuis ces dernières semaines. D'ailleurs, un article m'interpelle et je penche davantage la tête pour essayer de le lire.

Un Casque bleu mêlé à des actes de terrorisme au Mali.

L'ancien soldat de la Navy défraie la chronique dans son pays d'origine…

Quoi ?

Paniquée, j'arrache prestement le journal des mains de l'homme, qui me regarde complètement abasourdi.

— Eh, mais vous êtes complètement folle ! hurle-t-il en colère.

Mais je m'en fous. Ce n'est pas le moment. Je lis l'article à une vitesse fulgurante, le cœur qui bat à tout rompre. Et quand je le termine, je ne peux pas nier l'évidence. Même si le Casque bleu n'est pas directement nommé, je sais de qui le journaliste parle. *Je le sais.* Mes mains froissent le papier sans le vouloir, mes larmes coulent.

Putain, ce n'est juste pas possible.

Je ne peux pas le croire. *Pas Austin.* Certainement pas lui. Ce n'est pas cohérent. Ma tête tourne, les idées fusent. J'ai l'impression que je vais vomir.

Mes angoisses reviennent plus fortes, encore plus destructrices. Parce que je ne les contrôle pas. Je ne les contrôle plus. Ce sont elles qui me broient, m'achèvent seconde après seconde depuis toute petite. Je ne pensais pas que c'était possible de voir son monde s'effondrer deux fois d'affilée.

Le passager à côté de moi s'enquiert :

— Mademoiselle, vous allez bien ?

Je n'imagine même pas la tête que je dois avoir. Je me sens devenir complètement blême. Tous mes muscles tremblent, ma voix reste coincée au fond de ma gorge. L'homme, inquiet, fait appel à l'hôtesse. Ma vision est trouble. Je ne proteste pas quand elle m'incite à me lever pour m'emmener vers le fond de l'appareil. Je maintiens fermement le journal entre mes mains.

Je ne peux pas le croire.

Je ne veux pas le croire.

L'hôtesse me tend un verre d'eau que je refuse avant de me conseiller :

— Inspirez, expirez. Doucement. Calmement. Ça va bien se passer.

Je ne réponds pas. Mes yeux, désormais baignés de larmes, restent fixés sur le journal. Toutes mes cordes vocales semblent m'avoir abandonnée.

— C'est le décollage qui vous fait peur ? me demande-t-elle, une main autour de mes épaules. Il ne faut pas vous inquiéter. Le pilote est l'un des meilleurs. Il ne va rien vous arriver.

Avec l'aide d'un mouchoir, elle tamponne doucement les larmes qui affluent sur mes joues. Tout comme l'homme qui siégeait à côté de moi, je ne la regarde même pas, je ne sais pas quelle tête elle a. Je ne sens que son bras autour de mon corps qui me serre davantage. Je suis incapable de réagir.

— Il n'a pas fait ça, je lâche d'une voix à peine audible.

L'hôtesse ne dit rien mais entend tout de même mes mots. D'abord confuse, elle m'oblige délicatement à enlever mes doigts du journal de son autre main pour pouvoir lire l'article sur lequel je pleure.

— C'est dur, oui, souffle-t-elle dans mes cheveux. On pense qu'ils sont là pour nous protéger alors qu'au final ils nous font plus de mal qu'autre chose. Mais n'y pensez pas. Maintenant que les autorités le savent, ce monstre va payer pour toutes les horreurs qu'il a commises.

Mes larmes deviennent plus intenses. Un monstre. Comment peut-elle l'appeler comme ça ? Austin n'est pas un monstre. Le pire c'est que je ne peux même pas le défendre. Je n'ai pas la force ni le courage de répondre. Ma voix est de nouveau coincée. Je ne peux plus bouger. Tout mon corps me brûle. Mon cœur ne m'écoute plus. Ça fait trop mal.

Ces mots font trop mal.

Ce sont probablement ceux qu'ont utilisés d'autres journalistes pour parler de celui qui a tué Axelle, tous ces autres citoyens du monde entier. Ces mots qui ont qualifié ceux qui ont privé des hommes de leurs grands amours, de leurs enfants, de leurs mères, de leurs pères, de leurs frères et sœurs. Ceux qui ont détruit des familles entières. Ceux qui ont bouleversé des nations à tout jamais et brisé des millions de cœurs.

Non, Austin n'est pas un monstre. Il n'est pas celui qui bousille des cœurs, il est celui qui les répare. Il est mon héros. L'homme que j'aime, celui qui ferait n'importe quoi pour sauver le monde. *Pour me sauver moi.*

Alors je tiens bon. Même si je ne décolère pas. Les larmes ne s'arrêtent plus. Mes muscles ne réagissent toujours pas. Mes cordes vocales restent introuvables. Mais je tiens bon. Jusqu'à l'arrêt de l'avion.

Il me faut encore quelques minutes pour retrouver mes esprits une fois l'appareil posé, pour forcer mon corps à réagir. Je me concentre sur mon objectif. J'évince le reste. *Austin.* C'est ce qui compte. C'est ce qui doit compter. Je dois retourner au camp, le retrouver. Le faire libérer. Je dois tout faire pour le sauver. Parce qu'ils ont tort. Austin ne restera pas la victime de toute cette machination organisée par je ne sais qui. Je retrouverai le coupable et l'égorgerai de mes propres mains si son sang peut laver l'honneur de celui que j'aime.

J'arrive finalement à me lever, ne remercie pas l'hôtesse restée avec moi et sors en trombe de l'appareil. L'attente au contrôle est un supplice. Je respire fort mais essaie tout de même de me calmer pour dissuader le douanier de me bloquer le passage. D'autant que ce dernier me regarde bizarrement. Cela dit, il me laisse passer. Mon passeport et mon visa sont en règle. Je récupère donc mes affaires et cours jusqu'à la sortie de l'aéroport de Kidal.

Durant le vol, je n'ai pas mis mon téléphone en mode avion. Celui-ci se met à sonner plusieurs fois, m'indiquant la présence de plusieurs messages et appels. Machinalement, je le déverrouille pour vérifier qu'il ne s'agit pas d'Austin. Puis, mes larmes se remettent à couler toujours plus fort en pensant qu'il ne peut pas me répondre, sachant qu'il croupit dans une geôle à l'heure qu'il est.

Sous mes doigts tremblants, je distingue cependant un message provenant d'un numéro inconnu dont l'indicatif est malien. Je l'ouvre sans attendre :

Gaëlle, ne fais pas ça. Ne rentre pas. Ne fais surtout pas confiance à…

— Gaëlle ? Dieu soit loué, tu es bien arrivée.

Jour 27 (suite)

Gaëlle

Je ne pensais pas être aussi soulagée à l'idée de voir Mariam aujourd'hui. Elle me prend dans ses bras. Je relâche la pression instantanément. J'ai encore du mal à croire qu'elle soit venue me chercher.

Je m'imaginais déjà en train de galérer en langue des signes pour supplier un taxi de bien vouloir m'emmener jusqu'au camp, en échange de tous les billets que j'avais sur moi s'il le fallait.

D'autant qu'avec mes nerfs qui lâchent je me serais probablement mise à pleurer devant le premier qui aurait accepté de me transporter. Il m'aurait prise pour une espèce de folle furieuse et n'aurait plus jamais voulu parler à un Occidental de sa vie.

— Je m'inquiétais tellement, Gaëlle. Je suis sincèrement désolée pour toi et ta famille. Je n'imagine que trop bien ta douleur, m'avoue-t-elle, le visage coincé sur mon épaule.

De nouvelles larmes surgissent. Cette détresse qui me broie ne va jamais cesser de grandir. J'ai l'impression que toute personne qui évoque Axelle me plonge en enfer. Ça fait trop mal. C'est comme une plaie béante dans laquelle on tourne un couteau afin qu'elle ne cicatrise jamais.

— Je suis là, ma jolie, je vais t'aider à surmonter tout ça, poursuit-elle d'une voix douce et posée qui contraste avec le brouhaha ambiant.

Mariam continue de me surprendre. C'est vrai qu'elle est attachante avec son côté maternel. Mais je ne pensais pas qu'elle me portait assez dans son cœur pour venir jusqu'ici et me dire ça. Elle a toujours été sur mon dos au camp, à me dire quoi faire et comment. Elle ne m'a jamais vraiment fait confiance.

Et puis parfois, je me disais qu'elle était aussi un peu trop protectrice avec Austin. Elle se méfiait de ma relation avec lui. Elle avait peur que je lui brise le cœur alors que c'est lui qui est propriétaire du mien. Toujours aux petits soins pour lui, elle était systématiquement en train de lui demander si elle pouvait l'aider ou faire quelque chose pour le soulager de sa charge de travail.

Inconsciemment, Mariam cherchait certainement à remplacer la mère d'Austin. Celle qu'il n'a jamais eue à cause de l'accident.

Mettant fin à notre étreinte, je l'interroge immédiatement, ne préférant pas tergiverser sur la mort tragique de ma sœur :

— Où est Austin ? Je veux le voir !

— Tu ne peux pas, me répond Mariam, l'air grave et les lèvres pincées.

— Mariam, il faut que je le voie. Lui ou la personne responsable de tout ce bordel. Pas question que je les laisse lui faire ça. J'ai lu les journaux. C'est du foutage de gueule. Austin n'est pas responsable de ces crimes. Quelqu'un se sert de lui.

— Tu ne comprends pas, Gaëlle. Tu ne vas pas pouvoir débarquer et régler les choses comme ça. C'est très grave. Austin est considéré comme responsable d'actes terroristes. Il est sous haute surveillance. Sa vie est en danger. Nous ne pouvons pas nous permettre de faire n'importe quoi ou de crier au scandale. Il faut agir avec méthode et calme. En espérant justement qu'il ne soit pas responsable.

« Méthode » ? « Calme » ? « Responsable » ?

Elle veut que je reste sereine alors que je la sens pencher du côté des journalistes. Elle « Espère » qu'il ne soit pas coupable ? Je n'en crois pas mes oreilles. Il est évident qu'il ne l'est pas.

C'est pour cela qu'il n'est pas question que je me laisse gouverner par leur discipline à la con. Austin est en danger et je ne peux pas rester là, les bras croisés.

Premièrement parce que je ne supporterais pas qu'on puisse lui faire du mal ou le mettre en taule. Personne n'a le droit de l'éloigner de moi. Ensuite parce que le monstre qui lui a tendu un piège court toujours. Ce qui signifie qu'il peut encore frapper et causer encore plus de souffrances, faire plus de morts.

— Bien sûr que si, je comprends. En revanche, c'est vous que je ne comprends pas ! Vous doutez sérieusement de lui ? ! Mais on fait quoi, alors ? On reste là à attendre que le connard qui a fait ça commette un nouvel attentat ? C'est ça l'idée ? Là, ils seront bien obligés de voir qu'Austin n'est pas à l'origine de tout ça.

Je me mets à hurler sur Mariam. J'en ai marre de pleurer. Je n'en peux plus de me sentir faible et consternée. J'ai besoin de reprendre le contrôle de ma vie, que les autres cessent de me dévisager avec pitié. Je ne veux pas de leur compassion. Tout ce que je souhaite, c'est récupérer Austin auprès de moi et mettre un terme à cet horrible cercle vicieux.

Mariam me regarde, la mine contrite. Elle qui a toujours une solution pour tout se retrouve complètement désarmée.

— Ils ont des preuves.

Cette fois, c'en est trop. J'explose. Comment celle qui se considère comme la mère de substitution d'Austin peut-elle me balancer ça ? Que veut-elle dire par là ? Qu'Austin est responsable et qu'elle croit à ces accusations ?

— Des preuves ? Non mais c'est une blague ! Ils ne peuvent pas en avoir. Austin n'est pas capable de faire ça. Quand je le regarde dans les yeux, je sais à quel point il aime son métier. Il est malade à l'idée de ne pas pouvoir faire plus, de ne pas sauver plus de vies. Je le vois ! Et vous l'imaginez capable de commettre de telles barbaries ?

— Je n'imagine rien du tout, Gaëlle. Je... Que veux-tu que je fasse ? se reprend-elle, tout aussi furieuse que moi. Tu es au Mali, ici. Un pays dirigé par les forces étrangères. Tu es sur le point de rejoindre un camp militaire qui se moque éperdument de votre petite amourette ou de ce que tu aperçois dans les yeux d'Austin. Ces hommes-là ne voient que ce qu'ils ont envie de voir. Ils ne croient que ce qu'ils ont envie de croire. Mieux encore, ils ne doivent rien à personne. Ils prennent et s'en vont. La justice militaire est loin de tout ce que tu peux imaginer. Surtout dans un pays comme le nôtre. Et je te le répète, ils ont des preuves, Gaëlle.

Mes mains se transforment en poings tétanisés le long de mon corps. Je sais qu'elle a raison. L'Organisation des Nations unies doit être sur le qui-vive, en train de réfléchir à la manière de résoudre le problème que leur pose la médiatisation autour d'Austin.

Qu'importe finalement que ce soit lui ou un autre. Tant qu'ils déterminent un coupable sur qui frapper. C'est ça le plus important. La vérité c'est qu'aux yeux du monde entier ils doivent désormais trouver le moyen de se justifier et de se racheter. Pour cela, rien de mieux que de reporter toute la faute sur quelqu'un. Une tête à couper pour mieux reconquérir le cœur de ceux qui les soutiennent.

Cette perspective me donne tellement envie de vomir que je ne peux m'empêcher de grimacer de dégoût. D'autant que Mariam est trop bizarre. J'ai l'impression de ne plus avoir la même personne en face de moi. La Mariam que j'ai connue il y a bientôt un mois était une femme forte et respectable. Elle aurait donné le bon Dieu sans confessions à Austin tellement elle avait confiance en lui. Et aujourd'hui ? Elle est à la limite de croire ce que les médias racontent. C'est n'importe quoi !

— Mariam, écoutez-moi une seconde ! On parle d'Austin, là. Pas du chien du voisin mais bien d'Austin. Vous le considérez comme votre propre fils. Comment pouvez-vous croire ça ?

Mon ancienne chef de groupe croise délibérément les bras autour de sa poitrine. Elle tourne machinalement la tête de côté, comme si elle avait peur d'affronter mon regard. Même ses jambes commencent à trembloter. Quelque chose cloche.

— Et si vous le croyez, pourquoi êtes-vous là ? Pourquoi être venue à l'aéroport me chercher ? je continue à la harceler de questions.

Ouais, d'ailleurs ça c'est bizarre. Je n'ai rien dit à personne concernant mon retour au Mali. Seul Hugo est au courant. Alors comment a-t-elle su ?

Quand j'y pense, même mes parents n'ont aucune idée d'où je suis. Ils sont bien trop empêtrés dans leur deuil pour faire attention à leur deuxième fille. Un second enfant qui n'a fait que leur causer des emmerdes.

Quand j'ai claqué la porte avec mes valises, ma mère m'a à peine regardée. Elle était comme déconnectée du monde. Aucun coup de fil de mon père pour savoir où j'étais non plus. J'oserais même penser que ma disparition les soulage.

Mariam fixe toujours un point dans le vide, le visage fermé. C'est comme si elle cherchait ses mots pour pouvoir me répondre. Le vacarme présent à l'aéroport commence à me faire péter un plomb.

— Tu as envoyé un message à Austin. J'avais son portable, c'est comme ça que j'ai su que tu allais arriver. Et si je suis venue… Écoute, je ne sais pas… Je…, s'embrouille mon interlocutrice.

Là, ça devient beaucoup trop flippant. Mariam n'a pas l'habitude de se comporter comme ça. Puis l'histoire du portable d'Austin, ça me paraît peu cohérent. Je suppose que, l'ayant arrêté, ses supérieurs hiérarchiques ont dû embarquer toutes ses affaires avec eux, y compris son téléphone. C'était même l'élément le plus important de leur recherche, j'en suis persuadée. Afin de l'analyser ou, pire, de s'en servir pour créer de fausses preuves et l'inculper. Mariam n'a pas eu de passe-droit. Ça me paraît impossible.

— Vous me cachez quelque chose, Mariam ?

— Je ne te cache rien. Voyons, Gaëlle ! Je suis juste chamboulée par ces derniers événements. J'ai mal pour toi, pour Austin. Et je suis dans l'incapacité de faire quoi que ce soit pour vous sortir de cette impasse, répond-elle irritée par mes doutes à son sujet.

Elle n'ose toujours pas me regarder dans les yeux.

— Si vous n'avez rien à me cacher, répondez-moi, alors ! Pourquoi êtes-vous venue me chercher ? Pourquoi et comment avez-vous obtenu le téléphone d'Austin ? Et enfin, de quelles preuves parlez-vous ?

Elle n'a pas le temps de me répondre qu'un visage familier déboule entre nous.

— Aiden ?

Ma mâchoire est sur le point de se fracasser au sol. Le grand métis me regarde, furibond et tout transpirant. Il a le souffle littéralement coupé. Mariam est dans le même état que moi, estomaquée par l'arrivée fracassante de l'ami d'Austin.

— Gaëlle, je t'avais dit de ne pas t'approcher d'elle. Il faut qu'on s'en aille. Maintenant ! me dit-il complètement paniqué.

Je scrute immédiatement Mariam qui semble de plus en plus mal à l'aise.

— Quoi ? Comment ça ? Ne pas m'approcher de qui ?

Aiden tourne lui aussi le regard vers Mariam. Un regard qui ne présage rien de bon et qui exprime toute la haine qu'il porte en lui. La situation est en train de tourner au drame. Mon ancienne chef de groupe recule, peureuse, la bouche toujours grande ouverte.

— Cette femme est dangereuse, Gaëlle. Pourquoi tu n'as pas lu mon message ? Tu n'aurais jamais dû sortir de l'aéroport. J'ai été très clair, grince-t-il entre ses dents.

Il m'engueule comme une gamine de quatre ans. J'ai l'air bête et coupable. Le texto parcouru à mon arrivée me revient en mémoire :.

Gaëlle, ne fais pas ça. Ne rentre pas. Ne fais surtout pas confiance à...

C'était donc Aiden l'expéditeur ? Je n'ai pas eu le temps de lire la fin et il m'est sorti de la tête quand j'ai vu Mariam.

Mariam s'approche de moi et tire Aiden par le bras. Cette fois, j'en suis pratiquement certaine, elle cache quelque chose. Moi, je suis totalement perdue. Je ne comprends pas pourquoi elle me ment.

Je les regarde tour à tour et commence sérieusement à me demander où est la caméra cachée. Ce n'est pas possible autrement. Il s'agit forcément de ça, ou je vais devenir folle.

— Gaëlle, ne l'écoute pas. Aiden raconte n'importe quoi. Il prétend avoir des informations sur moi mais c'est faux. Tu me fais confiance, n'est-ce pas ? me demande Mariam, la voix désormais criarde.

— Vous n'êtes qu'un monstre ! hurle Aiden à son encontre. Quand je pense que vous étiez prête à faire passer Hunt pour le coupable. Et maintenant pire, vous donnez Austin en pâture pour vous protéger ! Mais on sait tous les deux que vous êtes derrière ces crimes.

Les gens commencent à nous regarder, apeurés. Des hommes s'approchent de nous, l'air méfiant. Mariam les regarde. J'ai l'impression qu'elle leur fait des signes. Je deviens paranoïaque. Aiden est à deux doigts de l'encastrer dans le mur.

— Je n'ai commis aucun crime, affirme Mariam, redevenue autoritaire. Tout ce que j'ai fait était pour le bien de mon pays. Uniquement pour le bien de mon pays.

Je reste bouche bée devant ce spectacle. Aiden qui crie et ne prête absolument pas attention aux étrangers qui nous fixent désormais. Mariam qui fait de même. Ils s'accusent l'un l'autre et il m'est impossible d'y voir clair.

Je dois faire un cauchemar. C'est sûrement ça. Ce n'est pas réel. Je ferme les yeux en espérant me réveiller de cette horreur mais il ne se passe rien. Quand je les rouvre, les deux sont toujours là en train de se battre pour me parler. Ça tourne trop dans ma tête, je n'arrive même plus à les écouter, tout est embrouillé.

Aiden m'agrippe par les deux bras et me secoue comme un prunier.

— Je sais que c'est difficile à enregistrer. Tu vis une sale période et tout paraît flou mais il faut que tu me fasses confiance. Cette femme est complètement folle. Tu dois me faire confiance. Je suis l'ami d'Austin, crois-moi, je t'en prie ! implore-t-il, tandis que Mariam tente de reprendre la main.

— Gaëlle, ne l'écoute pas ! Viens avec moi, on va trouver une solution, s'interpose-t-elle.

Je ne sais plus où donner de la tête. Je regarde Aiden. Quelque part ses yeux me semblent plus sincères que ceux de Mariam. Mais je ne peux pas m'empêcher d'essayer de le ramener à la raison. De lui prouver qu'elle ne peut pas être dangereuse. *Pas elle.* Pas après tout ce qu'elle a fait pour Austin.

— Elle est comme une mère pour lui... Je..., réponds-je à l'attention d'Aiden en me mettant à sangloter.

C'est trop pour moi. La pression ingurgitée depuis ces derniers jours est en train de me bouffer. Littéralement. Mariam tente de frapper Aiden sur l'épaule pour qu'il se décale et qu'elle puisse s'approcher de moi. Elle me tend même la main. Mais il ne bouge pas d'un millimètre. Il est dans un état de transe.

— Mariam est responsable des dernières attaques. Elle a eu accès à tout grâce à Hunt. Stratégies des troupes, coordonnées GPS, logistique. Absolument tout.

Mariam ouvre les yeux en grand, sous le choc. Je ne sais pas si c'est lié au fait qu'Aiden raconte n'importe quoi ou au fait qu'au contraire, il puisse dire la vérité. Plus j'observe son attitude, plus je le sens sincère. Et ça me fait d'autant plus peur.

— Hunt ? je demande à l'attention d'Aiden tout en continuant d'observer Mariam, qui semble perdre toute sa contenance.

— Ouais, je pensais que c'était lui le coupable. J'en étais même sûr. Toutes mes recherches prouvaient que c'était lui. Il a toutes les cartes en main, dirige chacune des opérations et reçoit un tas de fric sorti de nulle part. Alors forcément, il m'a paru être le coupable idéal. Mais quand Austin s'est fait arrêter, les compteurs ont été remis à zéro.

Mariam continue de nous observer la bouche ouverte. Elle a cessé de hurler et son regard devient mauvais. J'ai l'impression de me faire manipuler. C'est trop d'éléments à encaisser. Aiden est, quant à lui, complètement absorbé par ce qu'il me dévoile.

— Un mec de l'envergure de Hunt ne pouvait pas avoir été aussi maladroit. Enfin au début, je pensais que si. Que c'était fait exprès de manière à détourner l'attention sur quelqu'un d'autre que lui. Plus c'est gros, moins tu le vois venir. Mais quand j'ai découvert la relation qu'il entretenait avec Mariam, ça m'a tout de suite paru beaucoup plus clair, continue-t-il à expliquer, sans faire attention à moi.

Aiden est un individu déconcertant. Il parle pour lui avant de parler pour les autres. J'ai trop de mal à faire des liens entre tout ce qu'il est en train de lâcher. Je ne comprends rien. Ça m'angoisse et me frustre au plus haut point.

Je perds en plus beaucoup de temps. J'ai un besoin viscéral de voir Austin et je suis coincée dans ce fichu aéroport. Je ne vais pas tarder à m'effondrer tellement mon stress est palpable.

— Quoi ? je demande, littéralement à bout.

— Hunt couche avec elle, me répond-il tout en pointant de nouveau le doigt vers Mariam. Tu piges ? C'est comme ça qu'elle a obtenu toutes les informations nécessaires !

Mariam rigole nerveusement avant de se mêler à la conversation.

— Gaëlle, tu ne vas quand même pas croire les délires de ce type. Allez, suis-moi, on a assez perdu de temps comme ça. Si tu veux avoir une seule chance de revoir Austin, c'est maintenant.

Je croyais qu'il était impossible pour nous de le voir. Qu'est-ce qu'elle entend par « chance » ?

Plus les minutes s'écoulent, plus Mariam s'embrouille et se montre nerveuse. Ça ne me rassure pas. J'ose espérer qu'elle se trouve simplement dans le même état que le mien. Qu'elle est juste scandalisée par les propos d'Aiden et que c'est pour cela qu'elle se montre si confuse et qu'elle n'arrive pas à aligner deux phrases de manière cohérente.

Enfin bordel, Mariam et Hunt ensemble ? C'est complètement absurde.

Sauf que plus je la fixe du regard, plus je vois ces hommes

tourner autour de nous comme des lions en cage et plus je sens qu'il se trame quelque chose. Je ne dis rien à Aiden sur la présence de ces individus de peur d'ameuter trop de monde.

Parce que s'il s'avère qu'il dit vrai, nous courons un danger. Même si nous ne sommes plus à l'intérieur de l'aéroport, il y a du monde autour de nous et il n'est pas question d'impliquer d'autres gens dans nos histoires. C'est trop risqué.

Je dois trouver une autre solution pour lui faire comprendre que nous sommes suivis.

— Quoi ? Non, c'est impossible. Comment tu peux dire une chose pareille ? je réponds à Aiden, tout en essayant de lui faire signe de mes mains tremblantes en la direction des hommes derrière lui.

Mariam recule de quelques pas. Ses jambes ne tremblent plus. Son regard devient de plus en plus noir.

— Hunt me l'a affirmé, proclame Aiden, catégorique.

— J'ai du mal à y croire, je dis affolée. Écoute, je propose qu'on aille au camp et qu'on en discute. N'est-ce pas, Mariam ?

Ma tentative de calmer les choses ne fonctionne pas. Cette dernière ne me répond pas.

Putain, ça ne sent pas bon du tout.

Cette fois, je ne peux plus le nier. Mariam trempe dans quelque chose de louche, sinon elle ne réagirait pas de cette façon. J'essaie de parler en sa faveur pour lui faire croire que je suis de son côté. Mais Aiden continue de parler. Il ne prête pas attention à mes signaux, à mon regard, au fait que ces hommes commencent à nous entourer.

Austin voyait tout en m'observant. Nous n'avions pas besoin de parler. Si seulement il était là… il comprendrait.

Une voiture roule lentement et se dirige vers nous. L'angoisse monte. Je vais probablement faire une crise cardiaque. J'ai l'impression d'être dans un guet-apens.

— Pourtant c'est la vérité. Hunt a fini par comprendre

que je le soupçonnais. Alors on a mis cartes sur table et on a longuement réfléchi. C'est là que son nom est apparu.

Aiden ne décolère pas. Il continue de parler sans se soucier de ce qui se passe autour. Moi, je ne sais plus quoi faire. Je ne peux pas le prévenir alors je continue à faire semblant de ne pas le croire.

— Elle aide tout le monde au camp. Austin a une confiance aveugle en elle. Allez viens, on s'en va ! On en discutera une fois arrivés au camp.

L'ami de mon homme se fiche catégoriquement de ce que je lui dis. Il continue son monologue.

— Tu ne l'as jamais trouvée trop dure avec les soldats ? Elle est la première à les emmerder, à les dénoncer quand ils font des conneries et à se plaindre aux organisations. Tu ne sens jamais son regard sur eux ? Et quand elle parle, tu n'as pas l'impression qu'elle éprouve une certaine rancœur à leur égard ?

Mon cerveau est en ébullition. Toutes ses remarques sonnent juste. Mariam a toujours observé les soldats étrangers d'un mauvais œil. Mais je n'y ai jamais prêté attention. Elle travaille dur. Mariam se bat pour ses idées, pour la liberté de son peuple. C'est tout ce que j'ai retenu la concernant. Mais en cet instant, mes idées se font plus claires. Je suis doucement en train de réaliser le lien entre son comportement et tous les drames ayant eu lieu.

Je sais que Mariam n'a jamais écouté personne sur les missions humanitaires qu'elle supervisait. Hunt avait beau lui dire de ne pas se présenter dans un village pour aider la population car c'était dangereux, elle y allait quand même, une ribambelle de gamins derrière elle. Je prenais ça pour de la bravoure. Jamais je n'aurais pu imaginer qu'elle mette volontairement la vie de ces personnes en danger. J'imaginais qu'étant d'ici elle était en mesure de savoir où le danger se trouvait.

Jamais je n'aurais pu croire qu'elle utiliserait les informations qu'elle détenait sur les missions réalisées par les Casques bleus pour les réduire à néant. Jamais je n'aurais pu penser qu'elle deviendrait un monstre.

Quel est le but de sa démarche ? Pourquoi s'attaquer à des personnes qui tentent de secourir son pays et sauver son peuple ? S'il y a une chose dont je suis encore persuadée, c'est que Mariam est amoureuse de ses terres. Elle a toujours été d'une grande bonté auprès des Maliens. Alors pourquoi faire ça, putain ? Pourquoi participer au meurtre de tous ces héros de guerre ?

Et puis, d'un coup, ses dernières paroles me percutent comme une balle en pleine poitrine. « Ils prennent et s'en vont. » Elle est là, la raison de ses agissements.

Mariam doit penser de la même manière que les Talibans durant la guerre qui opposait l'Afghanistan aux États-Unis. Elle doit se sentir méprisée et humiliée par la présence de soldats étrangers dans son pays. Mariam n'y voit pas protection et aide mais menace et effondrement de sa nation. Elle nous voit comme des assassins et se sert de son lien avec les associations pour couvrir sa véritable mission.

L'air me manque. Je me sens sur le point de partir à la dérive. Complètement paniquée. J'étais venue ici pour une seule chose. Récupérer Austin. Par tous les moyens. Il est la seule raison de mon retour au Mali. Il est ma seule raison de vivre aujourd'hui.

Et voilà que je me retrouve coincée ici avec une femme qui s'avère être une meurtrière, sans aucun moyen de m'échapper. Mon regard dévie vers les prunelles noires de rage d'Aiden. Je n'ai plus le choix. Je suis obligée de l'arrêter.

— Aiden, stop !

Il s'arrête immédiatement, interloqué par la fureur de ma voix. Ayant de nouveau toute son attention, j'en profite pour jeter un coup d'œil à Mariam. Mes poumons se bloquent immédiatement. Ma gorge se serre. Il ne m'est même pas possible de cligner des yeux tant ce qui est en train de se passer me paralyse sur place.

Elle vient de sortir une arme de sa veste.

Une arme qu'elle pointe sur nous.

Une arme qu'elle envisage d'utiliser.

Un putain de flingue pour nous anéantir.

Jour 28

Gaëlle

Il fait sombre dans cette pièce. C'est comme être enfermée dans mes propres pensées. Un brin plus flippant. Étonnamment, le choc de ces derniers événements est tel que je n'angoisse même pas. J'ai l'impression d'être complètement anesthésiée. Ou morte, au choix. Peut-être que je le suis. Parce que je ne ressens plus rien. La peur ne me ronge pas comme à ses habitudes. Elle ne m'empêche pas de vivre en noyant mes poumons au fin fond d'un seau de liquide acide.

J'essaie de construire des liens, de comprendre pourquoi je suis là, mais je ne me remémore que des bribes d'informations. Comme le fait que je suis restée de marbre devant l'arme de Mariam. Je n'ai pas cillé quand elle m'a fait monter dans la voiture. Je n'ai pas tremblé lorsque je me suis retrouvée entre deux hommes sur la banquette arrière. Je n'ai pas non plus bronché lorsqu'ils m'ont enfermée dans cet endroit exigu et sans vie. J'étais dans un autre monde. Seul un filet de lumière s'écrase sur les briques de la pièce à travers une toute petite fenêtre à barreaux. Une véritable cellule de prison.

Pourtant, assise le dos contre le mur froid et terne, je ne

réagis pas. Mon corps reste figé, insensible au danger. Mes mains n'essaient pas de se débarrasser des menottes qui les maintiennent liées. C'est comme si je n'étais plus maîtresse de mon propre corps et que je regardais toute la scène d'un point de vue extérieur. Je ne suis plus Gaëlle mais une simple poupée de chiffons qu'on utilise à sa guise. Mon esprit ne s'est concentré que sur ces détails futiles. Je n'ai rien retenu du reste. Ni le nom de ces hommes, ni l'endroit où ils ont emmené Aiden. Ni quoi que ce soit d'autre. C'est le néant. Je ne sais même pas si Mariam a tiré. J'ai vu sans voir. C'est bien ça le pire.

Je ne sais même pas depuis combien de temps je suis enfermée ici. Tout me paraît loin. Je me surprends à espérer que tout ceci n'est qu'un simple cauchemar et que je vais bientôt me réveiller. Mais lorsque la porte s'ouvre et que des pas s'avancent dans ma direction, mes espoirs s'effondrent.

— Gaëlle ?

La voix de Mariam agresse mes tympans. Je ne relève pas les yeux vers elle ni ne lui réponds.

— Tu m'as vraiment compliqué la tâche, tu sais, poursuit-elle, pensive.

Elle tourne en rond, ses chaussures faisant un bruit monstre à chaque pas. Après avoir été enfermée ici sans un bruit pendant ce qui semble être des dizaines d'heures, tous mes sens sont en ébullition. Mon ouïe perçoit le moindre de ses mouvements, jusqu'aux claqpements de langue contre son palais lorsqu'elle parle. Ça me donne mal à la tête.

— Faut que tu saches que tu as vraiment chamboulé mon plan. Le point positif, c'est que tu vas lui donner une tout autre saveur. Je vais pouvoir t'utiliser à bon escient. À bien y réfléchir, tu étais la pièce manquante.

— De quel foutu plan êtes-vous en train de parler, Mariam ? je réponds, tout en relevant les yeux vers son visage.

Ma voix est éraillée. Je toussote légèrement. L'ancienne

chef de mission balance une bouteille d'eau vers moi. Je réfléchis un instant mais cède à la tentation de boire. Quitte à crever dans ce trou, autant bénéficier de tous les avantages. Parce que cette fois, j'en suis sûre, même si je ne suis pas morte, cela ne saurait tarder. Mariam va se servir de moi. La seule question c'est comment.

— Ce n'est pas assez clair ? Tu sais au début, je pensais que tu étais une fille intelligente, que tu allais partir avant qu'il ne soit trop tard. Mais tu as commis l'erreur que toutes les autres font : tu es tombée amoureuse. Et ça va causer ta perte. Tu n'aurais jamais dû revenir.

Cette fois c'est trop, j'explose de fureur.

— Non, ce n'est pas assez clair. Non, je ne comprends pas comment on en est arrivés là. Non, je ne comprends pas pourquoi vous faites ça. Ni qui vous êtes réellement. Ça n'a pas de sens. Pourquoi franchir la barrière et vous retrouver du mauvais côté ? Quel est le but, si ce n'est de causer encore plus de mal et de souffrances à votre pays ?

Je suis fière de moi, de l'aplomb que je dégage. J'arrive même à me lever malgré les menottes, de manière à bien pouvoir lui faire face. Pas question de me montrer faible devant elle.

Les yeux noirs de Mariam ne reflètent que la haine. Ils me scrutent comme ceux d'un insecte qu'on rêverait d'écraser sur-le-champ.

— Non, effectivement tu ne comprends rien. Tu n'es qu'une gamine qui a toujours obtenu tout ce qu'elle voulait. Une bourgeoise qui vit dans un pays que tout le monde perçoit comme un eldorado. Il est évident que tu ne peux pas savoir ce que ça fait. De côtoyer la misère au quotidien. De nettoyer le sang et les larmes chaque jour de chaque semaine de chaque mois de chaque monstrueuse année. De voir des armées étrangères s'installer ici avec leurs gros sabots et tout enterrer avec leurs bombes et leurs mitraillettes. De les observer essayer de prendre le contrôle de notre pays en s'imaginant être nos sauveurs.

Je peine à déglutir. C'est donc ça l'image qu'elle a des soldats qui viennent jusqu'ici pour sortir son pays des griffes du terrorisme ? J'ai l'impression de me retrouver des dizaines d'années en arrière. Moi je crois foncièrement qu'aujourd'hui l'homme a assez évolué pour ne pas commettre les mêmes erreurs. Même si les crimes existent toujours. Même si les organisations terroristes gangrènent nos libertés, la sécurité de nos sociétés.

J'ose espérer que je ne suis pas aussi naïve qu'elle semble l'imaginer. C'est vrai, je ne suis pas une politicienne et je n'ai aucune idée de ce qui se trame réellement derrière les missions organisées par l'ONU, la France et tous les autres pays engagés dans cette guerre. Peut-être qu'au fond je ne veux pas le savoir. Parce que ce que je vois, depuis mon arrivée au Mali, ce ne sont pas des hommes assoiffés de pouvoir qui siègent sur des terres qu'ils estiment conquises.

Non, ce sont des hommes au grand cœur, prêts à vendre leur âme au diable pour venir en aide au Mali. Des soldats qui n'ont pas vraiment eu le choix. Parce que c'est ça l'engagement militaire. C'est se donner corps et âme à son pays et au monde par extension lorsqu'ils prennent parti pour l'ONU. Ne pas poser de questions. Alors pour la plupart, c'est ce qu'ils ont fait. Ils sont partis loin de chez eux, de leurs familles pour vaincre le terrorisme.

— C'est comme ça que vous voyez les choses ? Vous les prenez pour des monstres ? Remettons les choses dans leur contexte. Vous parlez de bombes mais jusqu'à preuve du contraire, ce ne sont pas ces soldats qui font exploser des enfants en plein milieu des places publiques de vos villages (j'accentue davantage ma voix sur le pronom « vos »). Ce ne sont pas eux qui coupent des têtes devant des caméras et qui diffusent les vidéos à travers le monde entier. Ce ne sont pas eux qui posent des bombes dans des métros et qui tuent des centaines d'innocents. Non, ce ne sont pas eux.

Les larmes me montent aux yeux en pensant à Axelle et à toutes les personnes disparues à ses côtés. Ce n'est plus moi qui parle mais toute ma rage. La colère sourde qui s'infiltre dans toutes mes veines. Mariam, quant à elle, rigole. C'est froid, monstrueux. Mes poings se serrent et je me retiens de justesse de la gifler. Je sais que si je le fais, je vais perdre sans avoir eu le temps de me battre.

— Il n'y a jamais de fumée sans feu.

— Vous êtes répugnante, je réponds avec dégoût.

— Moi, répugnante ? Vous, Français, vous êtes les meilleurs pour ça. Vous prendre pour des victimes alors que le reste du monde est à feu et à sang. Ça pleure pour tout alors que c'est bien au chaud dans ses appartements de standing, à manger des plats cuisinés devant des écrans de télévision dignes des plus grands cinémas. Et ça se permet de venir jusqu'ici mener la guerre ? C'est ça qui est répugnant, Gaëlle. Ça et rien d'autre.

— Ah ouais ? Dans ce cas, je vous demande d'aller l'expliquer aux familles des soldats morts ici. D'aller leur dire pourquoi au lieu de manger des plats cuisinés dans des appartements de standing, ils sont désormais sans vie, enterrés six pieds sous terre.

Je hurle tellement que les murs vont finir par trembler. Je sais que nous ne sommes pas tous à plaindre. J'en ai conscience. Mais que devrions-nous faire ? Oui, la terre est à feu et à sang mais aujourd'hui cela touche tout le monde. Pas uniquement le Mali. Pas uniquement la Syrie. Tout le monde. Alors la solution, c'est quoi ? S'entretuer jusqu'à ce que la race humaine s'éteigne complètement ?

— C'est ce que je dis. Tu penses que tous ces hommes sont des victimes, qu'ils sont venus là uniquement pour nous aider. Mais si ce n'était pas le cas, Gaëlle ? S'ils pourrissaient notre pays plus qu'il ne l'est déjà ? S'ils se servaient de leur statut et de leur autorité pour satisfaire leurs propres exigences ?

— Quoi ? Putain, mais de quoi parlez-vous ?

C'est du langage codé ? Je ne comprends rien. Elle en veut à la terre entière de ce qui se passe au Mali, mais là ça va trop loin. Ça la pousse à prendre de mauvaises décisions et à devenir une véritable cinglée.

— Tu sais combien d'accusations de viols ou d'abus sexuels perpétrés par des soldats ont été portées cette année ?

Je ne réponds pas, commençant à comprendre où elle veut en venir. Mon sang ne fait qu'un tour, mes sens sont en surchauffe.

— Quarante-quatre cas déclarés par l'ONU rien que pour le mois de mai. Quarante-quatre soldats qui auraient abusé d'une manière ou d'une autre d'un civil. Pire, d'un enfant !!! reprend-elle, furax. Les Casques bleus ne sont pas tous des héros. Et l'ONU n'a jamais rien fait. Rien ! Si certains subissent une peine, cela ne va jamais plus loin que quelques mois de prison. L'ONU s'est contentée de recenser les crimes et parfois même d'accuser les victimes… les vraies victimes, à tort. J'en suis la preuve vivante, Gaëlle.

Des larmes de rage coulent le long de son visage et moi j'ai l'impression de recevoir un coup en plein cœur. Mariam a fait partie de ces enfants. De ceux qu'on utilise et qu'on souille. Aucun gamin ne mérite ça. Et aucun homme n'a le droit d'abuser de leur innocence de cette manière-là. Briser des enfants revient à briser les adultes de demain.

Et pour la première fois depuis le début de notre conversation, je la comprends. J'ai eu cette colère moi aussi. Cette haine qui m'aurait fait faire n'importe quoi. Ce sentiment si dévastateur que j'aurais tué n'importe qui. Parce que dans ces moments-là, vous ne contrôlez plus rien. Votre esprit de vengeance prend le dessus et il ne s'estompe que lorsque vous arrivez à vos fins.

Celui de Mariam est à son apogée. Prêt à mettre un point final à sa croisade contre l'ONU. Pendant toutes ces années, elle n'a dû penser qu'à ça. Organiser toute sa vie pour atteindre ce but ultime. Donner un coup de massue à l'organisation qui a volé son innocence.

Mais est-ce qu'elle sait qu'une fois qu'on tire, on ne peut plus revenir en arrière ? Qu'une fois que la balle atteint le cœur de celui qu'on vise, c'est la culpabilité qui prend le dessus ? C'est la mort à petit feu qui intervient et nous brise pour de bon.

— Je le sais, Mariam. Et je comprends votre haine. Plus que n'importe qui. Mais cela ne concerne pas tous les Casques bleus. Vous imaginez Austin faire ça ? Des gens vont à la messe tous les dimanches et violent leurs enfants le reste de la semaine. Les apparences sont trompeuses. Le monde est rempli de gens infâmes. Mais qu'est-ce que vous pensez faire ? Tous les tuer en vous attaquant à ces soldats ? Ils vous tueront avant. Et vous ne deviendrez qu'une criminelle de plus. Terrassée par plus fort que vous. Je ne sais pas ce que vous avez en tête et je ne préfère pas le savoir. Mais ce que je sais en revanche, c'est que vous perdez votre temps. Vous avez choisi le mauvais combat.

— Au contraire, je sais que j'ai choisi le bon et que je marquerai les esprits à tout jamais.

Jour 30

Austin

— Vous savez ce que vous encourez si vous ne coopérez pas ? Vous êtes considéré comme l'ennemi public numéro un sur le terrain. Si je vous lâche dehors vous n'aurez pas le temps de faire deux pas qu'un de nos hommes vous tirera une balle entre les deux yeux, m'affirme le crâne rasé, assis sur la chaise en face de la mienne.

Cause toujours enfoiré, tu m'intéresses !

Si seulement il pouvait le faire. Qu'on en finisse ! Je m'en branle littéralement de crever ici. Jamais ils ne pourront salir mon nom avec toutes leurs conneries. Je n'avouerai aucun des crimes dont ils me jugent responsable. Et j'ai bien trop d'honneur pour aller balancer le nom de Hunt. Si je ne peux pas tuer cette crevure de mes propres mains, je sais que quelqu'un d'autre le fera pour moi.

— Vous jouez un jeu dangereux, Austin. Je vous offre la possibilité de comparaître devant un juge, de vous repentir pour vos crimes. Vous savez que je ne suis pas obligé de faire ça. Bientôt, je découvrirai ce que vous cachez ainsi que vos complices, poursuit-il sur le même ton. Et ce jour-là, je n'aurai plus qu'à rayer votre nom de la liste. C'est votre dernière chance.

Des dizaines d'heures de détention et c'est toujours la même rengaine.

La hiérarchie est dans une impasse. Ils n'ont aucune preuve de ce qu'ils avancent. Pire encore, ils s'imaginent que j'ai un ou plusieurs complices qui traînent sur le terrain avec lesquels j'ai prévu un nouveau massacre. Avant de décider de mon sort, ils essaient de me faire cracher quelques noms ou informations utiles. Et pour cela, ils m'ont envoyé un de leurs clébards.

Je ne sais même pas qui j'ai en face de moi. Un membre du gouvernement américain ? Quelqu'un qui bosse pour les Nations unies ? Il s'est bien gardé de me dire qui l'a engagé.

— Je n'ai rien à vous dire de plus. Je ne suis pas coupable, je réponds difficilement.

Ma mâchoire me lance. Ce salopard n'y a pas été de main morte. Pourtant, il devrait se douter qu'aucun coup ne me fera jamais parler.

J'ai été entraîné pendant des mois pour faire face à ce genre de situation. Menaces psychologiques, tortures physiques. J'ai eu le droit à ce qui se fait de mieux dans le domaine : décharges électriques, arrachage d'ongles à la pince. J'en ai chié comme personne et ce connard pense pouvoir me faire cracher le nom de quelqu'un si facilement ? Ça n'arrivera pas.

— Personne ne se préoccupe de vous, Austin. Personne ne viendra vous sauver. Vous savez comment ça se passe ici.

Oui, je le sais parfaitement. Je suis considéré comme complice d'une organisation terroriste et coupable de trahison envers mon pays. Selon les dires, j'ai volontairement donné des informations classées top secret à ces criminels en échange de fric. En clair, Hunt me l'a mise à l'envers.

— La loi militaire est au-dessus de toutes les autres. Ce n'est pas parce que la peine de mort est abolie dans un pays qu'elle l'est dans le code qui régit ses forces armées.

Nous avons tous les moyens nécessaires pour vous faire disparaître, affirme le crâne rasé. Et ce définitivement.

Je m'abstiens de répondre. Plus vite nous arrêterons tout ce cinéma, plus vite je saurai comment ils vont traiter ça. Plusieurs choix s'offrent à ma hiérarchie. La cour martiale pour régler cette histoire en interne. Faire de moi un exemple international en refourguant mon cas à la Cour de La Haye. Ou plus simplement se contenter de me fusiller sur le terrain et faire passer ça pour une simple bavure.

Dans le fond, je sais que la dernière option est plus que probable. Les militaires ne sont pas trop paperasse et coups médiatiques. Même s'ils considèrent que j'ai commis un crime, ils ne vont pas forcément avoir envie de s'emmerder.

D'autant que s'ils choisissent la voie de la justice, ils savent que cela peut se retourner contre eux. Je n'avouerai jamais quelque chose que je n'ai pas fait. Cela prendra des années avant que mon procès n'aboutisse.

Je suis sur le point de lui répondre lorsque Hunt fait son apparition dans la pièce. Je mords fort ma lèvre du bas jusqu'à en faire éclater les vaisseaux sanguins restants. Putain, si seulement je n'avais pas les mains attachées, je jure que je me ferais ce vaurien. Ça part dans tous les sens dans ma tête.

— Puis-je ? demande-t-il à l'égard de mon tortionnaire.

Ce dernier acquiesce d'un signe de tête et quitte la salle. Ces deux-là se la jouent potes maintenant ? La haine se répand dans mon sang à une vitesse fulgurante. Putain, je ne sais pas comment je fais pour me contenir devant cette face de rat. Hunt est aussi froid que d'habitude. Ce qui me tue un peu plus, bordel.

Du sang continue de couler sur mes lèvres.

Fermer ma gueule, ne pas le faire jubiler inutilement, c'est mon mot d'ordre.

Il s'installe sur la chaise, jambes écartées, bras croisés. L'heure de la confrontation a sonné.

— Ne me regarde pas comme ça, garçon. Tu es le seul responsable de cette situation. Putain, si tu savais tout ce j'ai fait pour t'éviter ça. Et toi, tu te fous dans la merde de la sorte ?

Va falloir qu'on rembobine. Je pige que dalle à ce qu'il vient de dire. De qui il parle ? Ça ne me plaît pas. Du tout. Si je comprends bien, le caporal est en train de m'avouer à demi-mot qu'il vient de m'utiliser comme sa dernière carte. Le pire, c'est qu'il ose me balancer un putain de regard de princesse en détresse à la gueule.

Attends, copain, si j'en suis là, c'est purement et simplement de ta faute. Sale traître !

— Putain, je savais que vous étiez plusieurs. Alors, vous jubilez bien de la situation, hein ? J'espère que vous allez prendre cher et que ma mort ne sera pas vaine.

— Ferme-la, c'est un ordre ! tonne-t-il, l'air sévère. Maintenant, il va falloir nettoyer tout le bordel que tu viens de foutre. Comment as-tu pu être aussi con pour croire que c'était moi ? J'ai donné ma vie entière à l'armée. Et tu oses imaginer que j'aurais pu la trahir de cette manière ?

J'émets un rire jaune. La salle n'est pas sous surveillance, il pourrait au moins avoir les couilles d'assumer, de revendiquer pour qui il bosse vraiment. Mais non, il préfère jouer l'innocent. Que Dieu lui vienne en aide parce que si j'arrive à me détacher, je vais me le faire.

— J'en reviens pas. C'est complètement absurde. Ça ne vous suffit pas ? De savoir que vous avez tué tous ces hommes pour ça ? Du pognon ! Vous me foutez la gerbe, caporal, je réponds avec aigreur.

J'ai une telle envie de le massacrer. J'use de toutes mes ressources pour ne pas péter un câble devant lui. Ne pas lui faire autant de cadeaux. J'ai fait la connerie de revenir.

Maintenant je sais que j'aurais dû réfléchir avant d'agir. Trouver le moyen de le dénoncer aux autorités compétentes avant de me retrouver coincé dans cette putain de cellule.

— Soyons sérieux, Austin ! Je t'ai moi-même mis dans la confidence concernant cette taupe. J'ai laissé venir ton ami sur le terrain pour que nous puissions trouver de qui il s'agit.

Hunt est encore plus vicelard que je ne pouvais l'imaginer. C'est exactement le genre de remarques que je me suis fait mais je fais confiance à Aiden. Il m'a démontré par A + B que mon ancien chef était le commanditaire de toutes ces horreurs.

Relax mec, pas de conneries. Tu gères.

J'ai juste besoin qu'il me le dise. Putain, pourquoi il s'efforce de rester aussi pénard sur son siège ? C'est en train de me rendre malade.

— Je sais que c'est vous. Vous étiez au courant de toutes nos opérations. Vous en êtes même à l'origine. C'était trop facile de me foutre dans vos magouilles. Vous aviez besoin d'une tête de Turc au cas où vous vous feriez démasquer. J'étais la cible idéale. J'espère que vous profitez bien de votre pognon sale. Ce n'est plus qu'une question de temps avant qu'on vous mette la main dessus.

Je crache volontairement par terre. Des traces de sang éclaboussent le sol. Hunt, lui, m'observe attentivement et inspire bruyamment. Il décroise ses bras et vient caresser sa barbe rousse, l'air soucieux.

— L'argent sale dont tu parles appartient à ton père.

— Quoi ?

C'est le seul mot que j'arrive à prononcer tellement le choc est puissant. C'est quoi encore ce merdier ? Ce type essaie de me rendre fou.

— Tu as très bien entendu. Les comptes bancaires trouvés par Aiden ont été remplis par Andrew Miller, ton paternel, avant sa mort. Ça n'a rien à voir avec ce que tu penses savoir. La taupe court toujours et j'ai une petite idée de la personne à inculper, confesse le caporal, tout en grinçant des dents.

Andrew Miller. Je tressaille à l'écoute du patronyme de mon paternel. Impossible d'ouvrir la bouche. Il a fait exprès de le prononcer afin de me foutre le doute.

Je suis en train de rêver. Ou alors, c'est une putain de caméra cachée. Pas d'autre explication possible. Qu'est-ce que mon père a à voir là-dedans ? Il est mort il y a des années. Je n'en parle pas. Je ne l'ai pratiquement jamais mentionné lors de mes entretiens avec l'armée. En plus de cela, les dossiers sont confidentiels, seule une minorité peut y avoir accès. Hunt n'en fait pas partie. C'est un pion de guerre, au même titre que nous, et ce malgré son grade. Alors comment a-t-il fait pour trouver son nom ? C'est insensé, bordel.

— Je sais que c'est difficile à croire. Tu n'aurais jamais dû le savoir. Ton père et moi… C'est une très longue histoire. Disons que je l'ai couvert et qu'il s'est senti redevable, concède mon ancien chef. Je n'en suis pas fier. Loin de là. Surtout maintenant.

— Putain, j'hallucine, je fulmine, complètement ahuri par ce retournement de situation.

— Je sais que tu n'as jamais rien voulu savoir à propos de tes parents. Tu t'es barricadé mentalement. Ça a été difficile pour toi. J'aurais pu faire plus. Mais je n'ai pas voulu. Je n'ai rien dit. Il ne valait mieux pas. Puis il fallait que tu grandisses, que tu apprennes à vivre avec ton passé. Que tu fasses tes propres erreurs. Alors je suis resté à ma place. Mais je n'ai jamais cessé de te protéger, Austin. Parce qu'il n'était pas question que tu reproduises les mêmes erreurs que ton père.

Mais d'où il sort ça ? Je vais péter un câble s'il continue à l'ouvrir. Je tente de dénouer mes liens. Peine perdue. Putain, je suis à bout de nerfs, sur le point d'exploser.

— Me protéger de quoi ? Puis, c'est quoi cette putain d'histoire avec mon père ? Mon père est mort… Mort, putain ! Je ne le connais même pas. Et puis quel est le rapport avec vous ? C'est du délire. Vous mentez !

Le caporal me regarde comme si sa vie en dépendait. Il tente de se contenir, de ne pas montrer ses émotions ni la peur qui le gagne. Mais les yeux ne mentent jamais. C'est la première chose que l'on m'a apprise en tant que tireur d'élite. Tout est dans le regard. Et je n'aime pas ce que je vois dans le sien. Parce que c'est trop réel. J'ai l'impression qu'il dit vrai. Putain non, il doit encore être en train de me berner.

J'ai eu une enfance de merde, élevé par des gens qui n'avaient pas forcément envie d'être là pour moi. Quelque part, j'en ai voulu à mes parents, à leur caisse qui a déraillé, au temps, à la route verglacée. Au monde entier, bordel ! Alors non, je n'ai pas cherché à les connaître. Je me suis toujours montré réticent. Je n'ai jamais mis un foutu pied devant leur tombe. Ils m'ont abandonné, il fallait qu'ils paient. J'ai utilisé la seule carte qui restait en ma possession.

— Ton père était militaire. On a effectué notre entraînement ensemble. J'ai fait énormément de missions avec lui. Nous sommes devenus comme des frères. Mais un jour quelque chose de très grave est arrivé et je…

— Vous quoi ? VOUS QUOI, BORDEL ?

Mes nerfs me lâchent. Ma respiration est saccadée. Je ne ressens même plus la douleur intense liée aux coups portés à ma mâchoire.

— Tu sais comment on fonctionne chez nous, Austin, poursuit Hunt, le regard dans le vide. On se disait toujours que si ça tournait mal, on serait là l'un pour l'autre. Et c'est arrivé.

— Je ne comprends pas. Ça n'a aucun sens, je réponds, à bout de souffle.

— Tu sais ce que c'est. De vivre, voir, endurer de telles horreurs à longueur de temps. Toutes ces images finissent par tourner en boucle. Ça déraille dans ta tête et tu finis par ne plus savoir ce que tu fais. Si c'est bien, si c'est mal. Si tu dois partir ou rester.

Hunt s'arrête de parler. Il ferme les yeux et moi je suis sur le qui-vive, à attendre qu'il accouche enfin, qu'il parle, putain ! Parce que je ne tiens plus. Je n'en peux plus de toute cette merde, de ces mensonges et revirements de situation. Je veux juste savoir la vérité.

— Ce n'est pas la première fois que j'interviens en Afrique. Comme tu l'as probablement appris à l'école, en 1990, la guerre civile faisait rage au Rwanda. Avec ton père, nous sortions tout juste de l'entraînement des forces spéciales. Et nous avons été investis de notre première mission pour le compte des Nations unies.

Hunt s'arrête de parler et se remet à masser légèrement sa barbe. Je suis estomaqué. Mon père et lui au Rwanda ? Ça me paraît insensé. Je ne me rappelle pas de ça. D'un quelconque départ en Afrique. Mon cerveau a sciemment effacé la moindre parcelle de souvenir qu'il me reste de mes parents.

— Personne n'a jamais entendu parler de cette mission, je dis pour le déstabiliser. Il y a carrément eu un génocide.

— Le Rwanda ne dispose d'aucune ressource. Pas de pétrole, rien qui n'intéresse vraiment les autorités internationales. C'est pour cela que tu n'en as jamais entendu parler. L'ONU voulait régler ça de manière rapide et sans défrayer la chronique. Mais la polémique gonflait tellement autour des milliers de victimes que faisait cette guerre chaque jour que l'ONU a décidé d'intervenir en sous-marin. Sauf que lorsque nous sommes arrivés là-bas, crois-moi, nous n'étions pas préparés à ça. Jamais nous n'aurions pu penser que c'était aussi grave. Ce qui se produisait dans ce pays était d'une violence inédite. Nous n'étions même pas assez nombreux pour tenter quoi que ce soit. On a dû faire équipe avec les humanitaires présents sur le terrain pour tenter de sauver ce qui pouvait encore l'être. Et parmi eux… Parmi eux, il y avait Mariam.

— Hein ?

On nage en plein délire. D'abord mon père, maintenant Mariam, c'est quoi ce bordel ?! Alors ces deux-là se connaissent depuis autant de temps ? Putain, je n'en reviens pas. Depuis le début, j'ai senti que Hunt et Mariam partageaient un truc bizarre. Leur façon de se regarder était malsaine. Parfois ils s'entraidaient, d'autres fois ils s'entretuaient.

— Mariam était très jeune à l'époque. Elle était à peine majeure. Mais elle était comme tu la connais maintenant. Pleine de dévouement, d'empathie envers les autres. Très belle… et… je… elle et moi… bordel…

Hunt bafouille et perd ses moyens. Cette situation devient de plus en plus grotesque. Mais son comportement fait tilt dans ma tête. Je comprends ce qu'il cache.

— Vous, vous… vous avez couché avec Mariam ?! je dis, à bout de souffle.

Ma voix est complètement éraillée. Les yeux bleus de Hunt sortent pratiquement de leurs orbites mais il ne riposte pas. Je sais que j'ai raison. Putain, je sais qu'il l'a fait. Et peu à peu, le chemin continue de se faire dans ma tête.

— Nous étions amoureux, Austin, tente-t-il de se justifier. D'ailleurs, tu n'imagines même pas l'effet que ça m'a fait de la revoir ici, au camp, après tant d'années… Je pensais qu'elle m'avait pardonné ce qui s'est passé là-bas mais ce n'est pas le cas.

Tous les indices s'accumulent. Hunt n'est pas la taupe. C'est… Mariam ?! Elle a certainement commis toutes ces horreurs en réaction à ce que Hunt a pu lui faire. Avec un esprit de vengeance on peut aller loin. *Trop loin.* J'ai besoin d'extérioriser mes pensées pour savoir si ce que j'imagine est réel.

— Peu importe ! Le résultat est le même. C'est donc elle la taupe ! Vous l'avez fait souffrir et maintenant elle se venge.

Hunt ne répond pas. Ses mains commencent à trembler. Ça me fout un coup de le voir si fébrile. Un chef ne vacille pas. Jamais. Ses agissements me prouvent que j'ai raison. Hunt a dû faire un truc bien crade pour que Mariam en soit arrivée là. Ça me fout en l'air, putain. *Mariam !* C'était presque comme une mère pour moi. Comment c'est possible ? Je ne peux pas croire qu'elle ait causé la mort d'autant de gens, d'innocents qui plus est. Leur histoire n'a pas bien tourné et aujourd'hui, nous sommes en train d'en payer les pots cassés. C'est ça l'idée ?

— Oui. Du moins, c'est plus compliqué que ça. J'étais amoureux d'elle, je te le redis. Ça nous est tombé dessus comme ça. Comme toi et Gaëlle. Je n'ai jamais cherché à lui faire du mal, Austin. Jamais… ton père s'en est chargé pour moi.

Je ne vois pas ce que vient foutre mon paternel dans cette histoire. Il était déjà avec ma mère à cette époque. Je suis né peu de temps après le début du conflit rwandais.

— Quoi ? Comment ça ?

— Au début, ce n'était qu'un pari à la con entre lui et moi. On était jeunes et stupides. Ton père était déjà avec ta mère mais il se foutait de tout. Puis faut dire qu'on a perdu le fil de la réalité à force de voir toutes ces horreurs. On a voulu se focaliser sur autre chose pour tenir le coup. Alors on s'est attaqués à la jolie fille du coin. On voulait voir qui arriverait à la déshabiller en premier. Puis les sentiments ont interféré dans notre jeu et nous sommes tous les deux tombés amoureux d'elle. Sauf que Mariam m'avait choisi, *moi.* Et il était trop fier pour l'accepter. Le supporter. Donc il a commis quelque chose d'impardonnable, Austin. Il l'a…

C'est la goutte d'eau qui va faire exploser le vase, je le sens. J'aimerais tellement revenir en arrière. Ne jamais accepter de bosser pour l'ONU. Retrouver la sensation d'une mitraillette entre mes mains et buter autant de monstres que possible pour les forces armées de mon pays. Putain oui, j'aimerais tellement ne jamais avoir accepté cette saloperie de mission et être encore mandaté par l'armée américaine ailleurs qu'ici. Ne pas avoir à écouter Hunt déblatérer autant de merdes.

— Stop ! Putain, stop ! Ne dites plus un seul mot, je réponds plein de haine et de rancœur.

Je hurle comme un loup enragé. Mon cœur est à l'agonie. C'est trop pour moi. Ce connard est en train de me provoquer un ulcère. Imaginer un homme, que dis-je, mon propre père faire ça, violer une fille… Non, je ne peux pas. Ça va m'achever pour de bon. Je sens une vive douleur me broyer tous les organes. Ça me brûle, c'est atroce, putain. Imaginer que j'ai le sang d'un monstre qui coule dans mes veines me rend complètement malade.

— Qu'est-ce que vous avez fait ? lui demandé-je, tout en baissant les yeux vers le sol.

Parler me demande un effort surhumain. J'ai la gorge qui s'enflamme.

— Rien.

— Comment ça, rien ?

— Je n'ai rien fait, Austin, me répond Hunt dans un souffle qui lui arrache les poumons. Je voulais mais je n'ai pas pu. Je te l'ai déjà dit, la guerre change un homme à tout jamais. Ton père était un excellent manipulateur. Ça n'excuse en rien ma passivité mais… c'était un soldat. Mon meilleur allié. Comme un frère alors… Je n'ai rien fait. Tu protèges tes frères d'armes avant tout le reste. C'est la première valeur qu'on t'inculque. Je me suis plié au règlement comme un mouton. Tu n'imagines pas à quel point je peux le regretter aujourd'hui. Mariam a profité de mes faiblesses pour pouvoir agir contre nous.

Des gouttes de sueur se fraient un chemin sur mon visage, jusqu'à mes lèvres. Je peine à respirer. Hunt ne s'est pas vengé. Il n'a rien fait, putain ! Il était amoureux d'elle et il a laissé un connard la souiller de cette façon-là ? Sans ciller ? Je n'arrive pas à le concevoir. Il disait tout à l'heure qu'il aimait Mariam comme moi j'aimais Gaëlle mais c'est impossible. Gaëlle est l'amour de ma vie. J'aurais tué n'importe qui pour elle. N'importe qui, putain ! Même mon propre frère si j'en avais eu un. Je n'aurais jamais laissé personne lui faire du mal de la sorte.

— Le fric vient de là, je poursuis amèrement, les dents serrées. Mon père vous a filé du fric pour vous faire taire.

— Je ne lui ai jamais rien demandé, Austin, s'insurge le caporal. Il m'a versé cet argent de son propre chef.

— Et bien sûr, vous n'avez pas cherché à lui rendre, je réponds, avec un tel dégoût dans la voix que je me reconnais à peine. Je ne sais même pas comment c'est possible. D'où il a pu tirer autant de pognon pour vous en filer ?

Quand j'y pense, j'ai fait tout un tas de conneries pour survivre. Des gens en ont payé le prix fort. Un homme a perdu la vie. Et ce connard est en train de me dire que mon père lui a filé de la thune pour qu'il ferme sa gueule sur un viol ? C'est insupportable.

— Tes grands-parents étaient de riches industriels. Tu as toujours refusé d'en savoir plus sur ta famille. Tu avais une telle haine à leur égard. Tu ne t'es même pas présenté à la lecture du testament, explique mon chef. C'est pour ça que tu n'as pas la moindre idée du véritable patrimoine qu'il y a derrière ton nom.

Est-ce que ça va s'arrêter un jour ? C'est mon heure de

gloire et les révélations rocambolesques s'enchaînent, toutes plus inattendues les unes que les autres. Je me sens partir en vrille. Incapable de répondre quelque chose.

Je n'ai plus du tout le contrôle sur la situation. Hunt sait trop de choses sur moi. À ma majorité, j'ai effectivement refusé de lire le testament de mes parents. Je venais de vivre l'enfer auprès de mes grands-parents maternels. Je voulais définitivement couper le contact. Remuer le couteau dans la plaie avec ces foutus papiers n'était pas envisageable. La tension est palpable. J'ai besoin de me tailler d'ici. Je tire davantage sur les nœuds qui m'empêchent de bouger.

— Quelqu'un est mort. Quelqu'un est mort par ma faute… Et vous, vous étiez là ! Putain, vous auriez pu faire quelque chose !

C'est la seule chose que je parviens à dire. Je revois les images de ce bijoutier. Tout ce sang qui dégouline le long du carrelage de sa boutique. Plus jeune, je ne me sentais pas à la hauteur. J'étais convaincu que le blé arrangerait la situation.

Dire que ce connard savait pour moi depuis tout ce temps, qu'il était là à m'épier et n'a pas bougé d'un poil. Et c'est comme ça qu'il estime m'avoir protégé et empêché de commettre les mêmes erreurs que mon paternel ? ! Quelqu'un de raisonnable ne m'aurait pas laissé faire toutes ces merdes, braquer toutes ces personnes.

— Je le sais ! Crois-moi, je suis conscient de tout ça. J'ai voulu te laisser suivre ton propre chemin, que tu assumes tes conneries, concède-t-il, le cœur à vif. Tu ne devais pas finir comme ton père. Il n'était pas question que quelqu'un te sauve le cul comme je lui ai sauvé le sien. Mais nom de Dieu, je ne pensais pas que ça se terminerait de cette manière-là ! C'est pour ça que je suis intervenu auprès du juge. Pour que tu puisses bénéficier d'une seconde chance et repartir à zéro.

Alors c'est ça. C'était ça, putain !

Cette deuxième chance n'a rien d'une rédemption. Tout est une question de fric. Encore ! Hunt a pu se servir de celui de mon père pour m'éviter la peine capitale en payant le juge. Il pensait se racheter une conscience en faisant ça.

Ses paroles tournent en boucle dans ma tête. C'est le chaos total. Il faut que je sorte d'ici, que je rattrape Mariam avant qu'elle ne fasse une plus grosse connerie. Pour se venger de Hunt et de sa lâcheté, elle est prête à massacrer tout le monde. Elle met tous les soldats sur le même plan en les considérant comme responsables de son cauchemar.

— Aidez-moi à sortir de ce trou à rats, je dis à l'égard de celui en qui je n'aurai plus jamais confiance.

S'il veut récupérer un peu d'honneur, il va falloir qu'il se mouille vraiment et m'aide à me barrer d'ici avant qu'il ne soit trop tard. Je pense que Mariam sait que je suis le fils de son bourreau. Elle a dû se démerder pour m'enfermer ici avant que je ne découvre tout et l'empêche de commettre une énorme connerie.

— Je ne peux pas faire ça, Austin. C'est trop risqué.

— Pour qui ? Pour vous ? Parce que en ce qui me concerne, si vous ne faites rien, je vais crever ici. Et vous le savez ! Je n'ai aucune chance de m'en tirer. Et ne parlons même pas des autres. Je suis le seul à pouvoir vous sortir de cette impasse. Alors soit vous m'aidez, soit vous aurez ma mort sur la conscience. Une de plus, mon caporal. À vous de choisir.

Hunt se met à taper du pied. Il est nerveux. Ce qui me stresse. Il a toujours été trop sûr de lui. Si faille il y a, je dois m'y engager. Le pousser à aller dans mon sens.

— Ce sera votre façon de vous racheter, je poursuis le plus calmement possible.

— Tout est surveillé dehors. Je ne peux pas te faire sortir.

En plus, tu es salement amoché. Aiden est au courant de tout. Il va s'en charger.

Aiden ? Non, pas question de l'impliquer dans une telle merde. C'est à moi de régler ça. Je suis le seul à pouvoir me battre contre les vieux démons de ma famille.

— Aiden ne peut pas faire ça à ma place. Je ne vous demande même pas de me faire sortir. Vous n'avez qu'à me détacher. Je m'occupe du reste. L'autre type a l'air de vous faire confiance, sinon il ne vous aurait pas laissé en ma compagnie. Ne vous inquiétez pas pour moi. Je sais rendre les coups.

— Tu n'es pas en état, Austin. L'autre type qui s'est officiellement présenté comme un membre de nos forces spéciales est en réalité un mercenaire recruté par une cellule clandestine du gouvernement américain. Il est chargé de neutraliser tous ceux qui pourraient nuire à la réputation de notre armée. Tu n'as aucune chance.

Bizarrement cela ne m'étonne pas. Ces pratiques sont courantes dans tous les pays. Le permis de tuer n'est pas un mythe. Une mise à prix a donc été fixée sur ma tête. Reste à savoir pourquoi le mercenaire ne tire pas.

Je devrais avoir peur mais ce n'est pas le cas. De toute façon, je suis déjà condamné pour être le fils d'un monstre. Depuis ma naissance, tout a forcément été orchestré pour qu'on en arrive là. Je suis le seul à pouvoir réparer les dommages causés par mon père. Ou, du moins, faire en sorte que les horreurs qu'il a commises n'aient plus des conséquences aussi dramatiques aujourd'hui. Je dois juste convaincre Hunt de me rejoindre dans le couloir de la mort.

— D'où tenez-vous ces informations ? Et s'il s'agit bien d'un mercenaire, pourquoi n'a-t-il pas déjà appuyé sur la détente ?

— J'ai des sources, comme toi, Austin. Pour le reste… J'imagine qu'il ne t'estime pas capable d'être à la hauteur d'une telle machination. Il doit penser que tu es sous la coupe d'un plus gros poisson et cherche à te faire parler.

— Dans tous les cas, cela revient au même, je dis, sûr de moi. Il me flinguera dès qu'il le jugera opportun. À moins que vous ne m'aidiez à le neutraliser. Je n'ai même pas à le tuer, juste à l'utiliser comme appât. Après je n'aurai plus qu'à m'enfuir et à élaborer un plan d'attaque pour éviter que Mariam ne tue plus de monde.

Je tâche de me montrer persuasif, de jouer sur la corde sensible. Mon ancien chef hésite.

— « Les plus forts ont des cicatrices, les plus faibles des enterrements. » C'est ce que vous dites tout le temps, mon caporal, n'est-ce pas ?

Cet adage est un coup de massue pour le grand roux. Je le touche en plein cœur. C'est sa dignité de héros de guerre qui est en jeu s'il ne me vient pas en aide. D'autant qu'elle est déjà salement amochée par ce qu'il a fait pour mon père. C'est pour cela qu'il craque.

— Et puis merde !

Je retiens un sourire.

Hunt vient détacher les cordages qui m'entravent à l'aide du couteau qu'il garde caché dans son treillis. Il m'aide à me relever. Je gémis de douleur.

Putain, j'espère que l'autre enfoiré ne m'a pas fêlé une côte. Ça me lance terriblement.

Le caporal m'inspecte de ses yeux bleus avec inquiétude. Il me file son arme blanche.

— Bon Dieu, j'espère que tu sais ce que tu fais, Austin. Tu n'as pas le droit à l'erreur.

Je n'ai pas le temps de répondre que j'aperçois Aiden cavaler jusqu'à ma cellule, suivi de près par le crâne rasé. J'ai l'impression qu'ils viennent de courir un marathon. Ils ont les joues rouges, sont tous les deux essoufflés. Le crâne rasé ne prête même pas attention au fait que je suis debout, détaché et avec une arme entre les mains. Ce n'est pas bon signe. Ils affichent un air paniqué, voire terrorisé. C'est quoi encore ce bordel ?

J'aperçois des trous sur le T-shirt de mon ami. Je me doute qu'il porte un gilet pare-balles en dessous.

— Aiden ?

— Gaëlle. C'est Gaëlle, me répond-il entre deux respirations. J'ai essayé d'aller la chercher mais… Mariam était là… Elle m'a… elle a tenté… l'un de ses hommes a tenté de me tuer mais… je l'ai eu avant.

Mon sang ne fait qu'un tour. Mes poumons se bloquent et je me sens sur le point de défaillir. Je ne fais même pas attention au fait qu'Aiden aurait pu y passer. C'est plus qu'égoïste mais Gaëlle est tout ce qui compte pour moi. La seule idée qui me maintienne en vie. Quelque part, je savais que ça allait arriver. Que j'allais la blesser d'une manière ou d'une autre en l'entraînant dans mes galères. Mes poings se serrent inévitablement. La lame s'ancre dans ma peau et du sang me coule sur les doigts.

— Où est-elle ? demande Hunt à Aiden.

Il voit que je suis incapable de parler. Ma mâchoire est serrée, mes muscles sur le point de rompre.

— Elle va… elle se sert d'elle… elle… Mariam… comme une kamikaze. Gaëlle porte… elle porte une putain de bombe sur elle.

Jour 30 (suite)

Gaëlle

J'ai terriblement froid. C'est comme si j'étais déjà sur mon lit de mort à attendre que mon cœur s'arrête de battre. Je n'ai pas forcément peur de la mort. C'est la douleur qu'elle peut engendrer qui me terrorise. Je ne veux pas avoir mal. Ceci dit, je sais qu'avec cette ceinture explosive attachée autour de ma taille je ne risque pas de souffrir. Mon corps va se réduire en poussière dès que Mariam appuiera sur le bouton.

Mes muscles n'arrêtent pas de trembler. Je ne sais pas où je suis. Mes yeux sont bandés et il n'y a pas un seul bruit autour de moi. Seul l'air caressant ma peau me confirme que je suis toujours dehors. Lorsque Mariam est venue dans ma cellule aujourd'hui, j'ai tout de suite compris que mon heure avait sonné. Je l'imaginais déjà en train de me couper la tête devant une caméra.

Mais ce n'est pas ce qui s'est passé. Elle s'est contentée de m'attacher cette lourde arme autour du corps. Je me suis sentie prise d'une bouffée de panique à l'idée d'être utilisée comme de la chair à canon. Je me suis débattue de toutes mes forces pour l'en empêcher. J'ai hurlé, pleuré. Des hommes sont même venus l'aider. Je ne voulais pas devenir un monstre qui tue les autres. Je pouvais encaisser le fait de mourir mais devenir une arme de destruction massive, ça c'était trop dur à supporter. À accepter.

Alors pendant tout le trajet que nous avons effectué ensemble dans ce véhicule tout-terrain, je l'ai suppliée de m'enlever cette abominable chose. J'ai tenté de faire comme dans les films et de la faire parler d'elle, en la harcelant de questions sur son passé, son agresseur. Puis, j'ai essayé de la raisonner, de lui faire comprendre que ce n'était pas la solution. Mais, elle n'a pas daigné me répondre un seul mot. Elle m'a simplement collé un morceau de gros scotch sur la bouche.

Puis ses yeux se sont posés sur moi, dévoilant une rage si profonde que j'en suis restée bouche bée. Leur couleur noire s'est ancrée dans les miens, dévastatrice. Ce n'était plus Mariam en face de moi mais la haine incarnée. Tout l'air bloqué dans mes poumons s'est évaporé en quelques secondes. J'étais incapable de bouger, de respirer. De vivre.

Le plan de Mariam était en marche et elle ne reviendrait pas en arrière. Elle irait jusqu'au bout. Les sentiments de rage et de colère qui l'habitaient étaient trop importants pour que je puisse les faire taire et la dissuader de commettre cet attentat.

Alors j'attends, debout dans le vide. J'ai envie de me remémorer les bons moments de mon existence avant de partir mais je n'y arrive pas. Pourtant je devrais pouvoir le faire. Bénéficier de cette dernière faveur. C'est comme ça que ça fonctionne lorsque l'on meurt. On voit défiler sa vie devant ses yeux avant que le coup fatidique n'intervienne. J'aimerais juste revoir Axelle et croiser son sourire rieur. L'entendre m'appeler Galou encore une fois. Puis je voudrais voir Austin aussi, sentir ses lèvres douces sur les miennes, son corps chaud envelopper le mien rien qu'un instant. Je voudrais écouter son cœur battre à l'unisson avec le mien, juste une dernière seconde.

Pourtant je reste là, bloquée dans le présent, dans cette scène sordide où je vais bientôt jouer le premier rôle. Lorsque des mains chaudes détachent mon bandeau, mes larmes coulent et se frayent un chemin jusqu'à mes lèvres. J'ai peur d'ouvrir les yeux. Peur de voir qui je vais emmener dans ma tombe.

— Gaëlle ?

Je tressaille en entendant cette voix. Sa voix. Dieu exauce enfin mes vœux. Un sentiment de soulagement m'envahit. L'air revient dans mes poumons, le sang coule jusqu'à mon cœur et le fait battre de plus belle. Pour la dernière fois. La voix douce et mélodieuse d'Austin devient de plus en plus forte, de plus en plus proche. Et je m'y accroche comme à une bouée parce que ça ne durera pas. Bientôt elle s'arrêtera. Tout deviendra noir et je partirai définitivement.

— Gaëlle, je t'en prie. Regarde-moi.

Mes paupières luttent pour rester fermées. Je ne veux pas sortir de ma bulle. Je ne veux pas les ouvrir et découvrir ce qui se trame. J'ai trop peur de perdre pied. De m'effondrer et ne plus jamais pouvoir me relever. Pourtant, la voix se fait de plus en plus insistante. Ça cogne fort dans mes tympans. Et mon sentiment de crainte se dissipe instantanément. Je ne rêve pas. Austin est bien là. Je peux le sentir.

— Je vais te sortir de là, mon cœur. Tu peux me faire confiance. Je t'ai promis de toujours te protéger et je vais le faire. À n'importe quel prix.

Ses paroles me broient un peu plus. J'ai mal pour lui. Mal de savoir qu'il s'en voudra toute sa vie de ne pas avoir réussi à me sauver. Austin n'est pas du genre à dire des choses dans le vent. Mais moi je savais dès le début que cette promesse était vaine. Personne ne peut vous protéger du diable.

— Que c'est beau cette promesse, Austin. J'en suis toute

retournée. Ça me rappelle de très bons souvenirs, intervient Mariam, au comble du cynisme. N'est-ce pas, Hunt ? Ce n'est pas ce que tu me disais quand tu prétendais m'aimer ? Que personne ne me ferait plus jamais de mal ?

La voix de mon ancienne chef me fait sursauter de plus belle. Mes paupières se soulèvent en espérant enfin pouvoir le voir. Mais mes yeux s'habituent difficilement à la lumière. Je distingue à peine l'environnement dans lequel nous sommes. Les baraquements qui nous entourent me font penser que nous sommes au milieu du camp de Kidal. Je les ferme plusieurs fois avant d'y voir plus clair et de croiser le regard ténébreux d'Austin.

Je prends un coup en plein cœur. Une vive douleur s'empare de tout mon être en le voyant là. Dans cet état-là. Il a l'air complètement éreinté et blessé. Blessé, putain ! Ils l'ont certainement roué de coups pour l'obliger à parler. Ça me retourne l'estomac rien que d'y penser.

Je regrette tellement de l'avoir laissé partir. Je n'aurais jamais dû lui coller cet ultimatum. J'aurais dû lui dire et lui répéter autant de fois que nécessaire que je l'aimais. L'implorer de rester auprès de moi. Juste pour qu'on évite ça. Pour qu'on ne souffre pas autant qu'en ce moment. Et ce qui me déglingue encore plus, c'est de le voir à la fois si proche et si loin de moi. J'ai l'impression de revivre notre rupture une deuxième fois. Et ça me fait mal à en crever. Parce que cette fois tout est terminé. Il n'y aura pas de seconde chance.

Instinctivement, je fais un pas vers lui. J'ai besoin de le sentir contre moi. Mais d'imposants bras d'homme me retiennent. Austin essaie lui aussi de me rejoindre et ce sont Hunt et Aiden qui lui barrent la route. Je suis soulagée de voir que ce dernier est encore vivant. Même si ce n'est plus pour longtemps.

— Mariam, t'es une putain de grosse malade, bordel ! Relâche-la… Relâche-la maintenant ou…

— Ou quoi ? Qu'est-ce que tu vas faire, Austin ? Me tuer ? demande avec sarcasme celle qui m'a kidnappée. On sait tous les deux que tu ne peux pas. Tu ne prendras pas ce risque, si ?

— Putain, tu vas voir si je ne peux pas. Je vais te finir, Mariam. Je vais t'achever, lui répond mon guerrier, rempli de haine et d'amertume.

Austin fixe Mariam avec hargne. Aiden le retient de justesse avant qu'il ne commette l'irréparable. J'aimerais pouvoir crier pour que ses yeux retrouvent les miens. Ainsi, il pourrait lire en moi comme dans un livre ouvert, comme il a tant l'habitude de le faire. Et je pourrais lui dire de s'enfuir. De partir aussi loin et vite que possible. De s'éloigner avant que Mariam n'actionne le mécanisme. Parce que je ne veux pas l'emmener en enfer avec moi. J'ai réussi à lui faire découvrir ce qu'était l'amour et je l'aime assez pour accepter qu'il se reconstruise après moi. Qu'il y goûte encore même si c'est avec une autre. Même si le fait de l'imaginer dans les bras d'une autre fille me rend malade. Je veux qu'il soit heureux et qu'il continue à vivre. De toutes les manières possibles.

— C'est fou comme tu ressembles à ton père. C'est à ça que je me raccrochais quand je doutais de moi.

Mariam émet un rire glaçant avant de reprendre :

— Parce que tu m'as vraiment fait douter, Austin. Après t'avoir côtoyé pendant si longtemps, j'ai vraiment cru que tu étais différent de lui. Je me suis même surprise à l'espérer. Mais la rage que je lis dans tes yeux en cet instant est la même que celle que j'ai lue dans ceux de ton salopard de père, le jour où il a osé mettre ses sales pattes sur moi.

QUOI ?

Mes yeux s'écarquillent. Elle vient vraiment de dire ça ? Je n'en reviens pas. J'ai compris lors de notre précédent échange que Mariam avait été abusée sexuellement par un soldat mais jamais je n'aurais pu imaginer qu'il s'agisse du père d'Austin. Je ne sais rien de ce dernier. Je ne savais même pas qu'il était dans l'armée. C'est complètement dingue. Mais les pièces du puzzle se rassemblent finalement.

Mariam est de loin la meilleure comédienne qu'il m'ait été donné de rencontrer. Elle s'est montrée douce et maternelle avec Austin dans le seul but de l'amadouer. Je l'imagine capable de tout désormais. Si ça se trouve, les parents de l'homme que j'aime n'ont jamais eu d'accident. C'est cette espèce de tarée qui les a tués. Même si elle en veut à son bourreau, je ne comprends pas son envie de s'en prendre à sa famille. À Austin qui n'a absolument aucune ressemblance avec son paternel.

— Je ne suis pas comme lui.

Mon cœur bat tellement fort qu'il est sur le point d'exploser. Austin ne me regarde toujours pas. Il y a tellement de colère et de tristesse qui marquent les traits de son beau visage que c'est en train de me consumer. M'anéantir un peu plus. J'assiste à notre mise à mort, moi qui ne pouvais pas imaginer pouvoir ressentir des émotions encore plus dévastatrices que celles qui m'ont broyée le jour où j'ai appris la mort d'Axelle. Je ne pensais pas que c'était possible d'avoir encore plus mal.

— C'est ce que tu penses. Mais c'est son sang qui coule dans tes veines, sa rage qui t'anime. Tu es aussi dangereux que lui.

— C'est faux et tu le sais, répond Austin de la façon la plus véhémente qui soit. Tu te donnes des excuses. Tu cherches à justifier tes actes. Mais la vérité, Mariam, c'est que tu n'es qu'un monstre. Une meurtrière qui n'a jamais su retrouver la paix intérieure et qui s'en prend au monde entier pour ce qu'elle a subi. Mais personne ici n'est responsable. Personne !

— Comment peux-tu être aussi présomptueux ? Tu

pensais vraiment que j'allais pouvoir retrouver un semblant de paix intérieure après ce qui m'est arrivé ? C'est comme ça que vous fonctionnez, vous, les Miller ? Vous brisez ceux qui vous entourent sans aucun scrupule et vous partez vivre votre vie comme si de rien n'était ? Que Dieu nous préserve de tes paroles. Le mal coule dans tes veines.

Je tente de me débattre en entendant Mariam vociférer de telles paroles à l'encontre de celui que j'aime. Elle est tellement aveuglée par sa colère qu'elle ne voit pas à quel point elle se trompe. Austin n'est pas comme ça. Il ne brise pas, il répare. Comme il l'a fait avec mon cœur. Et je ne l'imagine pas faire volontairement du mal à quelqu'un. La guerre l'a certainement changé mais c'est quelqu'un de bien. Je le sais jusqu'au plus profond de mes entrailles. Une personne admirable qui n'a cessé d'être là pour les autres. De se mettre en danger pour protéger ses frères d'armes ainsi que tous les civils rencontrés sur le terrain. Il me l'a prouvé plus d'une fois.

— Que Dieu nous préserve surtout de ta haine, Mariam. Tu veux me faire du mal à moi ? Te venger de mon père ? Très bien, Fais-le ! hurle Austin, en levant les mains en l'air. Mais ne mêle pas tous ces gens à cette histoire. Il y a déjà trop de victimes. Trop de sang qui a coulé. Regarde bien autour de toi, Mariam. Tu te vois sérieusement tuer tous ces gens ?

Je commence à observer ce qui se passe autour de moi. Austin a raison. Des tas de gens sont plantés comme des piquets autour de nous. Des soldats qui pointent leurs flingues sur nous, des membres de mon association complètement terrorisés. Tout le monde observe la scène en silence et j'en suis moi-même horrifiée. Ces images me resteront gravées à jamais. Je les emporterai avec moi dans la tombe.

— Moi non. Mais toi, oui.

— Quoi ? Mais bordel, qu'est-ce que tu racontes ?

Moi non plus je ne comprends pas où elle veut en venir.

C'est un cauchemar. Ça ne s'arrêtera jamais. Nous sommes prisonniers de notre destin. Pourtant, je continue d'y croire. Je continue de penser que je vais au moins pouvoir le sauver *lui.*

— Tu as le choix, Austin. On a toujours le choix, répond Mariam tout en pointant son doigt vers le caporal. Hunt, donne-lui une arme.

J'essaie de bouger pour qu'Austin reporte son attention sur moi mais il détourne son regard vers son chef. Ce dernier l'interroge silencieusement sur ce qu'il doit faire. Austin tend sa main vers lui et, à contrecœur, son commandant sort une arme à feu de son treillis afin de la lui donner.

— Très bien. Maintenant, pointe ton arme sur Gaëlle, ordonne Mariam, tout aussi impassible qu'elle ne l'était avec moi il y a quelques heures.

Malgré la distance qui nous sépare, je vois les muscles d'Austin se raidir et sa mâchoire se crisper. Il est intelligent. Bien plus que n'importe qui. Il connaît les codes. Ce n'est certainement pas la première fois qu'il vit une situation de ce genre alors il garde son calme et obéit à Mariam.

Je souffre tellement de le voir dans cette posture. Je ne sais que trop bien ce que ça lui coûte de me viser à l'aide de cette arme. Alors quand ses prunelles sombres plongent à nouveau dans la noirceur des miennes, je lui envoie autant d'amour que je peux. Tout ce que j'ai. Mon âme, mon cœur, je lui donne sans réserve à travers mes yeux. Pour qu'il n'oublie jamais que quoi qu'il fasse, je continuerai à l'aimer. *À lui appartenir.*

Il mord férocement sa lèvre inférieure et je l'imagine hurler de tout son être. Il est à deux doigts de défaillir et de foncer droit sur nous pour la tuer. Alors, je continue de le regarder, de lui donner tout ce que je possède pour qu'il garde son calme. Parce qu'il n'a pas le choix. Parce que c'est probablement la seule façon de le sauver.

— Et maintenant ?

La voix de mon amour est trop calme. Trop froide. Ça ne laisse présager rien de bon. Lui et moi savons ce que Mariam attend. Elle espère qu'il me flingue de son propre chef pour reproduire ce qui s'est passé des années plus tôt. Elle réécrit la scène qu'elle a vécue, à travers nous. Sauf qu'aujourd'hui, elle n'a plus rien à voir avec une marionnette, c'est elle qui tire les ficelles et décide de notre avenir. Je prie intérieurement pour qu'il ne tente rien à son encontre. Mariam n'est pas seule. Plusieurs hommes l'entourent et sont prêts à ouvrir le feu si Austin ne coopère pas.

— À toi de choisir, Austin. Soit tu tires et tu décides de tous nous sauver, soit tu ne tires pas et je la fais sauter comme une crêpe. Cette bombe ne fera qu'une seule bouchée du camp.

Je peux sentir le sourire sardonique de Mariam s'étirer dans mon dos. Elle prend un pied monstre à faire ça. Ce qui me ravage encore plus. Mais je reste confiante. Si tel est mon destin, alors je l'accepte. Je préfère mourir seule qu'accompagnée. Je supplie Austin de ne pas tergiverser. De tirer qu'on en finisse. Je suis préparée. J'ai ressassé cette scène pendant des heures dans ma cellule. Je n'ai pas peur. C'est ce que j'essaie de lui dire à travers mon regard. J'ai confiance en lui. Il peut le faire. *Il doit le faire.*

Austin ne peut pas prendre le risque de tuer délibérément des centaines de personnes pour moi. Surtout que si Mariam actionne le mécanisme, nous mourrons tous de toute façon. Alors j'ose croire que quand il m'achèvera d'une balle en pleine tête, elle respectera sa parole. J'espère qu'elle ne le trahira pas. Elle aura eu sa vengeance. Elle ne pourra rien obtenir de plus.

— Ne l'oblige pas à faire ça, intervient le caporal Hunt dans un souffle.

Lui aussi, il souffre. Plus que n'importe qui. Il a une immense part de responsabilité dans ce qui se passe aujourd'hui. Parce qu'il n'a pas su agir. Parce qu'il n'a rien fait pour empêcher le père d'Austin d'anéantir celle qui l'aimait. Et aujourd'hui elle le fait payer pour ses actes manqués, pour sa lâcheté. Elle nous fait *tous* payer.

— Toi, ferme-là ! répond Mariam avec aigreur. Ça ne t'a pas tant dérangé de faire un choix quand il s'agissait de moi. Ça ne t'a pas tant dérangé de me tuer, moi, pour protéger ton supposé frère d'armes. Alors Austin va faire la même chose. Il va choisir qui il veut voir mourir aujourd'hui. Les soldats de ce camp ou la femme qu'il aime.

Austin ne dit plus un mot. Il ne tremble pas, ressemble à un chasseur sur le point d'abattre sa proie. Son arme reste désespérément pointée sur moi. Mais je ne la vois même plus. Je ne vois plus que lui. Et je sais qu'il ne regarde que moi aussi. Il est entré dans ma bulle. *Enfin.*

Nous sommes coupés du reste monde. Plus rien ne compte. Il n'y a que lui. Moi. *Nous.* Personne ne pourra plus jamais interférer dans l'amour que l'on se porte. Plus aucune barrière n'existera.

Je veux qu'il le sache, qu'il le comprenne. Je suis prête à partir. Je n'ai plus d'angoisses. Il a réussi à faire l'impossible. À me réparer. Il a recollé chacune des parcelles de mon cœur. Maintenant, il doit me laisser m'en aller. C'est la seule solution. Alors je l'implore de le faire. Je le supplie de tout mon être. Mes larmes ruissellent de plus en plus fort sur mon visage.

Fais-le, mon amour. Fais-le, je t'en prie.

Je ferme les yeux.

Tout devient noir. Comme c'était prévu.

La fin est proche.

Je suis prête.

Vraiment prête.

Un bruit sourd retentit.

Jour 30 (fin)

Austin

Il y a un temps pour tout. Un temps pour écouter, discuter… comprendre. Et enfin, un temps pour agir. Au bon moment, à la seconde près. Parce que c'est comme ça qu'on gagne une bataille. En ayant le calcul parfait. En visant à la bonne distance, au millimètre près. Et en appuyant sur la gâchette lorsqu'une faille se crée.

Hunt le sait mieux que personne. C'est pour ça qu'il a parlé à Mariam. Une simple phrase pour la faire tiquer. Seul lui est capable de la déstabiliser pour me faire gagner une ouverture. Dès que Mariam a entendu le son de la voix du caporal, je l'ai sentie défaillir. J'ai perçu l'agressivité dans son regard, la haine dans ses gestes. J'ai laissé le temps au temps pour ne pas agir dans la précipitation.

Puis c'est arrivé.

Mariam a mécaniquement enlevé son doigt du détonateur. La faille s'est créée. Mais ce n'est pas encore le moment. Il faut que j'attende.

Je continue de me concentrer sur Gaëlle, sur tout l'amour qu'elle m'envoie à travers ses yeux. Parce que c'est en elle que je puise ma force. Mon courage. Même si les signaux qu'elle m'envoie ne me plaisent pas. Elle me supplie de tirer, de l'abattre comme une vulgaire proie devant les autres.

Devant Mariam et ses quatre gorilles qui n'ont aucune chance de s'en sortir vivants quelle que soit l'issue de cette mascarade. Ils ont beau être armés, avoir le visage aussi dur que de la pierre, ils ne feront pas un pli devant nos hommes. Je ne sais même pas où Mariam les a trouvés. Je ne vois aucun signe de radicalisme. Il ne s'agit que d'une vengeance personnelle. J'ai donc dans l'idée qu'ils font partie de sa famille.

Seulement c'est peine perdue. Mes frères d'armes sont surentraînés, littéralement à cran et prêts à actionner leurs mitraillettes dès que je leur en donnerai l'occasion. Ils avaient confiance en Mariam et l'ont laissée entrer les yeux fermés mais, maintenant que la vérité éclate au grand jour, ils sont prêts à se battre. Ils sont également trop nombreux. Même si l'un d'entre eux tombe, un autre se chargera d'abattre les kamikazes.

C'est Mariam qui me rend fou. Seuls elle et son putain de doigt proche du détonateur sont maîtres de la situation à l'heure actuelle. Parce que si elle détecte le moindre truc, elle va faire capoter mon plan. Et tous nous faire sauter.

Alors, je reste impassible. Je continue de faire la seule chose qui m'empêche de déraper, de regarder la seule personne qui me maintient en vie. La couleur de ses yeux est tellement intense. C'est sur le point de me rendre complètement fou. Je lis à travers elle. C'est dingue ce qu'on peut se dire sans les mots. Complètement surréaliste de voir à quel point notre relation a évolué, à quel point nous sommes devenus liés.

Pour le meilleur et pour le pire.

Et aujourd'hui, on connaît le pire. Elle n'a pas peur de l'affronter avec moi. Pour moi. Ce qui me donne encore plus envie de faire sauter le caisson de Mariam. Elle n'aurait jamais dû utiliser Gaëlle contre moi. Parce que je ne ferai pas la même erreur que Hunt. Même si elle est persuadée que si. Je l'ai su à la seconde où elle m'a demandé de pointer mon arme sur Gaëlle. Elle savait que j'allais le faire. Mais ce qu'elle n'imaginait pas, c'est que cela puisse se retourner contre elle.

Si Gaëlle meurt, tout le monde meurt.

Je respire calmement. Lentement, pour que mes gestes restent parfaitement imperceptibles. Je ne veux pas que Mariam comprenne ce que je suis en train de faire. Car si elle sent que je n'ai pas l'intention de tirer sur celle que j'aime, elle va forcément remettre son putain de doigt sur le détonateur. Et nous serons finis.

Je dois tout contrôler. La distance, la précision de mon geste et l'instant précis auquel je compte agir. Tout doit être parfaitement calculé. Je reste droit comme un piquet prêt à dégainer et décale minutieusement mon arme de quelques millimètres. Ce qui me permet de changer de cible et de viser le bourreau.

Personne ne voit rien. Ni Mariam ni ses hommes. Ni Gaëlle qui ferme les yeux, attendant paisiblement son sort. J'ai envie de lui dire que je suis désolé, que je l'aime à en crever et qu'elle ne doit pas s'inquiéter. J'ai une haine de malade. À cause de cette folle, je vais devoir lui faire vivre tout ça. Et ce n'est pas comme ça qu'on doit aimer une personne. Ce n'est pas de cette manière-là que je dois l'aimer. En la mettant en danger.

Mais je ne peux pas. Je suis obligé de rester silencieux et de me concentrer sur ma cible. Je connais mon métier. Je suis le meilleur. J'ai été formé pour. Alors je vais me la faire. Je vais l'achever d'une seule balle. Sans trembler. Sans ciller. Sans regret. C'est comme ça que ça va se passer. La tension est à son comble. Je sens le regard de tous nos hommes sur nous. L'odeur brute et métallique des armes me titille les narines.

J'ai besoin d'une seconde. Une seule pour savoir quand tirer. Une putain de seconde pour réussir. Alors j'inspire, je ne réfléchis plus.

Et je tire.

Mon bras recule sous le choc. Je retrouve les mêmes sensations que lorsque j'étais encore tireur d'élite. La même adrénaline qui fuse dans mon sang. Le même feu qui booste mon cœur. Cette émotion est presque aphrodisiaque. C'est comme une putain de drogue. Et même si elle a failli me laisser pour mort plus d'une fois, j'ai plaisir à la retrouver. À me sentir comme un warrior. Encore une fois. Une dernière fois.

Tout se passe comme prévu. Le reste va très vite. Mariam tombe au sol, une balle entre les deux yeux, son corps inerte. Sa main lâche le détonateur. Ses hommes n'ont pas le temps d'intervenir. Ils ne sont pas aussi bons que moi. Ils n'ont pas senti le vent tourner, la communication implicite que j'ai eue avec mes frères d'armes. À l'instant même où le coup est parti, des soldats ont abattu les gorilles de Mariam.

— Putain, on a réussi ! hurlent Hunt et Aiden d'un souffle commun, soulagés de voir que ce ne sont pas leurs têtes à eux, explosées au sol.

Je mets un certain temps à décrocher. À émerger. Après avoir vécu plusieurs scènes du même genre, j'ai toujours plus de mal à revenir dans la réalité. Aiden pose une main sur mon épaule et je laisse tomber mon arme à terre. Celles de mes compagnons fument encore. J'inhale l'odeur dégagée par les coups de feu.

Après la tempête, c'est le calme absolu. Plus personne ne parle. Plus personne n'ose intervenir. J'aperçois juste les démineurs arriver près de Gaëlle. *Ma Gaëlle.* Elle n'a pas bougé d'un cil, comme un ange tombé du ciel. Elle reste stoïque, les yeux fermés. C'est là que mes terminaisons nerveuses se reconnectent les unes aux autres, que mon sang se remet à circuler correctement.

— Putain, que personne ne la touche ou je tue quelqu'un d'autre.

— Austin, elle a une…, intervient maladroitement le caporal Hunt.

— PERSONNE, PUTAIN !

Mes muscles se mettent à trembler. La rage est en train de me submerger. J'ai besoin de me calmer avant de l'approcher. Je ne veux que personne d'autre le fasse. C'est à moi de la libérer. Seulement à moi. Toute cette putain de distance, cette peur de la perdre… Tout me retombe sur la gueule comme un coup de massue. Aiden part à la rencontre des démineurs et les éloigne de Gaëlle. Il leur demande de récupérer le détonateur.

Mes jambes se détendent et j'arrive enfin à marcher. Je m'approche d'elle. Plus près. Toujours plus près jusqu'à ce que je puisse la toucher, sentir son odeur enivrante. Que je puisse distinguer le moindre de ses traits.

Quelques-unes de ses mèches de cheveux sont collées par la sueur sur son visage. Mes doigts tremblants s'approchent doucement afin de les tirer en arrière. J'en profite également pour arracher le morceau de scotch collé sur ses lèvres. Ce simple contact entre nos deux peaux suffit à embraser mon corps tout entier. Mes cellules nerveuses chauffent, mon cœur bat de plus en plus vite.

C'est comme naître une deuxième fois. Respirer pour la première fois.

Gaëlle ne bouge toujours pas. Elle n'ouvre pas les yeux. Pourtant elle se détend au contact de mes doigts. Je suis soulagé. Même si ce que nous venons de traverser est la pire des épreuves, je sais qu'elle nous unira à jamais. J'inspire profondément. Je m'enivre de son odeur. Mes mains ont cessé de trembler et caressent la totalité de son visage.

— Gaëlle, trésor, tu peux ouvrir les yeux. C'est terminé.

Pas de réponse. Je sens le regard de tout le monde dans

notre dos. Les gens ont une trouille bleue. La ceinture est encore là, prête à exploser. Je dois la décrocher et l'éloigner le plus loin possible de Gaëlle. Mes mains glissent en douceur jusqu'à sa taille. Je plante mon regard dans celui d'un des démineurs qui me chuchote la marche à suivre. J'exécute et rapidement, je libère mon ange de l'engin explosif. Je le remets avec toutes les précautions nécessaires entre les mains du type qui s'éloigne avec. Les visages blêmes des soldats qui nous entourent reprennent leurs couleurs.

Gaëlle est toujours inerte alors je la serre dans mes bras. Le plus fort possible sans l'étouffer. Sa tête repose sur mon torse. Ses paupières ne bougent pas mais ses muscles continuent à se détendre. Et après quelques minutes insoutenables, ses bras m'encerclent enfin par la taille.

— Tu dois m'accompagner. Hein ? C'est pour ça que t'es là, pour m'accompagner.

Sa douce voix m'ensorcelle. Je n'ai toujours pas réussi à la sortir de sa léthargie. Je n'ose même pas la transporter loin d'ici. Loin de cet environnement nuisible, de ce sang qui continue de couler sous nos pieds. Des hommes commencent à transporter les cadavres ailleurs. C'est monnaie courante pour nous. Des tirs, des corps qui tombent. Mais je ne veux pas que Gaëlle voie ça.

— Je t'accompagne où tu veux mon cœur.

— Où est la lumière, Austin ? Pourquoi je ne vois pas de lumière ? Tu crois que je vais voir Axelle ? Tu crois que tu me retrouveras ? Et si…

— Chut… Tu n'as pas besoin de lumière, Gaëlle. Tu es là. Vraiment là. Tu n'es pas morte, tu m'entends ?

Ça me tord les boyaux de la voir dans cet état-là. Son subconscient a pris le contrôle de son esprit et j'ai beau la tenir dans mes bras, mon souffle a beau balayer l'ensemble de son visage, elle ne percute pas. Elle s'imagine morte.

Ça me brise, putain. J'ai besoin qu'elle revienne. Qu'elle me revienne.

— Tu as tiré. Il y a eu ce bruit atroce. Et c'était sombre. C'est toujours si sombre, me répond-elle les larmes aux yeux.

Mon cœur est au bord d'un précipice.

— Reviens, Gaëlle. Reviens. Ouvre les yeux, je t'en prie.

— Tu vas me lâcher si j'ouvre les yeux. Et je vais être obligée de partir. Je ne veux pas partir, Austin. J'étais prête à le faire. *Vraiment.* Je voulais que tu sauves tous ces gens mais je ne veux pas te quitter.

Je le sais. Mieux que personne, je le sais. Gaëlle était prête à se sacrifier. À jouer les martyrs, si cela me permettait ensuite de sauver le camp. Mais ce qu'elle ne comprend pas, c'est que je suis bien trop égoïste. Jamais je n'aurais fait une chose pareille.

C'est pour ça que je l'ai quittée. Et c'est pour ça que je ne le ferai plus jamais. Parce que je ne supporte pas qu'on me dicte ma conduite, qu'on m'oblige à faire ce que je ne veux pas. On en a tous les deux payé le prix fort lorsqu'elle m'a posé cet ultimatum. Mais aujourd'hui, je sais quelle valeur elle a à mes yeux. Je ne pourrai plus me passer d'elle. Je ne pourrai plus aimer quelqu'un d'autre. Alors elle va devoir rester à mes côtés et me supporter jusqu'à la fin de ses jours.

— Tu n'es pas obligée de le faire. Tu peux rester avec moi. Je te jure que je n'irai nulle part.

— Tu me le promets ?

— Je te le promets.

Ses mains encerclent ma taille de plus en plus fort. Je l'embrasse tendrement sur le sommet du crâne et des frissons lui parcourent l'échine dorsale, la faisant trembler sous mes doigts. C'est là qu'elle ouvre ses sublimes yeux et les plante dans les miens. Son regard amoureux me transperce de plein fouet. La couleur de ses prunelles est si puissante, si chaude. J'en perds tous mes moyens.

Toujours accrochée à moi comme à une bouée de sauvetage, Gaëlle commence à revenir. La réalité semble la frapper. Elle observe les alentours, les morceaux de chair et de sang qui gisent sur le sol. Des larmes affluent sur son visage et mes doigts viennent les essuyer une à une. Je ne voulais pas qu'elle regarde ce tableau macabre. Je voulais la protéger de tout ça.

Mais à quoi bon ? Il est là aussi le monde réel. Elle est là, la vie. La vraie. Un jour on vit, l'autre on meurt. Les actions de Mariam ont façonné son destin. Je regrette sincèrement ce que mon père a pu lui faire subir. La bile me monte à la gorge lorsque je l'imagine en train de vivre ce supplice. Mais rapidement, je revois Gaëlle et cette ceinture explosive autour de la taille. Et c'est la colère qui prime. Mariam a cherché cette fin. Il ne pouvait pas en être autrement. Je n'éprouverai aucun regret. Il ne fallait pas toucher à Gaëlle.

Je pose délicatement mes doigts sous le menton de mon ange pour que ses prunelles rencontrent à nouveau les miennes. Et cette fois, moi aussi je peux lui transmettre tout l'amour que je lui porte rien qu'en la regardant.

— C'est fini, alors.

J'acquiesce d'un mouvement de tête.

Oui, c'est fini, trésor.

Je tiens toujours mes promesses.

Et ses lèvres se posent sur les miennes, mettant fin à tous nos supplices.

Épilogue

Austin

Cinq ans plus tard

— Il fera un excellent joueur de base-ball, je dis ironiquement à l'attention du gynécologue qui observe les battements de cœur de notre bébé sur l'écran.

Gaëlle tente de me frapper mais j'attrape sa main avant et lui lance un sourire carnassier. J'ai bien le droit de l'emmerder un peu puisque j'ai l'interdiction de regarder. Elle aussi mais tout est de sa faute. Elle ne veut pas qu'on connaisse le sexe du bébé. Ça a le don de m'énerver mais je laisse faire. Ça fait partie des règles du mariage, je suppose. Elle prétend que ce qui compte, c'est juste qu'il soit en bonne santé. Mais je sais qu'elle veut une fille, alors je la taquine tous les jours un peu plus.

De toute façon, nous allons bientôt être fixés puisque notre premier enfant pointera le bout de son nez dans moins d'un mois. Et Dieu que ça me fout les jetons !

J'ai passé ces cinq dernières années à travailler sur moi. Longuement. Et ce bébé, c'est la lumière au bout du tunnel. La dernière clé de mon bonheur.

Après ce qui s'est passé au Mali, il a été très difficile pour Gaëlle et moi de reprendre le cours de notre vie. Je pensais souvent à Mariam, à ce qu'elle avait subi à cause de mon père. Ça m'obnubilait. Je m'imaginais reprendre le même cercle vicieux que lui et au début, j'ai même eu du mal à toucher Gaëlle. J'avais tellement envie d'elle, de lui faire l'amour mais dès que je la touchais, j'imaginais les mains de mon père souiller le corps de Mariam.

On est donc partis quelques mois aux États-Unis. Loin de tout et de tout le monde. Ma femme m'a obligé à faire face à mon passé. Elle m'a aidé à comprendre en quoi j'étais différent de mon géniteur et à retrouver une vie sereine. Durant ces mois, j'ai aussi évité tout ce qui se rapprochait de près ou de loin de l'armée.

Mais chassez le naturel, il revient au galop. Mes frères d'armes ont commencé à me manquer, l'ambiance du camp de Kidal aussi. J'avais besoin d'y retourner, de continuer à me battre à leurs côtés. Alors on a fini par conclure un pacte avec Gaëlle. Je pouvais y retourner à condition de l'épouser. Et je ne me suis pas fait prier pour le faire.

Aujourd'hui, même si nous nous sommes définitivement installés en France, je continue de travailler pour l'ONU en tant que Casque bleu. J'ai repris les commandes du camp de Kidal à la place du caporal Hunt.

— Il ou elle ! L'important c'est que ce bébé soit en bonne santé, s'insurge mon adorable épouse.

— Je sais, mon cœur, je réponds, tout en lui embrassant la main.

Gaëlle me regarde, malicieuse. Je pensais qu'avec le temps l'amour dans ses yeux s'estomperait. Qu'elle arrêterait de m'aimer autant. Mais pourtant, depuis toutes ces années, ces centaines de jours passés ensemble, j'en vois toujours plus. Toujours plus d'amour qui m'est uniquement destiné.

Rien qu'à moi. Et ça me rend fou, putain. Complètement dingue de ma femme seconde après seconde.

— Tu crois qu'on est prêts ?

— On est ensemble, trésor. Arrête d'avoir peur, on fera d'excellents parents. On sera même les meilleurs, je réponds, une mimique de vainqueur sur le visage.

Je dis ça mais je suis loin d'en être convaincu. Gaëlle fera une excellente mère. Elle a tellement évolué depuis notre rencontre, tellement grandi. C'est devenu une femme remarquable. Elle travaille pour plusieurs associations humanitaires et n'hésite pas à parcourir le monde entier pour venir en aide aux familles les plus démunies. Une Angelina Jolie à la française.

Dans mon cas, même si je suis pleinement épanoui dans ma vie personnelle et professionnelle, j'ai tout de même la trouille. Je ne sais pas ce que c'est que d'avoir de vrais parents. J'ai du mal à m'imaginer assumer de telles responsabilités. Mais il suffit que je pose les yeux sur le ventre arrondi de ma femme pour savoir que j'aimerai ce bébé plus que tout au monde. Qu'il sera la première personne pour qui je continuerai de me battre. Pour qui je donnerai tout. *Encore et toujours.*

— J'espère qu'on va y arriver et que notre bébé ne deviendra pas aussi taré que nous, s'exprime ma belle, le sourire aux lèvres et le ton rieur.

Le gynécologue émet un rire franc puis donne à Gaëlle de quoi essuyer le gel déposé sur son ventre.

Je souris à mon tour et pose mes mains sur le ventre de ma femme. Sentir les mouvements de ce petit être à l'intérieur de son sublime corps me fait perdre tous mes moyens. Je ne suis peut-être pas prêt à devenir père. Je ne prendrai pas toujours les bonnes décisions le concernant mais je sais que je serai toujours là. Pour lui. Pour ma femme.

Pour nous.

— T'as ce truc, Gaëlle. T'as ce putain de truc, tu le sais, hein ?

Je ne peux pas m'empêcher de le lui demander. Encore et encore. C'est plus fort que moi. Et quand je la vois sourire, je comprends que oui, elle le sait.

Remerciements

Je tiens d'abord à remercier l'ensemble des lecteurs qui me suivent depuis mes débuts sur une plate-forme d'écriture pour leur fidélité, leur bienveillance et leur soutien constant. Mes remerciements s'adressent également à toutes les fabuleuses personnes rencontrées grâce à ces passions communes que sont l'écriture et la lecture. Je pense à mes douces et plus anciennes compatriotes, mes proches, les membres de la #TeamVachesMilka et de la grande famille des Lions, que je porte dans mon cœur. Je ne préfère pas vous citer de peur d'oublier un nom mais je vous envoie autant d'amour que possible. Une pensée très particulière pour mon équipe de choc : Estelle, Stéph, Méli, Nathalie et Leslie pour leurs précieux conseils. Vous n'avez cessé de croire en moi comme personne, de m'encourager depuis le début, et je ne vous remercierai jamais assez pour cela. Évidemment, j'adresse mes sincères remerciements à mon éditrice Léna, pour son écoute attentive, son travail ainsi que sa présence continue à mes côtés. À Sophie, pour sa confiance sur ce texte et son accompagnement chez HQN. Sans compter tous mes proches qui m'entourent et me poussent à aller de l'avant au quotidien. Merci à toi cher lecteur qui tourne la dernière page de mon roman et que j'espère revoir pour de nouvelles aventures. Les mots ne seront jamais assez forts pour vous témoigner toute ma gratitude. Comme je dis constamment, trop d'amour pour vous tous.

Composé et édité par HarperCollins France.

Achevé d'imprimer en avril 2018.

CPI
BLACK PRINT

Barcelone

Dépôt légal : mai 2018.

Pour limiter l'empreinte environnementale de ses livres, HarperCollins France s'engage à n'utiliser que du papier fabriqué à partir de bois provenant de forêts gérées durablement et de manière responsable.

Imprimé en Espagne.